澳 門 大 學

UNIVERSIDADE DE MACAU
UNIVERSITY OF MACAU

文史哲研究丛刊

双辉映照

《笔生花》与《奇贞传》研究

郑振伟　著

上海古籍出版社

图书在版编目(CIP)数据

双辉映照：《笔生花》与《奇贞传》研究/郑振伟
著.—上海：上海古籍出版社，2016.5
（文史哲研究丛刊）
ISBN 978-7-5325-7991-4

Ⅰ.①双… Ⅱ.①郑… Ⅲ.①弹词—文学研究—中国
—清代 Ⅳ.①I207.39

中国版本图书馆 CIP 数据核字(2016)第 039259 号

文史哲研究丛刊
双辉映照：
《笔生花》与《奇贞传》研究

郑振伟　著

上海世纪出版股份有限公司
上海古籍出版社　出版
（上海瑞金二路 272 号　邮政编码 200020）
（1）网址：www.guji.com.cn
（2）E-mail:guji1@guji.com.cn
（3）易文网网址：www.ewen.co
上海世纪出版股份有限公司发行中心发行经销
上海惠敦印务科技有限公司印刷
开本 890×1240　1/32　印张 6.875　插页 5　字数 173,000
2016 年 5 月第 1 版　2016 年 5 月第 1 次印刷
印数：1—1,100
ISBN 978-7-5325-7991-4
I·3026　定价：34.00 元
如有质量问题,请与承印公司联系

房中使用將春花派出在漿洗處當差
書當閒絕話休煩　和八行期轉眼間　一切
行裝先發去　大船繫泊在張灣
點交原主　　另典他人價繳還　　住房查
都至送　　　一時教閒集門闌　　儔友親朋
文相贈　　　行色匆匆難叙談　　猩儼別駕
謝別　　　　一行人馬出城垣　　又子殷勤同
　　　　臨河下落舟船內

男女分開行李安　　一棒金鑼響四野
雲時解纜動雲帆　　書至桃此櫂停待
妥晚餘文下卷看　　時過重陽嬌畫裡
居臨海隅覺天寒　　閒庭雨過紅芳絕
小阮風來黃葉翻　　觸處秋光慘寂寞
每交冬日少清閒　　欲供女職寒衣熨
難習兒嬉戲筆貪　　阿母催工心已急

頑奴伍膳與全冊　　且將書史權收拾
樓容　三卷之中再細談　　待

《笔生花》抄本
上海图书馆藏

《绣像全图笔生花》
上海图书馆藏

奇貞傳卷之一

奇貞傳叙

《奇贞传》抄本
上海图书馆藏

奇貞傳卷之十七

奇貞傳卷之十八

奇貞傳卷之十九

奇貞傳卷之二十

（上海圖書館藏）

《奇贞传》抄本
上海图书馆藏

二三十年来走的路

——序郑振伟博士的新著

近日有缘拜读朱立元编《二十世纪美学》(2014)，感慨良多。所谓学海无涯，是书宜常置左右，必有裨益，然巴什拉与伊利亚德未见论列，有点可惜。

1982年得日本学振兴会之助，重访京都，开始整合巴什拉、伊利亚德、河合隼雄的荣格心理学和东洋学者于时间意识（春夏秋冬）的研究，为诸生讲论五四文学名著，笔记后来结集为《现代中国文学的时间观与空间观——鲁迅、何其芳、施蛰存作品的精神分析》(1993)，作为问学的里程碑。

1983年消假回归讲坛，其时振伟还是三年制的二年级生，后来挂我名下念硕士、博士，之后又助我召开系列研讨会，因此有不少机会分享阅读的经验。振伟博士论文是以伊利亚德比较神话学研究道家诗学，书稿梓行多时(《道家诗学》，2009)，亦伊氏学东渐的功臣。

1998年，也就是振伟博士毕业那一年，我开始在两岸三地举办一些研讨会，大大小小有五六十个，也可能不止此数。最早一次的会议论文翌年结集为《方法论于中国古典和现代文学的应用》(1999)出版。之后，由香港大学亚洲研究中心、光华新闻研究中心、徐州师范大学（已易名为江苏师大）、苏州大学、扬州师范大学、武汉大学、厦门大学、台湾大学、辅仁大学、复旦大学、北京师范大学—香港浸会大学联合国际学院、北京师范大学珠海分校、明道大学、台中科技大学等单位出版了很多书,包括《香港新诗的大叙事精神》(1999)、《方法论与中国小说研究》(2000)、《香港八十年代文学现象》(2000)、《柏杨思想与文学》(2000)、《柳永、苏轼、秦观与宋代文化》(2001)、《女性的主体性:宋代的诗歌与小说》(2001)、《宋词的时空观》(2001)、《宋代文学与文化研究》(2001)、《李白、杜甫诗的开端结尾研究》(2002)、《中国文学的开端结尾研究》(2002)、《唐代文学与文化研究》(2004)等等,汉初兄和振伟都积极参与其中。振伟长于电脑应用,于草创期曾在岭南架设网站,由此奠定了日后讯息发送的基础。

　　2005 年 7 月,在单周尧主任的协调下,我们的团队与武汉大学、徐州师范大学签订了"中国新诗研究计画",为期十年,得以于台湾出版了痖弦、周梦蝶、萧萧、白灵和向阳等诗人的系列专论。团队的论文之后陆续发表,包括在韩国的《韩中言语文化研究》和《东亚人文学》上,《韩中言语文化研究》于 2008 年更出了余光中研究的专号。二十多年来,推动了两岸三地本科生和研究生的交流,促成多方的合作交流,往还不断。振伟与白灵、沈玲、方环海和田崇雪诸位教授对台湾新诗研究给予极大的支持,他们十年来的与会论文也早已结集成书。振伟已结集出版的就有《意识·神话·诗学——文本批评的寻索》(2005)和《阅读新视角——金庸·张爱玲·现代诗》(2013)二书。振伟在弹词方面的兴趣,是在伊利亚德和新诗以外另辟的蹊径,其中因缘,也许是他硕士论文研究的正是郑振铎的缘故,此外振伟近年在澳门教育史研究方面也有所开拓。

　　鲁迅先生说:"地上本没有路,走的人多了,也便成了路。"无论是资料的分享、人脉的经营、电脑技术的支援,都应该感谢振伟二三十年来对我的协助和对中国学术所作出的贡献。

黎活仁

2016 年 4 月 3 日

自　序

　　犹忆当年离开岭南大学后，中文系马幼垣教授曾来函，通知将举办"明清小说戏曲国际研讨会"，嘱咐准备文章。当时有点犹豫，其后想到"弹词"也许可以配合会议的主题，初步搜集资料以后，即选定以《笔生花》这部弹词为题。2003 年 11 月，第一篇关于《笔生花》的论文在会议上宣读了。文章报告完毕，随后的事情就是修订和投稿，有感意犹未尽，于是续写。2007 年 10 月，在香港大学召开的"东西方研究国际学术研讨会"上，宣读了第二篇关于《笔生花》的论文；2009 年 6 月，在台湾中兴大学召开的"俗文化与俗文学现代学术研讨会"上，宣读了第三篇关于《笔生花》的论文。上述三篇论文，其中两篇在《九州学林》(2006,2011)发表，一篇在《中语中文学》(2011)发表。《意识・神话・诗学——文本批评的寻索》(2005)和《阅读新视角——现代诗・金庸・张爱玲》(2013)这两本个人专集出版的时候，未收录这些文章，当时有个想法，希望把文章改写成书。也不知是甚么原因，笔者与《笔生花》似乎日久生情，一直追纵与这部弹词相关的资料，近日更发现《笔生花》曾改编为粤剧，由万能老倌薛觉先和花旦王千里驹分别饰演文少霞和姜德华，其他演员有靓新华、李叫天、林坤山、梁仲升等。笔者于香港长大，自小接触粤剧，这又平添一份喜悦的感觉。

　　十多年来，因手边有其他的研究项目，把论文改写成书的计划进展缓慢,偏偏《笔生花》这部弹词渐受研究者的关注,并已有多篇高校的学位论文以此为题。有见及此,笔者只能加快步伐。2012年9月至12月间,在大学研究经费的支持下,邀得张振国博士来校客席访问,几番研议,拙著前半部分渐具雏型。2012年12月下旬,笔者走访南京图书馆,在《申报》上看到评介《笔生花》的诗作《题〈笔生花〉传奇绝句三十二首》,署名"檇李畹云女史",研究工作有了新的进展——《笔生花》初版的日期有了答案。为此,笔者有短文一篇在《清末小说から(通讯)》(2013)上发表,之后就是另一篇关于这位"檇李畹云女史"的长文,在《韩中言语文化研究》(2013)上发表。

拙著的写作历程大致如上。做研究和写文章,就此而言,也许要讲点缘份,某些题目更是可遇不可求。如果没有幼垣教授的提携,就没有第一篇论文,也就没有往后的文章;没有金芳荃用笔名"檇李畹云女史"咏写《笔生花》,透露自己也有一部命意措词同工异曲的弹词,一部未见著录的、女作家的弹词也就不可能让笔者遇上。

2008年11月,笔者邀得田崇雪兄作伴,走访淮安河下,体验了古镇的风华;而这些年来,因为查资料的缘故,笔者也跑过南京、上海、广州、厦门等地的图书馆。本书使用的原始资料,部分来自东洋文库、东洋文化研究所、大阪府立中之岛图书馆、澳州国立大学图书馆、哈佛燕京图书馆等单位的庋藏,承孙迎春、山村义照、Darrell Dorrington等诸位先生女士的帮忙,代为复印资料,笔者甚为感谢。图书馆同事许伟达先生多次居中帮忙,林燕玲教授惠赐大文,李庆国教授帮忙查询,刘怀玉先生惠予指导,笔者都铭记于心,谨此致谢。又笔者也十分感谢万永啸同学近月辛勤地校读原文。本书各章的内容,部分曾以论文形式在期刊上发表,故必须向审评人和各位编辑致以衷心的谢意。幼垣教授和黎师活仁教授二位已退休,仍孜孜不倦于学术研究,足为我辈楷模,是次拙著出版,惠赐序跋,叨蒙过誉,深愧汗颜。最后,是书能够顺利出版,还要感谢澳门大学出版中心出版委员会推荐外审,诸位审评人提供宝贵意见,以及澳门大学提供出版经费。

　　书稿告葳之日,心以为快,惟补苴缀拾之作,未免固陋,祈方家不吝指正。是为序。

郑振伟

2016 年 3 月 26 日

写于香港寓所

目　　录

绪论　"女子的文学"——弹词

中国历代虽不乏才女,但相对于男性的数量,究属少数。至明清时期,女性著述之风始盛,而尤其突出的,是女性开始编选历代女诗人和自己的作品。沈善宝(1807—1862)《名媛诗话》收清初至道光时期女诗人七百多名,尤为代表之作,"内言不出于梱"①的观念已然打破。诗词于传统的文学观念中属雅正文学,明清时期已有男性文人着意鼓励和推动,女性作品的专集也就相继出现。然而,通俗文学在中国文学史上,在五四以前本来就没有甚么地位,至于郑振铎(1898—1958)所说的"女子的文学"或"妇女的文学"——弹词②,其研究就更乏人问津,女作家生平的资料,自然也相当匮乏。郑振铎和赵景深(1902—1985)先后强调弹词"by the woman, for the woman, of the woman"③,郑振铎更指一部分弹词"一面出于女作家之手,一面亦为妇女所最喜读",他所举的例子就是《天雨花》、《笔生花》和《玉簪缘》等作品。陈汝衡(1900—1989)

---

① 《礼记》卷2《曲礼上》,见郑玄注、孔颖达疏,《礼记正义》(李学勤主编,北京:北京大学出版社,1999年12月),页51。

② 郑振铎,《从变文到弹词》,《郑振铎文集》(北京:人民文学出版社,1988年5月),卷6,页243;《西谛所藏弹词目录》,《郑振铎文集》,卷6,页248。

③ 郑振铎,《西谛所藏弹词目录》,《郑振铎文集》,卷6,页248;赵景深1937年6月为《弹词考证》(长沙:商务印书馆,1939年5月;上海书店复印本)写序时曾复述这段话,但次序改作"of the woman, by the woman, and for the woman"(序页1)。

指出："盖自昔中国妇女受教育通文理者,本如凤毛麟角,上焉者惟解吟咏而已。以平时读物之缺乏,兴趣所寄,乃在弹词。缘其文字敷浅,切近日常生活,虽略识之无之妇女,亦可望文生义,了解其情节也。出类拔萃者流,移其吟风弄月之心情,试为长篇弹词之制作,遂为中国妇女文学上放一异采矣。"①

　　笔者先后发表过四篇关于弹词的长文和一篇短文②,由于资料续有发现,故笔者将各篇长文重组和补充,并调整某些观点。是书将以邱心如(生于嘉庆年间)的《笔生花》和金芳荃(1833—?)的《奇贞传》为讨论重点③,除以文本做为论述的基础外,将尽可能搜寻相关的地方文献,诸如方志和族谱,又或两位女性作者的同代人的诗文集等,期望能深化已有的研究。女性创作的弹词总在文本的自叙中提及个人的境遇和思绪,关于《笔生花》的作者邱心如,郑振铎也认为"没有一个女作家曾像她那样留下那么多的自传的材料给我们的"④,近年两岸和香港都有不少以该弹词为题的学位研究论文,详见书末参考资料,但我们对于邱心如的生平,所知仍然有限,至于《奇贞传》的作者金芳荃,在笔者文章发表以前,未受学界注意,故仍有待开发。

　　　　　　　　　　　　　　　　　　　　　

　　① 陈汝衡,《说书小史》(上海:上海书店,1991;据中华书局 1936 年版影印),页79—80。

　　② (1)《谁传亘古之名——金芳荃和〈奇贞传〉》,《韩中言语文化研究》,第 32 辑(2013 年 6 月),页 215—241;(2)《〈笔生花〉作者的生活及家世述论》,《九州学林》,2011 年夏季号,页 47—74;(3)《〈笔生花〉的叙事和女性》,《中语中文学》,第 48 期(2011 年 4 月),页 43—66;(4)《为女性张目的〈笔生花〉》,《九州学林》,2006 年夏季号,页 130—177;(5)《〈笔生花〉初刊本小识》,《清末小说从〈通讯〉》,109 期(2013 年 4 月),页 30—33。

　　③ 心如,《笔生花》,黄明校注,香港:海啸出版社,2001 年 11 月。该书原版属台北三民书局,下引原文只标页码,不另作注。

　　④ 郑振铎,《中国俗文学史》(上海:上海书店,1984 年 6 月;据长沙商务印书馆1938 年版复印),下册,页 378。

一、弹词的研究

　　自二十世纪二十年代以来，由于文学观念的改变，通俗文学开始受到注意。草创时期的研究主要有两方面，一是对这种通俗文学的论述，另一是搜集各种弹词的文本。关于弹词的搜集和整理，当推郑振铎、凌景埏（1904—1959）和李家瑞（1895—1975）等人。郑振铎的《西谛所藏弹词目录》见于《小说月报》17卷（1927年6月）的号外，共录弹词117种；凌景埏的《弹词目录》见于《东吴学报》3卷3期（1935年7月），共录弹词181种；李家瑞的《说弹词》于《历史语言研究所集刊》（1936年3月）发表时则附有弹词114种。胡士莹（1901—1979）在他们的基础上编有《弹词宝卷书目》一书①。晚近所见的弹词目录，则是轮田直子（WADA, Naogo）的《上海图书馆所藏弹词目录》②，以及盛志梅的《弹词知见综录》③。盛著《弹词知见综录》除集各家大成外，并依据图书馆或研究机构的弹词目录编制，列弹词五百多种，版本一千七百多，是目前最完备的目录。在私人藏书的目录中，又见有《程守中所藏弹词目录》和《宝山楼通俗小说书目》，书目为民国抄本，均钤有"长乐郑振铎西谛藏书"④。至于研究弹词的文章，应首推阿英（钱杏邨，1900—1977），他的《弹

---

　　① 　该书目于1957年由上海古典文学出版社出版，后经萧欣桥整理，于1984年6月上海古籍出版社出版增订本；王秋桂，《中研院史语所所藏长篇弹词目录初稿》，《书目季刊》，14卷1期（1980年6月），页75—86。

　　② 　轮田直子，《上海图书馆所藏弹词目录》，《东北大学中国语学文学论集》，第4号（1999年11月）。

　　③ 　《弹词知见综录》见盛志梅《清代弹词研究》（山东：齐鲁书社，2008年3月），页263—479。又日本京都大学人文科学研究所"日本所藏中文古籍数据库"，亦可检索日本公私立图书馆藏之弹词，网址为 http://kanji.zinbun.kyoto-u.ac.jp/kanseki/。

　　④ 　林夕主编，煮雨山房辑，《中国著名藏书家书目汇刊（近代卷）》（北京：商务印书馆，2005年10月）。值得一记的，是宝山楼所藏的《绘图笔生花》（光绪二十年申江袖海山房石印本，八册）列入"通俗小说/烟粉类/才子佳人之属"，而不入其中的"宝山楼弹词目"。

词小说评考》写于 1935 年以前,1937 年 2 月由上海中华书局出版,该书的内容后并入《小说闲谈》的改订本。另《弹词小话引》(1936 年)、《女弹词小史》(1938 年)等,均见《小说闲谈四种》。郑振铎、凌景埏、李家瑞、胡士莹、阿英、谭正璧(1900—1991),以及赵景深等人对弹词的搜集、整理和研究的工作,为往后的研究奠定了基础。

近年内地和台湾研究弹词的专著不多,除单篇论文外,大概只有胡晓真、鲍震培和盛志梅等人的专论数种,都是千禧年以后出版的①。关于二十世纪以来弹词研究的综论,近见蔡源莉的《20 世纪的弹词研究》②,该文将二十世纪以来的弹词研究简化为前五十和后五十两个时段,着力点也只限于中国大陆方面的著述。另一为秦燕春的《晚清以来弹词研究的误区与盲点——"书场"缺失及与"案头"的百年分流》③,该文的重点在借鉴西方民俗学的观点,探索"书场"和"案头"合流的可行性,作者认为当代弹词研究话语主要从女性主义立场出发,对此颇有微词。另一篇综论弹词研究的文章,见于何南喜(Nancy Jane HODES)的博士论文,关于中国学者在弹词方面的研究,有一整章的论述④。该文将中国的弹词研究分成三个阶段,分别是 1930—1949 年,1950—1970 年,以及"文化大革命"以后。在 1949 年以前的研究中,作者认为他们对于弹

---

① (1) 胡晓真,《才女彻夜未眠》(台北:麦田,2003 年;北京:北京大学出社,2008 年 9 月);(2) 盛志梅,《清代弹词研究》(山东:齐鲁书社,2008 年 3 月);(3) 鲍震培,《清代女作家弹词小说论稿》(天津:天津社会科学出版社,2002 年 1 月),后该书另题《清代女作家弹词研究》(天津:南开大学出版社,2008 年 5 月)再版。

② 蔡源莉,《20 世纪的弹词研究》,《现代学术史上俗文学》(陈平原主编,武汉:湖北教育出版社,2004 年 10 月),页 165—179。

③ 秦燕春,《晚清以来弹词研究的误区与盲点——"书场"缺失及与"案头"的百年分流》,《苏州大学学报》(哲学社会科学版),2004 年 1 月,第 1 期,页 103—109。

④ Nancy Jane HODES, "Strumming and Singing the *Three Smiles Romance*: A Study of the *Tanci* Text" (Harvard University, PhD Dissertation, 1990), pp. 19-71.

词的分类并不一致,用语各有不同,而她认为问题根本在于没有区分阅读用和表演用的问题,故于论述时,弹词在上下文中所指称的对象出现混淆的情况,而他们所关注的,都是书写的文本。然而,研究者不能不考虑这是弹词研究的草创时期,何况"弹词"一词,其内涵本来就不甚清晰。外文以《笔生花》作专题研究的文章不多,近见郭丽以晚清和二十世纪初期的女性弹词为题的专著,应是在博士论文的基础上完成的新作,当中增加了两部弹词的论述,其中一部即为《笔生花》。作者主要从性别、角色再现、赋权等角度探索弹词这种文体,认为弹词中关于易服、自述和同性情欲等描述呈现出瓦解支配晚清时期妇论的可能,而第二章讨论《笔生花》这部作品时关注到狐仙和女仙在叙述中的功能。①

　　研究弹词的日本学者不多,较早期的有仓田淳之助(KURATA, Zunnosuke, 1901—1986)。仓田氏于二十世纪五十年代曾撰文讨论弹词的起源和发展等问题,并说明弹词的内容特色②。六十年代有泽田瑞穗(SAWADA, Mizuho, 1912—2002)的《弹词研究の栞》一文③,该文的重点是资料的整理,收入文集时另加一段补遗,全文包括弹词的著作目录、选集、考述三大部分,考述部分再细分为辞典、文学史章节、通论、作品论、杂录等,资料颇为完备,给研究者省却了查找资料的麻烦。吉田丰子(YOSHIDA Toyoko)七十年代在哥伦比亚大学的博士论文④,研究的是《天雨花》、《再生缘》和《笔生花》这三部弹词,后来用日文改

---

　　①　Li Guo, *Women's Tanci Fiction in Late Imperial and Early Twentieth-Century China*. West Lafayette, IN: Purdue UP, 2015.

　　②　仓田淳之助,《弹词考》,《东方学报》(京都),册21(1952年3月),页134—142。

　　③　泽田瑞穗,《弹词研究の栞》,《中国の庶民文艺——歌谣・说唱・演剧》(东京:东方书店,1986年11月),页299—310。

　　④　Toyoko Yoshida Ch'en, "Women in Confucian Society: A Study of Three T'an-tz'u Narratives," PhD Dissertation, Columbia University, 1974.

写出版①,又前文论及的轮田直子也长期从事弹词研究,她 2005年 6 月完成的博士论文就是《清代弹词研究——雅俗の狭间にある芸能》(清代弹词研究——雅俗之间的娱乐)。另田中谱美(TANAKA Fumi)一篇关于弹词的量化分析研究颇为特别,该文以盛志梅《弹词总目录》作为基础,分析 1730—1939 年间代言体弹词的出版量和出版地域的变化,数据显示嘉庆至咸丰年间的出版由盛转衰,另外就是北京和上海两地于 1880 年代出版数量骤增,其中原因涉及道光后期的禁书、印刷技术的革新,以及以鸳鸯蝴蝶派文人为中心的创作的支持②。

二、弹 词 的 起 源

关于弹词起源的问题,有以为来自陶真,来自变文,也有以为来自宋元的诸宫调。陈汝衡认为“弹词远出陶真,近源词话,既不是唐代变文的嫡系,更与宋代诸宫调无关”③。“历来学者们都以为陶真就是弹词的前身,它们同是江浙的伎艺,同是七言诗赞体,同是以弦乐或琵琶伴奏,故弹词必源于陶真无疑”④。郑振铎则以为“弹词与鼓词却又是完全由佛曲蜕化而成的”⑤,这是他对弹词如何演化的基本观点。郑振铎曾根据敦煌千佛洞所发现的“变文”

---

①　方兰,《エロスと贞节の靴——弹词小说の世界》,东京:勉诚出版,2003 年 1 月。

②　田中谱美,《清代江南における代言体弹词の出版について——“弹词総目録”を基础资料とした量的研究》,《金泽大学中国语学中国文学教室纪要》,第 10 辑(2007年 12 月),页 13—30。

③　陈汝衡,《陈汝衡曲艺文选》(北京:中国曲艺出版社,1985 年 7 月),页 513。全文,页 513—523。

④　中国艺术研究院曲艺研究所编,《说唱艺术简史》(北京:文化艺术出版社,1988 年),页 99。

⑤　郑振铎,《研究中国文学的新途径》(1927),《郑振铎文集》,第 6 卷,页 288—289。

作为证据,从其韵散相间,唱句以七言为主,杂以五言、六言或三三四,指出唐代的变文虽然于宋代已不见经传,但"其精灵实蜕化于诸宫调、宝卷、弹词之中"①。其后再谈及变文和弹词的关系,他又重申"也许,变文的讲说佛经的一支流衍而成为宝卷,而其讲说史书、故事的一支却成为弹词了"②。以下尝试就明清典籍中所见的资料作一整理。

徐珂(1869—1928)《清稗类钞》记"弹词,以故事编为韵语,有白有曲,可以弹唱者也"③,而关于弹词这种弹唱的文体,最早的记载,有说是董解元的《西厢挢弹词》,毛奇龄(1623—1716)的描述是"有白有曲,专以一人挢弹,并念唱之"④。明清以来的文献,都有一些关于弹词的零散记载。田汝成(1503—1557)《西湖游览志余》记载杭州八月观潮:"其时,优人百戏,击球关扑,鱼鼓弹词,声音鼎沸。"⑤但此处并无关于弹词的具体描述。姚燮(1805—1864)《今乐考证》中,曾引述方外畸人《相思镜弹词》"序例"云:

> 弹词始于北宋安定郡王赵德麟,按唐元微之《会真记》,撰商调《蝶恋花》十二章,号鼓子词,俾歌工弹唱,已倡其端;至金章宗朝,董解元变词为曲,亦按《会真》作《西厢记》,科白互施,厥体乃备;元王伯成有《开元天宝遗事》;皆挢弹本也。自后南北曲盛行,斯道遂废。近世沈元英工此,遣词命韵,能备取长

① 郑振铎,《从变文到弹词》(1932),《郑振铎文集》,第6卷,页245。
② 郑振铎,《三十年来中国文学新资料发现记》(1934),《郑振铎文集》,第6卷,页480。
③ 徐珂编,《清稗类钞》(北京:中华书局,1986年),册10,页4942。
④ 毛奇龄,《西河词话》,卷2,叶8上,《四库全书》本。毛奇龄所指的实为"诸宫调"。
⑤ 田汝成,《西湖游览志余》(北京:中华书局,1958年11月),卷20,页361—362。

短句体。兹词惟取《鹧鸪天》为式，取便歌口；韵必以《中原》为式。①

方外畸人和《相思镜弹词》无考，董解元则为金章宗（1189—1208在位）时人，王伯成为元朝至元年间（1264—1294）人，他们的《西厢记》和《天宝遗事》，据王国维（1877—1927）的考证，实为诸宫调。

又臧懋循（1550—1620）的《负苞堂集》中曾记述：

> 若有弹词，多瞽者以小鼓、拍板说唱于九衢三市，亦有妇女以被弦索，盖变之最下者也。近得无名氏《仙游》、《梦游》二录，皆取唐人传奇为之敷演，深不甚文，谐不甚俚，能使骇儿少女无不入于耳而洞于心，自是元人伎俩。或云杨廉夫避乱吴中时为之，闻尚有《侠游》、《冥游》录，未可得。今且刻其存者。②

吴世昌（1908—1986）指出臧懋循所说的"盖变之最下者也"句中的"变"字不能等闲看过，因为从前不称"变文"而称"变"，这句话透露出那时候"变"的流派有好几种，弹词是最下者③。臧懋循提及"小鼓拍板"和"弦索"，故弹词开始的时候，并不完全以弹唱为主，但弹词似乎是盲人谋生的一个途径。

"陶真"或"淘真"是另一个和弹词来源相关的名词。该词见田

---

① 姚燮，《今乐考证》，见《续修四库全书》（上海：上海古籍出版社，1995 年—　），册 1759，页 206。

② 臧懋循，《弹词小序》，《负苞堂集》（上海：古典文学出版社，1958 年 6 月），"文选"卷之三，页 57—58。

③ 吴世昌，《评〈文学〉第二卷第六期"中国文学研究专号"》，《罗音室学术论著》（北京：社会科学文献出版社，1996 年 6 月），卷 3，页 113。全文，页 107—119。该文写于 1934 年。

汝成《西湖游览志余》卷 20《熙朝乐事》：

> 杭州男女瞽者，多学琵琶，唱古今小说、平话，以觅衣食，谓之陶真。大抵说宋时事，盖汴京遗俗也。①

又郎瑛(1487—约 1566)《七修类稿》卷 22：

> 小说起宋仁宗。盖时太平盛久，国家闲暇，日欲进一奇怪之事以娱之，故小说得胜头回之后，即云话说赵宋某年。间阎淘真之本之起，亦曰："太祖太宗真宗帝，四帝仁宗有道君。"国初瞿存斋过汴之诗，有"陌头盲女无愁恨，能拨琵琶说赵家"，皆指宋也。若夫近时苏刻几十家小说，乃文章家之一体，诗话、传记之流也，又非如此之小说。②

又姚燮《今乐考证》"陶真"条③，曾摘记翟灏(1736—1788)《通俗编》引蒋一葵(万历二十二年[1594]进士)《尧山堂外纪》，以及郎瑛《七修类稿》和姜南(字明叔，号蓉塘，明正德、嘉靖间在世)《洗砚杂录》中关于"陶真"的记载，原文如下：

> 翟灏云：《尧山堂外纪》："杭州瞽女唱古今小说、评话，谓之陶真。《七修类稿》作"淘真"，起处每曰"太祖太宗真宗帝，四祖仁宗有道君"。盖始宋时也。姜南《洗砚杂录》："瞿存斋诗，'陌头盲女无穷恨，能拨琵琶唱赵家'。"今瞽者弹琵琶演说小说，以觅衣食，盖自昔如是。《梦粱录》有女荒鼓板，想亦其属。

---

① 田汝成，《西湖游览志余》，卷 20，页 368。
② 郎瑛，《七修类稿》(北京：中华书局，1961 年 9 月)，卷 22，页 330。
③ 姚燮，《今乐考证》，见《续修四库全书》，册 1759，页 205。

又姜南《蓉塘诗话》卷2《洗砚新录演小说》："世之瞽者或男或女，有学弹琵琶，演说古今小说，以觅衣食。北方最多，京师特盛，南京、杭州亦有之。"①1967年上海嘉定县城发现的明代中叶成化七年到十四年（1471—1478）的11种"说唱词话"，汪庆正（1931—2005）以为它们的底本就是郎瑛《七修类稿》中所述的"陶真"②。陈汝衡就指出："明清之交，弹词渐盛。清初富家巨室，喜蓄瞽者，教以弹唱。降及中叶，此风可称极盛，清季仍有为之者。……至若瞽女唱书，苏州自昔有之。沈朝初（1649—1702）《忆江南》词云：'苏州好，盲女拨琵琶。纵少秋波横翠黛，也多春色照红霞。一样鬓堆鸦。'今广东尚有此风。"③

三、唱本和读本

魏绍谦《弹词文学》一文，连载于1931年4月23日至25日《北平晨报》的副刊"北晨学园"，也是上世纪三十年代一篇论述弹词这种文体的文章。该文将弹词、鼓儿词、滩簧、花调、打渔鼓、唱道情、打花鼓、唱莲花落等等全归入"弹词文学"，就弹词一类的结构、唱句、表白等，有详细的说明。

魏绍谦指出弹词有宜于弹唱和不宜弹唱两类，关于不宜弹唱的一类，该文说：

弹词中，有一部分在艺术的描写上特别漂亮，而不甚适于

---

① 明嘉靖二十二年（1543）张国镇刻本，《续修四库全书》，1695—1696册，集部/诗文评类。

② 引见赵景深，《关于成化刊本"说唱词话"——给〈文物〉编辑部负责同志的信》，《曲艺丛谈》（北京：中国曲艺出版社，1982年12月），页11。

③ 陈汝衡，《说书小史》（上海：上海书店，1991年；据中华书局1936年版影印），页76。

弹唱的,如《天雨花》、《凤双飞》、《笔生花》……等。原因,也许
因为它们的作者多是女性吧。她们专注意于文句的美丽,故
太文了反倒不适于弹唱了。而在他方面说,以之供献给少女
少妇们在闺阁中吟咏赏鉴,它们却是上上作品。尤以文学论
文学时,此等的弹词,其价值亦最大。①

弹词主要分作两类,一种是说唱用的文本,另一种是供阅读的文
本。郑振铎在《从变文到弹词》一文中指出:

弹词有两种。一种是光看的……一种是实际弹唱的……
中国女子自己为吐泄不平之气而作,又复为历来妇女间最流
行之读物者,此为仅有之文体,如《天雨花》、《笔生花》等书,咸
记女扮男装,中状元、出将入相一类故事,皆一种下意识的反
抗,于想象中求梦境的满足。故弹词可认为女子的文
学。……所惜今之文人学士,皆鄙宝卷、弹词为不足道,至今
尚无人作专门之研究,致其源流演变之迹,湮没不彰。②

关于弹词的体制,赵景深在《弹词选》的导言里有详细的说明:

弹词分为叙事、代言两种。大约先有叙事,后有代言。叙
事的可以称为"文词",只能够在书斋里看,完全是用第三身称
作客观叙述的。代言的可以称为唱词,其中的一部分是在茶
馆里唱给大众听的,除第三身称外,也用第一身称,已经由小

---

① 魏绍谦,《弹词文学》,《北平晨报》,1931 年 4 月 23 日,副刊"北晨学园",第
9 版。
② 该文原为郑振铎于 1932 年 10 月 14 日在北京大学演讲的一篇讲稿,见《郑振
铎文集》,卷 6,页 243。

说进而为小说与戏剧混合了，这一种兼用第一身称主观叙述
的，可以称之为"唱词"。……再明白一点说，弹词的成分有三
种，即"说"、"表"和"唱"。说即说白，须酷肖生、旦、净、丑的身
份，完全像他们自己说的一样。表即由说书人代为表白，唱即
是唱句。"文词"只有表与唱而无白，"唱词"则表、白、唱三者
都有。①

所谓"叙事"和"代言"，亦就是用第三人称和第一人称。陈汝衡似
乎反对这种划分方式，原因是划分文词和唱词，也就是把文人的拟
作和艺人的创作区别开来，而文人的创作不一定全都是文词，其中
也有唱本②。

　　不管是用作表演或是用作阅读的弹词，作为一种书面的形
式，两者的句式也应该有一致的表现。魏绍谦认为《笔生花》这一
类的弹词，由于作者专注于文句，太文反不宜弹唱，也许是以今
衡古的想法。唐诗宋词原是合乐的，但似乎没有诗词不宜入乐的
说法。能否弹唱是叶律的问题，句子太文则是听解的问题，文句
美丽不一定妨碍弹唱。

四、弹词的表白

　　弹词的结构，唱句有七字句和三字句，以七字句为主，三字句
是衬字。据魏绍谦的解释，弹词除唱句以外，又有"表"和"白"，
"表"是指全书或每回开端的一首词或诗，"白"是指在叙述体的白
口，接着"表"之后多用"这几句闲言叙过……如何如何"，"此书丢

---

　　①　赵景深，《弹词研究》(台北：东方文化书局，1970年)，页6。《弹词研究》应即
《弹词选》。《〈弹词选〉序言》另见《曲艺丛谈》，页40—57。
　　②　陈汝衡，《弹词溯源和它艺术形式》，《陈汝衡曲艺文选》，页523。

开,话说……",在唱句停止时,则仅用"话说……"二字,便可以开始叙述其中故事。《笔生花》这部弹词的开篇没有诗,全是三七言的韵文。

魏绍谦又依据弹词表白的有无,将其结构分为四类:(1)无表无白;(2)有表无白;(3)无表有白;(4)有表有白①。当然,上述四类结构的弹词,都有唱的部分,第(1)和第(2)类多是歌咏回数很少的短篇故事,又或供茶余酒后在余兴中弹唱的小段,而第(3)和第(4)类属于长篇的结构。如按此分类,《笔生花》应属于第(4)类。

弹词中的表白,陈汝衡以为凡以说书人之口气叙出者谓之"表","白"则是书中人物的自述;"表"用说书人自己的方言,"白"则贴合旦与丑角外,应以京音或国音为之②。赵景深将弹词分为叙事和代言两种,先有叙事,后有代言。叙事称为"文词",以第三人称叙述,供书斋里阅读。在茶馆里唱给大众听的,除第三人称外,兼用第一人称,也称"唱词"。弹词中的成分有三,即"说"、"表"和"唱"。"说"即如生、旦、净、丑等角色在说话,"表"即由说书人代为表白,"唱"即唱句。"文词"只有表与唱而无白,"唱词"则表、白、唱三者都有,"开篇"有唱无表无白③。由此可见,弹词中至少有两种声音,一是角色的声音,一是说书人(叙述者)的声音。

用"国音"和"土音"来区分弹词,是郑振铎的创举,而"土音"的弹词以吴音为主,广东的木鱼书也算入土音弹词。较诸同期的研究者,如李家瑞的《说弹词》(1936)则分为"代言体"和"叙事体"两类,赵景深的《弹词选》则分为"唱词"和"文词"④。然而,从郑振铎

① 魏绍谦,《弹词文学》,《北平晨报》,1931年4月23日,副刊"北晨学园",第9版。
② 陈汝衡,《说书小史》,页60—61。
③ 赵景深,《弹词研究》,页6。
④ 据赵景深的解释,"叙事的"称为"文词",只能够在书斋里看,完全是用第三人称作客观叙述的。"代言的"称为"唱词",其中的一部分是在茶馆里唱给大众听的,除第三人称外,也用第一人称。见《弹词研究》,页6。

所举国音弹词的说明，可以知道所谓"国音弹词"亦即"唱词"，只有"唱文"，没有"讲文"。郑振铎和赵景深的意见大致相同，都以为弹词的叙述形式是先有叙事体，然后才有第一人称的代言体。

五、弹词和小说

晚清时期，以弹词作为教育女性的工具，让女性明白自身的境况，或可以秋瑾（1875—1907）的思想和言论为代表。

> 每痛我女同胞，坠落黑暗地狱，如醉如梦，不识不知。虽有女学堂，而解来入校者、求学者、研究自由以扩张女权者，尚寥寥无几……虽有各种书籍，各种权利，各种幸福，苦文字不能索解，未由得门而入，窥女界无尽之藏，相与享受完全之功果也。余乃谱以弹词，写以俗语，逐层演出女子社会之恶习及一切痛苦耻辱，欲使读者触目惊心，爽然自失，奋然自振，使各由黑暗而登文明，为我女界放大光明，脱离奴隶范围，作自由舞台之女英雄、女豪杰。[①]

只有极少数女性能够进入学堂，因而只能以弹词这种以"俗语"写成的文字来启导一般的女性读者。

由于晚清小说界的革命，弹词小说也就作为小说的一类成为论述的对象。俞佩兰《女狱花》叙云："中国旧时之小说，有章回体，有传奇体，有弹词体，有志传体，朋兴焱起，云蔚霞蒸，可谓盛矣。"[②]该叙文成于1904年，虽寥寥数语，已见将弹词列作小说。

---

① 汉侠女儿，《精卫石序》，《秋瑾集》（北京：中华书局，1960年7月），页121—122。

② 俞佩兰，《〈女狱花〉叙》，《晚清文学丛钞·小说戏曲研究卷》（阿英编，北京：中华书局，1960年3月），卷3，页191。

前此,夏曾佑(1865—1924)于1903年《绣像小说》第3期以"别士"为笔名所写的《小说原理》,勾勒出中国小说的发展,从非指一人一事到详述一人一事,再到章回。

> 曲本、弹词之类,亦摄于小说之中,其实与小说之渊源甚异。小说始见于《汉·艺文志》,书虽散佚,以魏晋间之小说例之,想亦收拾遗文,隐喻托讽,不指一人一事言之,皆子史之支流也。唐人《霍小玉传》、《刘无双传》、《步非烟传》等篇,始就一人一事,纡徐委备,详其始末,然未有章回也。章回始见于《宣和遗事》,由《宣和遗事》而衍出者,为《水浒传》,由《水浒传》而衍出者,为《金瓶梅》,由《金瓶梅》而衍出者,为《石头记》。于是六艺附庸,蔚为大国,小说遂为国文之一大支矣。弹词原于乐章,由乐章而有词曲,由词曲而有元、明人诸杂剧,如《元人百种曲》、汲古阁所刊《六十种曲》之类。此种专为演剧而设,然犹病其文理太深,不能普及。至本朝乃有一种,虽用生、旦、净、丑之号,而曲无牌名,仅求顺口,如《珍珠塔》、《双珠凤》之类,此等专为唱书而设。再后则略去生、旦、净、丑之名,而其唱专用七字为句,如《玉钏缘》、《再生缘》之类。此种因脱去演剧、唱书之范围,可以逍遥不制,故有数十万言之作,而其用则专以闺人之潜玩。乐章至此,遂与小说合流,所分者一有韵、一无韵而已。①

夏曾佑从渊源的角度立论,得出弹词源于乐章,最后与小说合流,而之后两者的分别只是有韵和无韵。弹词作为小说的一个分支的说法,后亦见于管达如(1882—1941)1912年于《小说月报》发表的

---

① 别士,《小说原理》,见陈平原、夏晓虹编,《二十世纪中国小说理论资料·第一卷(1897—1916)》(北京:北京大学出版社,1989年3月),页60。

《说小说》,该文将小说分作三种:文言体,白话体,韵文体。韵文体又二分为传奇体和弹词体。"弹词体者,其初盖亦用以资弹唱。及于今日,则亦不复用为歌词,而仅以之供阅览矣"①。

"小说"一词所涵盖的范围,实可宽亦可窄。梁章钜(1775—1849)在其《归田琐记》云:"小说九百,本自虞初,此子部之支流也。而吾乡村里辄将故事编成七言,可弹可唱者,通谓之小说。"②如果单从内容来看待的话,它们都可能有同一个源头。一篇署名申翁的文章,便认为南词、弹词、鼓词都沿袭自传奇。

> 南词亦叫做弹词,只弹词另有一种,虽也有白有唱,却是不分脚色,前面可以用话表且说,后面可以用"下回分解",合南词不得一样。但也有时书中人物,用引子定场诗,如《凤双飞》慕容大王便是这个例,《来生福》第一回,长恨生也是这般,只《天雨花》、《笔生花》等几套,终篇不用此格。南词近乎传奇,这一类弹词,好像是合宋人平话,是一个来源,不过里面的材料,也是从传奇改变来的占了一部分。③

申翁一文,明显有臧懋循《负苞堂集》所述"取唐人传奇为之敷演"的影子,但该文举出多项例证用作说明,而最后总结出沿袭的因由,大抵是传奇文章过于深奥,一般人看不懂,投机的人便把传奇改为南词、弹词或鼓词。弹词作为一种普及和通俗的艺术形式,亦

---

① 管达如,《说小说》,见《二十世纪中国小说理论资料·第一卷(1897—1916)》,页 374。将弹词列作小说的类别,亦见于成之(吕思勉,1884—1957)1914 年于《中华小说界》发表的《小说丛话》,见《二十世纪中国小说理论资料·第一卷(1897—1916)》,页 415。

② 梁章钜,《归田琐记》(北京:中华书局,1981 年 8 月),卷 7,页 132。

③ 申翁,《南词、弹词、鼓词沿袭传奇说》,《剧学月刊》,4 卷 6 期(1935 年),页 16。全文,页 16—18。

理应向浅白的方向发展。正如卢前(卢冀野,1905—1951)所述,弹词的来源不出三途,有演史而成者,有取说部而成者,有得自民间传闻,益以己意,敷衍而成者①。

卢前以为弹词"合纪传与诗歌为一,相当于海西之叙事诗,未尝无可取也"②,而郑振铎也是从史诗的角度来看弹词,但他认为弹词受到戏曲的影响,才有唱白:

> 凡弹词都是以第三身以叙述出之的,即纯然是史诗或叙事诗的描叙的方法。但到了后来,又分出不同的组织的体式来。大约受了很深的戏曲的影响罢,在吴音的弹词里每每的注明了生白(或旦白、丑白),生唱(或旦唱、丑唱),表白(即讲唱者的叙事处),表唱(即讲唱者的以叙事的口气来歌唱处。)等等,但在一般的弹词里却都是全部出之于讲唱者之口,并没有模拟著书中主人翁或特别表白出主人翁的说唱的口气的地方。③

上文已论及夏曾佑认为弹词和小说有不同的渊源,而他对于弹词和小说的态度却存着一种"偏见"。他以为中国人的小说分两派,一以应学士大夫之用,一以应妇女与粗人之用。他以为由于当时西学流入,故不必以小说消耗学士大夫的目力,但妇女与粗人因无书可读,故除小说以外,别无他途可为其输入文化。故改良小说的目的,是要拨乱世致太平,这亦须仰赖"有妇人以为男子之后劲,有

① 卢前,《弹词》,《酒边集》(上海:会文堂新记书局,1934 年 6 月),页 72。该文又述近世有以弹词纪时事,其所指即李伯元的《庚子国变弹词》,该弹词自光绪二十七至二十八年(1901—1902)于《世界繁华报》上连载。
② 卢前,《弹词》,《酒边集》,页 71。
③ 郑振铎,《中国俗文学史》,页 349—350。

苦力者以助士君子之实力"①。夏曾佑虽然没有提及"弹词小说",
但他的言论说明了这个概念的演化。尽管夏曾佑以为妇人与粗人
可助"士君子",但妇人与粗人并列,始终有欠公允。又吴梅
(1884—1939)在其所藏《章台柳弹词》上亦曾自注:"此二种盖取曲
中情节为弹词,以便妇女观览也。明人作曲,每一曲成,坊间书贾,
必演一弹词。今皆亡失不可问。"②吴梅之说,亦说明弹词和曲的
承传关系。

弹词于改良社会的影响力,在清末受到一定的重视。早在
1903 年,狄葆贤(1873—1921)在《新小说》的《小说丛话》(第二则)
中,便认为弹词可以作为"妇女教科书":

> 今日通行妇女社会之小说书籍,如《天雨花》、《笔生花》、
> 《再生缘》、《安邦志》、《定国志》等,作者未必无迎合社会风俗
> 之意,以求取悦于人。然人之读之者,目濡耳染,日累月积,酝
> 酿组织而成今日妇女如此如此之思想者,皆此等书之力也,故
> 实可谓之妇女教科书。此种书或言忠,或言孝,或言节义,或
> 言女子改装、女子从戎等之诸节,原无大谬,然因无国家思想
> 一要点,则觉处处皆非也。至《天雨花》,每句七字,全书一韵
> 到底,共约一百余万字;《笔生花》等稍为变动,且每段换韵,全
> 书约一百二十余万字;其余同等之书,有数十种,要皆无甚出
> 入。此等书百余万字一韵到底,真中国之大诗也。谓非宏著,
> 要亦不可。③

---

① 别士,《小说原理》,见《二十世纪中国小说理论资料·第一卷(1897—1916)》,
页 61。

② 胡士莹编,《弹词宝卷书目(增订本)》(上海:上海古籍出版社,1984 年 6 月),
页 58。引文中"此二种"指的是《章台柳弹词》与《霞笺记弹词》。

③ 平子,《小说丛话》,《新小说》,第 8 号,光绪二十九年(1903)八月十五日,页
170。

在"欲新一国之民,不可不先新一国之小说"的旗帜下,原是供大众娱乐的弹词,它的教育意义也就突显出来。狄葆贤没有否定忠孝节义、女子改装甚至从戎等内容,他更点出《笔生花》全书一百二十余万字,每段换韵,应属中国的"大诗"。其后,徐念慈(1875—1908)以"觉我"为笔名,于1908年在《小说林》第10期发表了《余之小说观》,文中有关小说之改良,其一即为"余谓今后著作家,所当留意,专出女子观览之小说。其形式、体裁、文字、价值,与商人观览者略同,而加入弹词一类……如是则流行于闺以内,香口诵吟,檀心倾倒,必有买丝罗以为绣者矣"①。吴趼人(1866—1910)以为:

> 弹词曲本之类,粤人谓之"木鱼书"。此等"木鱼书",皆附会无稽之作。要其大旨,无一非陈说忠孝节义者,甚至演一妓女故事,亦必言其殉情人以死。其他如义仆代主受戮、孝女卖身代父赎罪等事,开卷皆是,无处蔑有,而又必得一极良之结局。妇人女子习看此等书,遂暗受其教育,风俗亦因之以良也。②

所以,无怪乎吴趼人认为"木鱼书"限于方言,不能远播。《笔生花》中就有一位义婢轻红。这种以弹词作为工具的论述,到抗战时期仍然存在,只是对象不同。赵景深于1938年在《救亡日报》上的一篇文章,便认为大鼓宜于写抗战史迹,弹词缠绵宛转的特色,难写铁血的战场③。

---

① 觉我,《余之小说观》,见《二十世纪中国小说理论资料·第一卷(1897—1916)》,页316。
② 吴趼人,《小说丛话》,《新小说》,第2年第7号(光绪三十年七月),页151。
③ 赵景深,《抗战与弹词》,《曲艺丛谈》,页124。

然而,弹词具有教化作用的观念,很早已经出现。陶贞怀《天雨花》序文开宗明义,说明"天雨花何为作也",实因"悯伦纪之梦乱,思得其人以扶伦立纪,而使顽石点头也"。至于为甚么选用弹词的形式,陶贞怀的解释如下:

> 何以演之弹词也?亦感发惩创之义也。盖礼之不足防而感以乐,乐之不足感而演为院本,广院本所不及而弹词兴。夫独弦之歌,易于八音;密座之听,易于广筵。亭榭之流连,不如闺闱之劝喻。又使茶熟香温,风微月小,良朋宴座,促膝支颐,其为感发惩创多矣。①

礼乐都不足以教化,只能借院本和弹词的熏陶了,而序文认为弹词较院本更为普及,也就是弹词可以有更多的听众,原因是弹词在音乐和场地方面的要求较为简单,而听众当然更多是女性。陶贞怀序文末端记顺治八年(1651),而这篇序文则始见于嘉庆九年(1804)的"遗音斋刻本",所以顺治八年是存疑的,但无论如何,至少也反映十八至十九世纪之交的观念。

二十世纪二三十年代,女性的作品引起文人学者的注意,民国初年先后有谢无量(1884—1964)、梁乙真(1900—?)、谭正璧、陶秋英(1909—1986)等人编撰的女性文学专史②。谭正璧在《中国女

---

① 陶贞怀,《序》,《天雨花》(上海商务书局,民国时期排印本),序页 1。

② 如:谢无量编,《中国妇女文学史》(上海:中华书局,1916 年);梁乙真,《清代妇女文学史》(上海:中华书局,1927 年)和《中国妇女文学史纲》(上海:开明书店,1932年;上海书店复印本);谭正璧,《中国女性的文学生活》(该书初版于 1930;1934 年上海光明书店增订,易名《中国女性文学史》;1984 年增订,易名《中国女性文学史话》);陶秋英,《中国妇女与文学》(上海:北新书局,1933 年)。谢无量《中国妇女文学史》所述止于明代。又梁乙真曾将清代"妇学"的发展分作三个时期,一为明清过渡时期,二为乾嘉之际,三为道咸以后。见氏著《中国妇女文学史纲》,页 374。

性的文学生活》的初稿自序中表明该书以"时代文学为主……小说、戏曲、弹词居文坛正宗,乃专着笔于此"①。至于其他专著中,亦辟有与女性文学相关的章节。晚清时期有关提倡妇学、要求男女平权的风气,的确反映那个时代的需要。所以谭正璧在评论的时候才会说:

> 不过她们仍旧挣不脱数千年来男性中心社会所造成的道德观念,她们理想中的"女样",不是古今无二的大政治家武则天,而是改扮男装以取得功名的冒牌男性黄崇嘏,所以最后还是希望雌伏闺中,甘心做男性的良妻贤母。这种不彻底的理想,盘桓在普通一般知书识字的女子的脑子里,造成了她们畸形的意外的物质的奢望,从不曾引起她们对于自身地位的觉悟。②

谭正璧所批评的是女性无法"觉悟",但按理武则天也不该是妇女的"女样",原因至为简单,单是蓄养嬖臣一项已难于接受。

六、弹词和叙事诗

谭正璧在《弹词叙录》的后记中,开宗明义地说:"从文字来说,它是一种词句通俗、故事性强而有说有唱的长篇叙事诗,也可称是诗歌体小说;从表演上说,它是一种用弦乐伴奏、随时随地可以弹唱而受到人民大众欢迎的曲艺。"③将弹词和西方的史诗相提并论

---

① 谭正璧,《中国女性的文学生活》(扬州:江苏广陵古籍刻印社,1998年5月;重印上海光明书局1931年补正再版),页1。

② 谭正璧,《中国女性文学史》,页438。

③ 谭正璧,《弹词叙录后记》,《弹词叙录》(上海:上海古籍出版社,1981年7月),页325。

的,最早的很可能就是吴宓(1894—1978)在《学衡杂志》13 期(1923 年 1 月)发表的长文《希腊文学史》。吴宓在该文的末段,将荷马(Homer)的史诗与中国的弹词作比较,分十二点,而最后一点总结"以其大体精神及作成之法论之,弹词与荷马史诗相类似",并加夹注如下:

> 《天雨花》、《笔生花》等弹词,其出甚晚,其艺术颇工,然已甚雕琢,artificial,毫无清新质朴之气,与荷马大异。吾所谓弹词,非此类也。盖吾意中之弹词,乃今日尚见于内地各省随处飘流而登门弹唱者,吾幼时听之,甚为感动。[①]

当然,吴宓所指的弹词并非那种供阅读的弹词,而是以叙述为主,语言又介乎雅俗之间的说唱弹词,他所举的例子有《滴水珠全本》(又名《四下江南》)、《安安送米》、《雕龙宝扇》(又名《五美图》)、《薛仁贵征东》、《潜龙传》、《钦命下江南》等。朱应鹏(1895—?)同样认为中国大鼓弹词可以和西方的史诗相比[②]。陈寅恪(1890—1969)论《再生缘》亦云:"若其佳者,如《再生缘》之文,则在吾国自是长篇七言排律之佳诗。在外国亦与诸长篇史诗,至少同一文体。"[③]即就文体而言,中国的弹词足以媲美印度、希腊及西洋的长篇史诗。

---

① 吴宓,《希腊文学史》,《学衡杂志》,13 期(1923 年 1 月),页 45。该刊各文独立编页,该文共 48 页。

② 傅彦长、朱应鹏、张若谷,《艺术三家言》(上海:良友图书印刷公司,1927 年;上海书店复印),页 155—161。

③ 陈寅恪,《论再生缘》(香港:友联出版社,1959 年 6 月),页 85。

第一章 《笔生花》作者邱心如的 家世和生平

　　邱心如生卒年不详,从《笔生花》写作的时间来推测,应生于嘉庆年间(1796—1820)。陈同勋的序言写于咸丰七年(1857),《笔生花》第 1 回:"深闺静处乐陶陶……最好光阴是幼年",第 32 回结尾说"浪费工夫三十载",故 1827 年的时候邱心如仍是待字闺中。关于邱心如生平的资料,早期的研究多以《笔生花》中的资料为据,其中尤为重要的,就是前述陈同勋的那篇序言和棠湖云腴女士于同治十一年(1872)所写的序言。云腴女士云:

　　　　有张母邱太夫人者,生本儒宗,世居枚里。学传卫铄,幼即能书。教秉宣文,老犹设帐。唾珠欬玉,富道韫咏絮之才;画凤描鸾,擅灵芸穿针之巧。(序页 1—2)

棠湖云腴女士是谁,暂无可考,原序亦难以判定邱心如当时是否在世,但据此序言,可知邱心如祖籍淮阴,亦即西汉辞赋家枚乘故里,夫家姓张,邱心如擅书,工诗画和刺绣,晚年曾设帐授徒。

一、山阳淮安河下

　　据《(光绪)淮安府志》所记,淮安本"隶江宁布政使司,旧辖二州九县,雍正二年升海州、邳州直隶,以赣榆、沭阳属海州,宿迁、睢宁属邳州,十一年又以邳州及宿迁、睢宁改属徐州府,十年析山阳及盐城县地,增置阜宁,共辖县六,是为今制"①。这六个县分别是山阳县、盐城县、阜宁县、清河县、安东县和桃源县。关于淮安府城(山阳县附郭)的情况具体如下:

> 旧城周十一里,东西径五百二十五丈,南北径五百二十五丈,高三十尺。为门五,东曰观风,南曰迎远,西曰望云,北曰朝宗。西南稍北旧有门曰清风[夹注:此旧署也,今东曰瞻岱,南曰迎熏,西曰庆成,北曰承恩]。元兵渡淮时,守臣孙虎臣塞之,今废。四门皆有子城,城上大楼四座,角楼三座,窝铺五十三座,雉堞二千九百九十六垛,水门三。②
>
> 新城在旧城北一里许,高二丈八尺,围七里零二十丈,东西径三百二十六丈,南北径三百三十四丈。为门五,东曰望洋,西曰览运,南曰迎熏,北曰拱极,小北门曰戴辰。门各有楼,惟小北门无,东西有子城,角楼四,南北水门二,窝铺四十八座,雉堞一千二百垛。按新城即古北辰镇,地西瞰运河,东南接马家荡,北俯长淮。③
>
> 联城在新旧二城之间[夹注:俗呼夹城],东长二百五十六丈三尺,起旧城东北隅,接新城东南隅,西长二百二十五丈五尺,起旧城西北隅,接新城西南隅。为门四,东南曰天衢[夹注:通涧河路],东北曰阜城,久塞,西南曰平成[夹注:通运河堤路],西北亦曰天衢[夹注:通北关厢各处]。东西水门四,

---

① 孙云锦等修,吴昆田、高延第纂,《(光绪)淮安府志》(光绪十年[1884]刻本),卷1《郡县建置沿革表》,叶14下—叶15下。
② 《(光绪)淮安府志》,卷3"城池",叶1上。
③ 《(光绪)淮安府志》,卷3"城池",叶2下。

初高一丈四五尺有差,后加高六七尺,加厚四五尺,楼大小四座,雉堞六百二十垛。①

河下镇为山阳辖境,属郡城外西北隅的第一大聚落,从府志和县志整理出来的街巷市等资料如下:

1. 城外街:东关厢街、南关厢街、西关厢街、北关厢街、柳浦关街、马福街、相家湾街、西湖觜大街、状元里街、竹巷街、罗家桥街、版厂街、中街、空心街、莲花街、旧街、新街。②[光绪本记"以上城外关厢"]

2. 城外巷:古东米巷、钉铁巷、粉章巷、竹巷、茶巷、花巷、干鱼巷、锡巷、羊肉巷、绳巷、判厅巷。③[光绪本记"以上河下"]

3. 城外市:米市、柴市、猪市、海鲜市、莲藕市、草市、西义桥市、姜市、兰市、湖觜市、相家湾市、姜桥市、罗家桥市、菜桥市、窑沟市、牛羊市、冶市。④[光绪本记"以上城外"]

但民国《续纂山阳县志》所记的巷更多,包括堂子巷、广福寺巷、土地庙巷、许天和巷、张家巷、状元楼巷、阎家过道巷、梅家巷、文字店

---

① 《(光绪)淮安府志》,卷3"城池",叶3。
② 卫哲治等纂修,陈琦等重刊,《(乾隆)淮安府志》(乾隆十三年修、咸丰二年重刊本),卷5"城池",叶12下—13上;《(光绪)淮安府志》,卷3"城池",叶9上下;张兆栋、孙云修、何绍基、丁晏等纂,《重修山阳县志》(同治十二年[1873]癸酉刻本),卷2"建置",叶14下—15上。旧街和新街只见于《重修山阳县志》和《(光绪)淮安府志》。
③ 《(乾隆)淮安府志》,卷5"城池",叶14上;《(光绪)淮安府志》,卷3"城池",叶9下—10上;《重修山阳县志》,卷2"建置",叶15下。
④ 《(乾隆)淮安府志》,卷5"城池",叶15;《(光绪)淮安府志》,卷3"城池",叶10上;《重修山阳县志》,卷2"建置",叶16上。冶市见于《重修山阳县志》和《(光绪)淮安府志》。

巷、亘字店巷、高家巷、柳家巷、侯家巷、姜家巷、打铜巷、周官巷、倪家巷、草楼巷、七条巷、三条巷、殷家马头巷、曲坊巷、王斗升巷、黄家香院巷、白酒巷、笔店巷、摇绳巷、风箱巷、三板桥巷、杨天爵巷、地官第巷、礼拜寺巷、孟家巷、阎家巷等等①。

据《淮安河下志》所记："自明改运道,径指城西,贾舶连樯,云集湖嘴,繁滋景象,俶落权舆。继以鹾商纷然投足,而后人文蔚起,甲第相望。志乘标扬冠冕,阛邑称鼎盛者,垂三百年"②。一说邱心如的父亲是邱广业,如此即邱心如的娘家就是淮安河下的杨天爵巷,《淮安河下志》卷5"第宅"有"邱晴沚学博卧云居"条,其中记有"邱晴沚学博宅在杨天爵巷"③;又潘德舆(1785—1839)《送邱勤子序》曾记"二十六七岁,假馆勤子之邻"④,潘德舆于嘉庆十五年(1810)"移馆于河下阎氏",河下阎氏位于中街⑤。至于邱心如的夫家,据叶德均(1911—1956)从邱于蕃太太所得的口述资料,在淮安东门打线巷⑥,位于旧城。又汪继先忆述童年故老之言,记邱心如居于河下茶巷⑦,

---

① 邱沅、王元章修,段朝端等纂,《续纂山阳县志》(民国十年[1921]刻本),卷2"建寘",叶9下—10上。

② 王光伯纂、程景韩增订,《淮安河下志》,卷1"疆域",叶1下。

③ 《淮安河下志》,卷5"第宅",叶48上。

④ 潘德舆,《送邱勤子序》,《养一斋集》(道光二十九年[1849]刻本),卷19,叶5下。

⑤ 朱德慈据潘亮弼及潘亮彝《先府君行略随年附记》(钞本)考证,潘德舆于嘉庆15年(1810)"移馆于河下阎氏",并引《戊子送报底册》注"河下中街阎应构(西席)"。见氏著《潘德舆年谱考略》,页61。

⑥ 叶德均,《邱心如的生平——弹词女作家小记》,《中央日报》,1946年12月5日,《俗文学》周刊8期。见氏著《戏曲小说丛考》(北京:中华书局,1979年5月),下册,页743—744。"邱崧生,字于蕃,诸生,直隶候补直隶州知州",见《山阳艺文志》,卷8,叶78上。至于"打线巷"亦见《(光绪)淮安府志》,卷3"城池",叶9下。

⑦ 汪继先,《山阳河下园亭记补编》(北京:方志出版社,2006年4月),页587。原书为四种文献合订本,题为《淮安河下志·山阳河下园亭记续编补编》,前者由王光伯原辑,程景韩增订,荀德麟等点校,后者由李元庚著,李鸿年续,汪继先补,刘怀玉点校。

荀德麟也曾指出邱心如居于河下茶巷头①。

河下"中街"在淮安城外关厢,位于"西湖嘴西北至罗家桥街"②。杨天爵巷原名锡巷,据《淮安河下志》卷2"巷陌""锡巷"条案语云:"案今名杨天爵巷,县志注干鱼巷向北"。中街和杨天爵巷相距不远。至于杨天爵巷之所以得名,据同卷"地官第巷"条记云:"李元庚《河下园亭记》九狮园注,在杨天爵巷。案:《府志》:杨靖,洪武乙丑进士,历官户部侍郎,晋尚书,改刑部,旁有地官第巷,户部旧第也"③。又卷5"第宅"有"杨仲宁尚书第"条下记:"在杨天爵巷。里老云,是乃杨天官家园旧址,房约百余楹"④,案语与"地官第巷"条大致相同。杨靖,字仲宁。

关于卧云居的环境,邱裕来(1823—1846)有《夏日偶成》一首,原诗如下:

> 重门深闭卧云居,绿衬墙阴夏景舒。棐几明窗声寂静,长松修竹影扶疏。花砖日照思投笔,菜圃风来欲荷锄。若醉若迷还若梦,且将掩卷步庭除。⑤

《淮安府志》提及邱广业生前将住宅"亟售数百金"⑥,所售的大概就是卧云居。邱凫《醒庐杂著》有《留别书斋》四首,其一首句"离合悲欢廿二年"下夹注云:"书斋于丙寅年修葺,今将他属"(叶18上),其四"庭椿池草隔长淮,更别书斋感客怀"首句下夹注云:"时舍弟祥仲侍大人濠上"(叶18下)。丙寅应是嘉庆十一年(1806),

---

① 荀德麟,《历史文化名镇——淮安河下》,《江苏地方志》,2002年6期,页26—31。

② 《重修山阳县志》,卷2"建置",叶15上。

③ 《淮安河下志》,卷2"巷陌",叶6上。

④ 《淮安河下志》,卷5"第宅",叶1下。

⑤ 邱裕来,《小芙遗草》,叶2上。

⑥ 《(光绪)淮安府志》,卷29"人物",叶4上。

又邱广业于道光八年(1828)戊子官凤阳、临淮训导,子邱奕《蕡种遗草》有《戊子正月侍大人之凤阳留别德成侄》(叶1下),另集中有《和大兄述怀韵》诗则云:"故里门庭嗟寂寞,新居花草自婆娑"(叶2上),所以书斋易主应是1828—1829年间的事情。又邱奕《醒庐杂著·自序》记咸丰十年(1860)庚申寇乱后返家,"仅存赁屋数椽……惊魂悸魄,如梦初醒……余值梦觉之际,因亦以醒庐名破屋焉"(叶1上)。另"卧云居"原额由潘德舆题字,后由包世臣(1775—1853)补书,云"仍旧名也"①。此外,《山阳河下园亭记补编》"树萱馆"条记:"邱上舍芙孙读书处,在杨天爵巷。上舍名锡彤,字孟弨,号芙孙。室为北向三楹,额为潘汉泉广文所书。……子衍礽,字幼昆……"②《山阳河下园亭记续编》又记:"邱君佑昆屋,即前编所载琴汜先生卧云居旧址,易姓有年。复业后旧居无存,遂结茅为屋,因以学圃名之……佑昆名衍礽,为琴汜先生之玄孙"③。

邱广德于道光二十年(1840)的时候④,曾居于河下竹巷⑤。《淮安河下志》卷8"园林"记:

> 河下园亭小桐园,邱鲁士拔萃之居,在竹巷魁星楼东。拔萃名广德,号润之,晴汜学博之仲弟也,嘉庆癸酉拔贡,游京

---

①　《淮安河下志》,卷5"第宅",叶48上下。邱广业和包世臣为同年,《嘉庆戊辰科同年齿录》"第二十八名包世臣,年三十岁,泾县附生","第三十名邱广业,年三十八岁,山阳县学生"。

②　汪继先,《山阳河下园亭记补编》,见《山阳河下园亭记续编补编》,页581—582。

③　李鸿年,《山阳河下园亭记续编》,见《山阳河下园亭记续编补编》,页576。

④　邱奕《小桐园跋》文末记该文书于"道光二十年立秋前一日",《醒庐杂著》(同治三年[1864]刻本),叶9下。

⑤　"明朝造船厂在淮安设工部抽分司一员,督造南数省粮船,故河下街道有竹巷、绳巷、板厂、钉铁巷、粉章巷等名。"见《淮关小志》(荀德麟、刘怀玉点校,北京:方志出版社,2006年4月),页477—478。原书为两种文献合订本,题为《续纂淮关统志·淮关小志》。

师,受业于汪文端公,晚迁竹巷,于宅中隙地种桐,栽竹为息静之地,追思先世霖川先生桐园之胜,自题曰小桐园。邱氏自胜朝即以科弟起家,暨曙戒侍讲象升,季贞洗马象随,尤为吾淮鼎族。侍讲子迻求明经迥,所居桐园,积书甚富,尝游新城王贻上,秀水朱竹垞之门,学术深邃。子庸谨明经谨,别字浩亭,文名尤噪。曲江楼,胜流过从,啸咏其中,意泊如也。里人称文献者,首推邱氏。故鲁士数典不敢妄云。①

王光伯"余十六岁迁居竹巷,对门居邻有邱鲁士先生"②,可证邱广德晚年居于竹巷。邱象观(字霖川)有《桐园》诗云:"秦鹿初奔逸,桃源安得避。梧阴鸟雀幽,松子天风媚。世事尽干戈,道人独酣睡。方瞳检药书,慎尔朱门刺"③。又吴进曾见桐园旧迹,并赋《感物诗》云:

> 奇姿透瘦坚且苍,车任辇载纷路旁。玲珑非由到公宅,定然徙出平原庄。端问由来是何处,邱迟故宅颓山冈。典过琴书卖文石,此石一去余空堂。南斋(先生名象升,弟象随)昆季并崛起,一传再传扬清光。挑拭弹琴雅歌咏,磊磊相傍年何长。上出重檐尽瑰礌,下见水底皆琳琅。片片凿取过他氏,臭味未必差相当。园芜苍凉缺点缀,老桐百尺空颓唐(桐园山石)。④

丁晏(1794—1895,字俭卿,号柘堂)于咸丰元年购得桐园部分旧址,改建半亩园,其子丁寿祺(1825—?)《咏桐园旧海棠》云:"铁干

---

① 《淮安河下志》,卷8"园林",叶40下—41上。

② 《淮安河下志》,卷4"祠宇",叶9下。

③ 《(乾隆)淮安府志》,卷30"艺文",叶102上。

④ 《山阳艺文志》,卷7,叶117上。吴进,字揖堂,诸生,卒年八十,晚号瀫村先生,见《重修山阳县志》,卷14"人物四",叶13上。

丰姿二百年，花开最好晓春天。晴阴已见孙枝秀，万点胭脂滴露鲜。"故又将书斋取名"双棠书屋"，其弟寿恒则有"漱经斋"①。

二、邱心如的生平资料

　　冯沅君(1900—1974)于 1926 年 6 月写就的《读〈笔生花〉杂记》②，该文所述关于邱心如的生平，所引用的就是陈同勋和棠湖云腴女士的序言，其余的资料均来自弹词中各章的开端和结尾作者自述平生的一点资料。叶德均于冯文发表十多年后，曾发表《弹词女作家小记》③，就邱心如的事迹作了一点补充，但结论是"今后搜集邱心如的史料，将要成为海底捞针了"④。谭正璧于 1930 年出版的《中国女性的文学生活》，其中第七章"通俗小说与弹词"给邱心如的生平和《笔生花》辟有专节⑤，其后又有署名继趾的文章，把邱心如的生平分为三个时期⑥，但对于邱氏的平生和该作品的论述均以承袭前说为主。此外，各章的开端或结尾的资料，指的主要是第 6 回、第 8 回、第 12 回和第 20 回的开端，以及第 29 回和 32 回的结尾，冯沅君、谭正璧、继趾等所述的就是根据这些内缘资料。

　　近年发表的一些论著，论及邱心如的生平，大多承袭以上各人的说法。邱心如生平的资料，要到丁志安(1914—1988，丁步坤，号

---

　　① 高岱明，《淮安园林史话》(北京：中国文史出版社，2005 年)，网上版。
　　② 沅君，《读〈笔生花〉杂记》，《北京大学研究所国学门月刊》，1 卷 2 期(1926 年)，页 200—202。
　　③ 叶德均，《〈邱心如的生平——弹词女作家小记〉，《中央日报》，1946 年 12 月 5 日，《俗文学》周刊 8 期。见氏著《戏曲小说丛考》(北京：中华书局，1979 年)，下册，页 743—744。
　　④ 叶德均，《戏曲小说丛考》，下册，页 744。
　　⑤ 谭正璧，《中国女性的文学生活》，页 438—452，页补 64。
　　⑥ 继趾，《邱心如的生平》，《妇女杂志》，5 卷 6 期(1944)，页 24—25。

象庵)发表《〈笔生花〉作者邱心如家世考》一文以后①,才有较大的进展。该文修正了叶德均的某些看法,可惜并没引起研究者的注意。该文发表了二十多年,很多以《笔生花》为题的研究似乎都不曾引述,反而罗溥洛(Paul S. Ropp)为清代妇女生平词典所写的一则词条曾引用该文的资料②。关于邱心如的家世,笔者也曾以丁志安的说法为基础,并搜集方志、族谱、诗文集等文献,以资补述整理。

三、邱心如父亲三说

邱心如的父亲是谁,迄今有三种说法:(1)淮阴迁海州邱氏一支说,由叶德均于上世纪四十年代提出;(2)邱心如之父为邱广业(1771—1834)说,由丁志安于上世纪八十年代提出;(3)邱心如之父为邱鼎元说,见于朱德慈《潘德舆年谱考略》③。笔者原也认为邱心如的父亲就是邱广业,经搜集和整理与邱广业相关的文献后,所得资料与《笔生花》这部弹词所提供的一些内缘资料,如"官居学博"、"化行士俗"、"晚隐乡居"、"惠及贫寒"(第 12 回,页 623)等叙述,基本是一致的。然而,笔者却又发现关于邱广业的卒年、邱心如兄长的数目,以及邱心如妹妹守寡等方面资料,内缘和外缘资料所显示的并不一致,也就不得不重新思考这个问题。

(一)邱心如为淮阴迁海州邱氏一支说

叶德均搜集过邱氏家集、族谱和方志等资料作研究,也访问过邱于蕃的太太,结论是邱心如的近族移家海州,淮安并无后人。叶

① 丁志安,《〈笔生花〉作者邱心如家世考》,《中华文史论丛》,第 22 辑(1982 年 5 月),页 299—300。

② 见 *Biographical Dictionary of Chinese Women: The Qing Period*,*1644 - 1911*(Lily Xiao Hong Lee & A. D. Stefanowska Armonk eds.,N. Y.:M. E. Sharpe,1998)中"邱心如"的词条。

③ 见朱德慈《潘德舆年谱考略》(北京:中国社会科学出版社,2009 年),页 122。

氏提出：

> 《存略》十五世有"心"字辈五人：心传、心源、心鉴、心澄、心坦，和心如是同辈，大约她也是这一支派的人。其中心澄名下注："入海州籍。"又"心"字辈同是十三世殿华、殿芳二人之孙，《存略》注："殿华公殿芳公两支，今居海州。"大约心如的近族全移家海州，所以现在淮安没有她的这支，也就难怪多年探询无从得到她的史料。①

笔者曾翻检叶氏引用的《邱氏族谱存略》，其中第十三世，邱殿华子四人：筹、箴、箋、籍；箴子四人：心传、心源、心鉴、心澄（入海州籍）；籍子心坦。殿芳子三人：策、簏、第（殿华公殿芳公两支今居海州）；簏子心权②。据《道光二十年庚子科乡试同年齿录》"江南副榜"载："邱箴：字　，号　，行　，嘉庆丁卯年　月　日吉时生，江苏淮安府山阳县附生，民籍。"③原件虽有部分内容是漏空的，但据此可知邱箴生于嘉庆十二年（1807）。邱心坦（1837—1891）《哭伯父》诗有"里闾皆陨涕，东海丧经师。况我为犹子，从军戍九夷"④之语。邱心坦，"字履平，副贡，箴侄，入海州籍，光绪间军功补知县"⑤。邱心坦《归来轩遗稿》卷尾并有泰兴朱铭盘（1852—1893）撰《邱履平墓志铭》云：

> 君姓邱氏，讳心坦，江南海州人，其先实山阳人。国初有

---

①　叶德均，《戏曲小说丛考》，下册，页743—744。

②　邱宝廉，《邱氏族谱存略》（壬戌［1922］年石印本），叶25下。

③　《道光二十一年庚子科乡试同年齿录》（刻本，同治四年［1865］修补），第2册，叶31上。

④　邱心坦，《归来轩遗稿》（光绪甲辰正月校印本），卷4，叶4上。

⑤　《山阳艺文志》，卷8下，叶72下。

检讨象随,君高祖。自君曾祖移贯海州,暨君祖、父并隐德不
仕。君初以军功擢至副将,益弃去,入赀为候选县丞,竟以县
丞终。实光绪十七年十一月某日卒于天津县大沽口海神之
祠,年五十有五。明年三月,君从弟心澄来迎君丧,将归葬于
先坟之兆。妻刘氏、朱氏、朱氏。前朱氏之卒,余为之志,所谓
邱君继妻朱孺人者。子三人:福铨、福汉、福彪,并幼。福铨,
前朱氏生。女一人,适士族。君既卒,福铨倮然奉君遗诗来,
乞为删定。君之诗,余向为朱孺人志已昌言之。悲君有文武
之资,终其身乃坎坷孤飘,无一得心遂意之遇,而世乃有身未
尝履帷幕之间,幸得蒙上赏而握旌麾者项领相望也。①

由此可知邱心坦生于道光十六年(1837)②,卒于光绪十七年
(1891)。朱铭盘《桂之华轩文集》卷一收《候选县丞邱君继妻朱孺
人葬志》云:"孺人姓朱氏,海州邱心坦履平继妻也。……孺人之殁
以光绪七年四月三十日,年二十有三,以某月日葬于大伊山之麓。
子一人,福铨,女一人,前妻生也。"③

以上是关于邱心坦的生平和家属情况。邱广业曾孙邱锡彤有
《送履平兄赴吴军门幕》④,履平为邱心坦的字。邱锡彤和邱心坦
均属淮阴邱氏第十五世,由此可见山阳邱氏与迁居海州的这一支
还是有联系的。

---

① 《归来轩遗稿》,叶2上。"铭盘,字曼君,泰兴举人,叙知州,其学长于史,兼工
诗古文,著《晋会要》一百卷、《朝鲜长编》四十卷及《桂之华轩诗文集》",见《清史稿》列传
273,"文苑"三,叶20上。

② 邱心坦《丙戌除夕》诗云"五十明朝至",光绪十二年丙戌是1886年,但除夕西
历为1887年1月23日。诗见《归来轩遗稿》,卷4,叶8上。

③ 朱铭盘,《桂之华轩文集》(民国二十三年铅印本),卷1,叶7。

④ 诗开端两句为"匆匆聚首仅三年,今日骊歌转黯然",见《山阳艺文志》,卷8,叶
81上。

　　邱心如生于嘉庆年间,1827 年是待字闺中的少女,与邱心坦的伯父邱箴的年龄相若,据此或可推断邱心如并不属于"心"字辈。那么,她是否属于海州一支呢? 在这一支里边,因取名"心"字,有可能成为邱心如父亲的就只有第十三世邱殿华。邱殿华,嘉庆戊寅副举人,著有《左氏类对考》和《远香室诗文集》①。但邱殿华并未出仕,《邱氏族谱存略》中"仕迹"一栏未载,且《邱履平墓志铭》中也提到其"祖、父并隐德不仕",因此他并不符合邱心如父亲曾经"官居学博"的条件。另外,虽然邱心如父籍早卒,但邱箴曾中道光庚子副举②,也算不上"次兄戚戚困青毡"(第 32 回,页 1680),因此这一点也不符合邱心如兄长的条件。

　　《笔生花》有陈同勋于咸丰七年(1857)所写的序言,陈同勋自称表侄,故邱陈二人是表姑母和表侄的关系,丁志安曾引邱广业之孙邱禄来(1834—1863)《题陈也园姊丈揆云小厂诗钞》诗,笔者从邱广业曾孙邱锡彤《树萱馆诗草》中也找到一首《题陈姑丈也园图》③。"也园"和"揆云"即陈同勋,也就是说,陈同勋是邱广业的孙婿。邱锡彤于《送履平兄赴吴军门幕》一诗称心坦为"履平兄",自是同辈,而邱心坦也有《赠陈也园丈》诗两首④。如果邱心如属"心"字辈,她将是陈同勋的晚辈。

　　由此看来,邱心如属于迁居海州一支的说法不能成立。也许"心如"这个名字只是一个号,并不表示她在族中的辈分。

(二) 邱心如之父为邱广业说

　　近年研究《笔生花》的文章,凡提及邱心如的生平,包括笔者在内,大多接受邱心如之父为邱广业之说,但近读张思静和史小兰二

---

①　邱宝廉,《邱氏族谱存略》,"科举",叶 3 上;"著作",叶 2 上。
②　邱宝廉,《邱氏族谱存略》,"科举",叶 3 上。
③　邱锡彤,《树萱馆诗草》,叶 5 上。
④　邱心坦,《归来轩遗稿》,卷 2,叶 7 下。

人的硕士论文,已明确质疑邱广业是邱心如父亲的说法①。

(1) 邱广业的生平和行谊

就笔者从各种资料整理所得,邱广业,字勤子/鄞籽,号晴沚,嘉庆十三年(1808)戊辰乡试中举,时年38岁,道光八年(1828)戊子官凤阳临淮训导,著有《卧云居诗钞》一卷②。弟名广德,字鲁士,嘉庆十八年(1813)癸酉拔贡生③。

丁志安据邱广业中举时的乡试朱卷所录"娶秦氏,太学生考授州同讳自明公曾孙女,太学生讳垵公孙女,处士讳鳌公女"④,知道邱广业妻子为秦鳌的女儿。按丁志安确定邱广业和邱心如的父女关系,除了从邱心如的侄曾孙邱幻云得到口述的资料外,所据文献上的资料就是"邱心如父兄弟侄的著作",以及《笔生花》第12回的开场白和潘德舆的《邱君家传》。丁志安并指出邱心如和陈同勋不单是姑母和表侄关系,陈同勋也是邱心如的侄女婿。按丁志安所据的资料,邱广业之孙邱禄来所著《依草书屋诗钞》,有《题陈也园姊丈揆云小厂诗钞》诗,另曾孙锡彤(1846—1897)《树萱馆诗草》有

---

① 张思静,《从〈再生缘〉到〈笔生花〉:清代女性弹词小说研究》,香港中文大学,2010年11月;史小兰,《邱心如与〈笔生花〉研究》,南京师范大学硕士论文,2014年3月。张思静的硕士论文并附录一篇《邱心如生年考》(页123—127)。

② 南京图书馆藏《卧云居四世诗钞汇订》一册,含《卧云居诗钞》、《醒庐杂著》、《依草书屋诗钞》、《小芙遗草》、《蓄种遗草》,原件封面以小楷书"餐华吟馆藏本"六字,故该书应为李元庚藏本。《续纂山阳县志》卷13"艺文"记李元庚有《餐花吟馆诗集》(叶2下);又李鸿年《续园亭记》云:"餐花吟馆,先大父莘樵公吟咏处……先大父讳元庚,字薪桥,一字莘樵,亦字苏翁。"见《淮安河下志》,卷5"第宅",叶6下。邱奂《小芙遗草序》提及儿子的遗言,"大人编辑祖考《卧云居诗集》、《试帖》各一卷,宜早付梓人。予含泪领之,未尝忘",该序并提及"附刻《蓄种遗草》,而复以儿诗继之"。原序见《淮安河下志》,卷15"艺文",叶20下—21上。邱裕来殁于道光丙午(1846)十二月十四日,故该集应是1847年以后才刊刻的。

③ 《重修山阳县志》,卷9"选举",叶22下。

④ 丁志安,《〈笔生花〉作者邱心如家世考》,《中华文史论丛》,第22辑(1982年5月),页300。

《题陈姑丈也园图》诗,"也园"和"揆云"即陈同勋,而证据则是陈同勋曾祖陈师濂(1745—1822)《聪训堂文集》卷前署名下有"孙男晋孚蝶园编辑,曾孙同勋揆云校刊"等字。但细究丁文所提及的证据,除口述的资料以外,至多只能证明邱广业有两个女儿,邱广业和潘德舆是姻亲,以及陈同勋是邱广业的孙婿。

《笔生花》的作者邱心如在第 12 回开端有如下的自述:

> 别亲闱,自赋于归无善状。遭恶口,难当毁谤布流言。诚
> 也知,性耽寂寞甘于淡,怎奈教,世有炎凉重在甜。怕的是,喋
> 喋不休耳畔语。愁的是,朝朝欲断灶中烟。每怀惭,儿曹鲁拙
> 难为教。更念切,母族萧条不似先。一自那,老父归来悲弃
> 世,即便使,家门颠沛遇迍遭。赋闲居,诸兄沦落锥难立。存
> 苦志,寡妹伶仃针代拈。实堪嗟,望七萱帏垂暮景,当斯际,惟
> 余涕泪日涟涟。窃思予,先君一世人忠厚,里党中,品学堪推
> 两字兼。论家风,祖籍淮阴原望族。评事业,官居学博奉先
> 贤。这其间,化行士俗敦儒教,这其间,晚隐乡居少俸钱。真
> 个是,不作风波于世上,真个是,绝无冰炭置胸前。重伦常,言
> 惟礼学心无苟,余旨蓄,惠及贫寒志不悭。似这般,遗泽后人
> 该乐业,却不道,而今天道曲还偏。这年来,六亲同运皆如是,
> 竟不觉,搔首呼天欲问天。(页 625)

从上引文所见,邱心如是淮阴人,婚后生活相当艰苦①,母族于父亲去世后也相当困苦。上引文后半关于邱心如作者父亲的资料,

---

① 第 8 回的开端"十载躬将家事承。百石田租充日给,频年水旱失收成。……复授青蚨权子母,择其素信托亲朋。愚蒙不道遭欺骗,逼迫依然倍苦辛。质尽衣衫存败絮,空余性命比轻尘。……世味深尝苦不禁。剪尽抛荒针懒举,且凭笔墨暂开襟。"(页408)此处谈的是婚后十年的生活,经济条件相当不好,只有靠写作来排衍"苦"。

"官居学博"、"化行士俗"、"晚隐乡居"、"惠及贫寒"等等,或可从方志所存的资料着手验证。

邱心如先世既是淮阴望族,故笔者即翻检《重修山阳县志》、《续纂山阳县志》和《(光绪)淮安府志》等地方文献,搜寻相关的资料。《(光绪)淮安府志》中有邱广业生平的资料如下:

> 俊孙五世孙广业,字勤子,举人,选临淮乡训导。伉直有操行,早历艰虿,不屑规财货,交友謇谔不阿。弟病瘵痁作,危甚,广业褒之,与共寒热。族弟映斗贫困嗜学,广业收教成立。中表程业蹉中败,广业宅即程所赠者,亟售数百金与之,其笃义如此。①

《(光绪)凤阳府志》卷 6"秩官"有"邱广业,淮安举人,七年任"②。关于邱广业的平生,邱的挚友潘德舆所撰《邱君家传》也有详细的资料。潘氏记云:

> 邱君名广业,字勤子,山西冀宁道左参议俊孙五世孙。族多闻人,为淮郡冠。君幼容止如成人,籍隶淮安卫。两运粮而北,公私赔累,家产为罄。母早世,父永庆以诸生代子运,殂于通州。君年裁十七,困窘以归,依舅氏程,得肆力读书。既补博士弟子,入都师同邑汪文端公。时文端不肯为和相屈,以祭酒左迁侍讲③,门庭清谧,君处其家三岁,受益最多。文端数

---

① 《(光绪)淮安府志》,卷 29"人物",叶 4 上。

② 冯煦、魏家骅、张德霈,《(光绪)凤阳府志》(光绪三十四年),卷 6 下"秩官三",叶 29 上。

③ 《淮安河下志》卷 11"人物"记汪庭珍于"嘉庆初擢侍讲,迁祭酒,当国者以其不附己,多方阻抑,廷珍益自厉,不少挫,积官左都御史,上书房总师傅,礼部尚书"(叶 21 下)。

称其才,公卿闲试京兆辄报罢。嘉庆十三年,举本省乡试。道光六年,大挑二等,选安徽凤阳县临淮乡训导,年近六十矣。为训导六年,引疾归,未一载殁。①

"大挑"是清朝从举人中选官的制度,始于乾隆十七年(1752)的万寿恩科,初以恩典的形式出现,到乾隆三十八年(1773)后成为惯例,每六年举行一次。《清史稿》记载"大挑六年一举行,三科以上举人与焉。钦派王大臣司其事,十取其五。一等二人用知县,二等三人用学正、教谕"②,又"各学教官,府设教授,州设学正,县设教谕,各一,皆设训导佐之"③,又"儒学府教授,正七品,训导,从八品。州学正,正八品,训导、县教谕,正八品。训导俱各一人。教授、学正、教谕,掌训迪学校生徒,课艺业勤惰,评品行优劣,以听于学政。训导佐之。例用本省人。同府、州者否。江苏、安徽两省通用"④。

明初淮安有四卫,分别为淮安、邳州、大河、宽河,邱广业籍隶淮安卫,淮安卫在郡城,邳州卫在邳州,大河卫在新城,宽河卫在河北⑤。从上引文可知邱永庆娶程氏女,他们两父子也曾负责漕运的工作。据《(光绪)淮安府志》"中表程业蹉中败,广业宅即程所赠者,亟售数百金与之"这条资料⑥,邱广业和淮安的盐商程氏有亲谊,这位程姓的"中表"应是母族的亲谊。又邱广业《卧云居诗钞》有诗题为《哭程庾楼表兄》(叶4上),其次子邱奕(1810?—1829)

---

① 潘德舆,《邱君家传》,《养一斋集》(道光二十九年[1849]刻本),卷23,叶11。

② 赵尔巽等编,《清史稿》(北京:中华书局,1976年7月),卷110,志八十五"选举五",页3213。

③ 赵尔巽等编,《清史稿》,卷106,志八十一"选举一",页3115。

④ 赵尔巽等编,《清史稿》,卷116,志九十"职官三",页3358。

⑤ 吴玉揗,《山阳志遗》(壬戌十一月淮安志局刊),卷1,叶21上。

⑥ 《(光绪)淮安府志》,卷29"人物",叶4上。

《莳种遗草》有《哭程宏起表兄》(叶 1 上),长子邱奂(约 1800—1870)《梦游荻庄图》,题后有引,云:"癸巳仲春余自濠上旋里,中表程海艿丈以《梦游荻庄图》索题并属骈体"①。程氏在淮安是盐商,李元庚《梓里待征录》云:"程氏,徽之旺族。由歙迁于河下,凡数支:曰公、曰亘、曰大、曰仁、曰五、曰鹤,皆支分派别之所名。国初时,业禺筴计十三家,皆程姓,皆极豪富。"②

邱广业曾受业于杨钝研,时杨钝研为丽正书院院长。邱广业《哭宋近薇》诗云:"醇厚曾经旧品题,韩门风雨共闻鸡。吾师先逝君旋逝,此后津梁孰指迷。"(叶 1 下)"韩门风雨共闻鸡"句下夹注云:"杨钝研师曾以醇厚聪明许之。据《续纂山阳县志》卷 10 所记:"杨登高,字景山,号钝研,廪生。少从伯父哲夫读。哲夫字存愚,工古文词。登高擩染家学,有时誉,与陈师濂、汪廷珍善,以气节相砥砺。肄业丽正书院,院长李道南去,继者非其人,登高偕陈、汪同日出院。"(叶 28)邱广业母亲早逝,十七岁丧父,依舅父读书。又邱广业十一岁曾受业于族中的献廷公。邱奂《适岳氏族姊诔》中曾提及"先君子年十一,尝师事献廷公"③。

阮钟瑗(1762—1831)《己卯十月六日万寿圣节祝釐礼成恭记》:

今岁己卯,恭值天子六十万寿……万寿圣位,瞻拜择地,得观音寺后殿……二十人有七人俨然造焉。周视良久,佥谓殿宇宏敞,陛数级于祝釐宜。议既定,先期扫除室宇,屏蔽大士像,恭设香案,安帷幕,张灯结彩,设大烛庭燎数十。铺设既竟,列序行礼。位次东阶下,京官三人,稍后举人、拔贡十人。

① 邱奂,《醒庐杂著》,叶 3 上;《淮安河下志》,卷 8"园林",叶 3 上。
② 引见《淮安河下志》,卷 16"杂缀",叶 3 下。
③ 邱奂,《醒庐杂著》,叶 5 上。

西阶下,外官四人,稍后恩贡至,廪贡候铨者十人。先一夕斋沐私舍讫,宿寺中者四人,曰程絳、程以文、禹淮珠、程纲。夜将半,邱广业先至,眠庭,烛布茵席。漏四鼓,阮钟瑗、杨皋兰至。顷之,陈师濂至。顷之,洪廷琮至,刘崇敬至。少间,王云鸿至,屠璜至。两人性纾缓,趋寺待漏,敬事也。顷之,赵延禔至,吉星奎至,吴士郊至。顷之,丁晏、丁昱至,陶克让、骆腾凤、黄以炳、胡棠、邱广德皆至。方丈室屡满,夜犹未艾。顷之,曹镳至,程元吉至。顷之,吴准至。晓钟将动,未至者二人。未几辨色,赞礼生趣行,礼乐作,领班官偕众趋至寺下殿,东西席地坐,肃若朝仪,击磬生告起鼓者三,领班官起,由东西序行降阶,赞礼生唱序班,各以次就位,恭行三跪九叩首礼,礼毕撤班,复由东西序趋至下殿,列坐如初。顷之,入方丈室小食,巳刻设燕,拜跪序次以爵,至是序以齿……晡时①撤燕,各归私舍……丁丑岁贡生候选训导阮钟瑗恭记。②

嘉庆皇帝(颙琰,1760—1820)己卯,即嘉庆二十四年(1819),邱广业时年约 39 岁。这一则关于邱广业参加在万寿圣节祝釐,邱广业夜半至观音寺,活动直至下午五时结束。从出席的人员来看,至少可以说明他的社会身份。

《邱君家传》记邱广业化行士俗和惠及贫寒方面有更多的记载:

> 君笃于伦纪,与其弟拔贡生广德极友悌。弟少有瘵疾,痁作甚危,君衷之,与共寒热。妹家中落,养其子女十余年,以其女为子妇。族子曰煌死,君恤其寡妻,岁时修其先人墓。族弟

---

① 十二时之一,下午三时至四时。
② 曹镳,《信今录》(道光十一年[1831]),卷七,叶 34—35。

应斗贫苦嗜学,君饮食教诲之,遂为佳士。生徒贫者,率不问脩脩。①

邱广业之妹适汪耀庭,邱奂《醒庐杂著》有《哭汪耀庭外舅》,诗云"吾姑于归五十载",句下夹注云:"外姑,予姑母也。"(叶 21 上)"妹家中落"一事,与诗中"袁江豪富本素封,繁华中落门庭改,回禄罹殃窭且贫"(叶 21 下)亦吻合,句中的"袁江"即清江浦。

在邱广业的友侪当中,潘德舆②和黄以炳二人是他的深交。他们三人相识于少年,《重修山阳县志》载潘德舆"少时,与邑人邱广业、黄以炳,相命以惩忿窒欲之学"③,也就是互作誓言以约束,克制愤怒,杜塞情欲,资料亦见《(光绪)淮安府志》(卷 29,叶 6)。潘德舆和黄以炳于《(光绪)淮安府志》均有传④。潘德舆,字彦辅,号四农,道光十五年(1835)大挑一等,以知县发安徽,未赴而卒,年五十有四。黄以炳(1782—1835),字蔚文,号少霞,举人,嘉庆二十二年(1817)丁丑大挑,得知县,母戒曰:"汝性亢直,恐不能事长官",故改职授金匮训导,卒后以孝行得旌表。黄以炳的资料,亦见潘德舆的《黄君家传》:

> 黄以炳。炳字蔚雯,山阳人,嘉庆十三年举乡试第五,三试礼部不第,大挑知县,非其好也,改署泰兴训导,补金匮训导,以母老乞归。丁母忧,服未阕殁,年五十三。邑之人皆曰

① 潘德舆,《邱君家传》,《养一斋集》,卷 23,叶 11 下—12 上。
② 潘德舆于丁亥年(道光七年[1827])的诗作《岁杪与勤子别涂中却寄》开端即云"半生我一友",下注"勤子云数十年交一四农耳,涂中默诵此语,心骨作痛"。见《养一斋集》,卷 3,叶 19 下。
③ 《重修山阳县志》,卷 14"人物四",叶 34。
④ 黄以炳传见《(光绪)淮安府志》,卷 29"人物",叶 51—52,又见《山阳县志》,卷 14"人物四",叶 27 上—28 下;潘德舆传见《(光绪)淮安府志》,卷 29"人物",叶 60—62。

是孝子也。①

至于邱广业和潘德舆的交谊,详见潘德舆所撰《邱君家传》:

> 论曰:余与君交三十年,始为文字交,继乃相敦励,如亲兄弟。君官凤阳数年,每览余书,未尝不涕洟也。濒终,余在都下,语余长子亮弼曰:死生命也,吾所悲者二,吾妹及尊甫未归耳。因呜咽不已。亮弼,君次女夫也。②

潘德舆诗赠邱广业散见于《养一斋集》卷2至卷8,相关的诗作都按年编订,如乙亥年(嘉庆十年[1815])的《寄邱勤子》(两首),己卯年(嘉庆二十四年[1819])的《将赴金陵获庄别勤子》《杨露滋邱勤子招游湖心亭》③,癸未年(道光三年[1823])的《移舟过勤子斋》,甲申年(道光四年[1824])的《与勤子泛舟至爱莲亭》,丁亥年(道光七年[1827])的《招勤子(时勤子将之凤阳)》《岁杪与勤子别涂中却寄》,壬辰年(道光十二年[1832])的《秋初寄怀勤子》(三首),癸巳年(道光十三年[1833])的《闻勤子将归喜而有寄》,乙未年(道光十五年[1835])的《雨夜闻笛》(二首)。《雨夜闻笛》第二首末注有"客冬入都后锡藩、际华、勤子皆溘逝"。

　　邱潘二人私交甚笃,邱广业《卧云居诗钞》也有不少与潘德舆唱和的诗作,诸如《盛子履斋中见潘四农诗有怀》《携奕儿游获庄怀潘四农》《获白下书并闻四农将来喜而口占》《泛舟爱莲亭怀潘四农》等④,潘德舆于《卧云居诗钞·题辞》中更有诗云"展卷半因

----

① 潘德舆,《黄君家传》,《养一斋集》,卷23,叶13上。全文,叶13—14上。该传末记"是传成于乙未冬",即道光十五年(1835),又潘德舆《祭邱勤子文》有"恸黄生之新逝兮,亦尔我之同调。天累夺我之石交兮,我何恶于大造?"(同书,卷24,叶18下)。

② 潘德舆,《邱君家传》,《养一斋集》,卷23,叶12下。

③ 杨皋兰,字露滋,号香谷,别号相湾老圃,嘉庆甲子举人,工书翰。

④ 邱广业,《卧云居诗钞》,叶8—10。

怀我作,一生错种此想思"①。

(2) 邱广业的家庭

关于邱广业的生平,除了县志、府志以及家传等资料外,笔者也找到《嘉庆戊辰恩科乡试题名录齿录》上的资料:"邱广业,第三十名,山阳县学生"。"邱广业,字勤子,行一,辛卯二月二十五日生,江苏淮安府山阳县廪生,安徽凤阳县训导。曾祖愈,监生,候选通判。祖钟英,监生。父永庆,庠生"②。现据邱氏十五世孙邱宝廉所编纂的《邱氏族谱存略》将邱广业这一支脉的家世整理如下③:

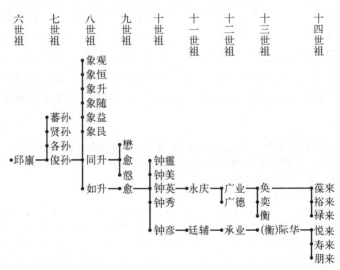

六世祖	七世祖	八世祖	九世祖	十世祖	十一世祖	十二世祖	十三世祖	十四世祖
		象观						
		象恒						
		象升						
		象随						
	蕃孙	象益						
	贤孙	象艮						
	各孙		懋					
邱廉	俊孙	同升	愈	钟灵				
			愨	钟美				
		如升	愈	钟英	永庆	广业	奂	葆来
				钟秀		广德	奕	裕来
							衡	禄来
				钟彦	廷辅	承业	(衡)际华	悦来
								寿来
								朋来

---

① 该题辞记"道光戊子七月既望四农弟潘德舆拜草",见叶1。道光戊子即道光八年(1828)。原本铅印,但有残损,"想"字为手写补缀。

② 《江南乡试齿录》,叶6下,见《嘉庆戊辰恩科乡试题名录齿录》(道光乙未[1835]刻本)。

③ 邱宝廉,《邱氏族谱存略》,叶30下。仲勉、王汉义《邱心如及其弹词巨著〈笔生花〉》曾引用邱宝廉《邱氏族谱存略》这份材料,该文见《淮安古今人物》(南京:江苏文史资料编辑部,1993年10月),第1集,页156—162。

邱广业是邱俊孙的五世孙。邱俊孙子八人，子如升无嗣，同升次子愈出嗣；祖父钟英只得永庆一子，人丁单薄；又邱广业三子衡亦出嗣从父。此外，邱象随亦无嗣，象升子迈出嗣①。传统社会以过继的方式来延续香火，笔者于此特意点出，因子嗣是《笔生花》中的人物所关注的问题，这也许是作者创作灵感的来源。

　　邱广业共三子，《邱君家传》记云："子奂，郡庠生。次奕，早卒。次衡，出嗣从父。"②长子邱奂③。字孚伯，娶汪氏，又字芙白，廪贡生④。著有《醒庐杂著》，有同治三年（1864）刻本，集中并附《诗钞》和《试帖》。又《邱君家传》记邱广业"妹家中落，养其子女十余年，以其女为子妇"⑤，应即作邱奂的妻子。邱广业之妹适汪耀庭，而邱奂娶汪氏，《哭汪耀庭外舅》⑥诗云"吾姑于归五十载"，句下夹注云："外姑，予姑母也"（叶21上），应属近亲通婚。邱广业次子邱奕，字祥仲，道光九年（1829）七月，年十九而卒⑦，著有《蔷种遗草》

---

　　①　邱象升"子七人。达、过、迈、远、迥、述、迪。过出为兄后，迈嗣为宫洗子。达、远皆早卒"。见《国朝耆献类征》（李桓辑，扬州：广陵书社，2007年），卷115，"词臣"一，叶34下。与《邱氏族谱存略》（叶7下—8下）同。

　　②　潘德舆，《养一斋集》，卷23，叶12下。

　　③　邱奂《依草书屋稿序》中云"同治癸亥秋八月二日……六十衰龄，迭遭奇惨"，癸亥为同治二年（1863）。又《依草书屋诗钞》自序又记"同治三年，岁次甲子六月"下注"时年六十有五"，同治三年为1864年。又《醒庐杂著》自序亦云"同治三年，岁次甲子孟秋下澣，芙白邱奂书"，夹注"时年六十有五"。秦焕（1819—？）《醒庐杂著序》记"同治庚午邱君醇夫暨其阿阮孟别，刊其先人孚伯先生《醒庐杂著》一书"，见《淮安河下志》，卷15"艺文"，叶16上。醇夫即葆来，同治庚午即同治九年（1870），故1870年为邱奂卒年的下限。秦焕，字文伯，咸丰九年（1859）乡试中式，《咸丰九年己未恩科并补乙卯正科江南乡试同年齿录》记"第十名，秦焕，年四十岁，山阳县候廪生"（叶1下），见《直省乡试同年齿录（咸丰乙卯科）》（同治己巳年[1869]八月）。

　　④　《淮安河下志》，卷5"第宅"，叶48上。

　　⑤　潘德舆，《邱君家传》，《养一斋集》，卷23，叶11下。该文又记邱广业临终时谓"吾妹及尊甫未归耳"（叶12下）。

　　⑥　邱奂，《哭汪耀庭外舅》，《醒庐杂著》，叶21上—22上。

　　⑦　潘德舆有《邱祥仲哀辞》一文，见《养一斋集》，卷24，叶7下—9上。

一卷。邱衡,字平孺①。

　　邱广业有两个女儿,邱奂《醒庐杂著》《亡弟祥仲忌日》诗云:
"两妹远离别,含情望湖天"(叶 20 下),又邱广业《纪梦》一诗云:
"外孙及孙女,睇视无喧哗",并有诗序:

　　　　丙戌正月二十三日宿东阿县,夜梦至大女家,登楼则二女
　　在焉。余自惭行装,大女亦似嫌太不修饰者,默无一语。外孙
　　及孙女在旁,目而不言,醒后宛然在目。仆夫已催启行矣,车
　　中口占以纪之。(叶 11 上下)

这首诗还有另一个信息,丙戌即为道光六年(1826)正月,时邱广业
已有一名外孙和孙女。《纪梦》一诗,全诗如下:

　　　　北行一千里,忽梦入汝家。登楼见汝妹,数言道阻遐。余
　　惭行客装,汝亦陋无华。相对不一语,默默空咨嗟。外孙及孙
　　女,睇视无喧哗。忆昨出门去,楼头望眼赊。连朝苦相忆,梦
　　里忘天涯。汝辈各珍摄,勿复念征车。余亦自努力,旅邸餐勉
　　加。尘缘了即归,聚首看榴花。(叶 11 下)

邱广业于道光六年,大挑二等,故"北行一千里"应指进京参加春
闱会试一事。该诗结句为"尘缘了即归,聚首看榴花",榴花见于
夏天,故句意应指夏天即归家。邱广业《哭次儿奕》一诗云:"恸
煞严与慈。兄嫂空劳苦……幼弟更沉恸……弱小两犹子……伤
心嗟尔姊,远隔尚天涯"(叶 5 下),所以这两位女儿在家应排行二
和三。

_____

①　邱广业《卧云居诗钞》叶 1 有"男奂孚伯衡平孺校"。

　　邱广业的孙辈,为邱奂和邱衡所出。邱奂共三子,长子葆来(1820—?)①,仲子裕来,季子禄来。邱葆来,字醇夫②,未娶。邱裕来,字宽夫,著有《纲目存疑》一卷③,《小芙遗草》④;邱奂《小芙遗草序》记"次儿裕来殁于道光丙子[午]十二月望前一日"(叶 1 上)⑤,丙午即道光二十六年(1846),殁时已入公元 1847 年;又"岁甲辰年二十一,补弟子员"(叶 1 下)⑥,甲辰即道光二十四年(1844)。邱禄来,字善夫,咸丰九年(1859)副贡生,邱奂季子,著有《依草书屋诗钞》一卷。邱奂《依草书屋剩稿序》记"同治癸亥秋八月二日,季男禄来又暴卒。六十衰龄,迭遭奇惨……咸丰甲寅年二十,补弟子员"(叶 1 上)⑦,甲寅即咸丰四年(1854),癸亥即同治二年(1863)。邱衡出嗣,子三人,悦来,寿来,朋来⑧。邱悦来,生卒年不详,邱裕来《病舍馆中述怀》一诗云:"难堪弱弟临歧语,也道吾兄赴郡城",夹注中有"从弟悦来甫五龄,每依依相送"⑨。邱广业曾孙邱锡彤,

---

　　①　潘德舆《邱祥仲哀辞》一文,"犹子稚而茹痛兮,况父母之深恩"句中注"勤子孙十岁,哭祥仲极哀"。邱奕卒于道光九年(1829),故邱广业长嫡孙生年约为 1819。

　　②　《蕳种遗草》著者下有"侄葆来醇夫禄来善夫校字"语,见《蕳种遗草》,叶 1。

　　③　《续纂山阳县志》,卷 13"艺文",叶 4 上。

　　④　《小芙遗草》与《蕳种遗草》一并附于《依草书屋诗钞》。著者下有"弟禄来善夫校字"语,见《小芙遗草》,叶 1。

　　⑤　"丙子"为"丙午"之误,邱奂《依草书屋剩稿序》记"道光丙午仲男裕来殁"(叶 1 上),另见《淮安河下志》,卷 15"艺文",叶 18 下。

　　⑥　邱奂,《小芙遗草序》,见《淮安河下志》,卷 15"艺文",叶 18 下;叶 20 下—21 上。

　　⑦　邱奂,《依草书屋剩稿序》,见《淮安河下志》,卷 15"艺文",叶 18 下。又"江南己未乙卯两科副榜录"记"第十四名,邱禄来,年二十二岁,淮安府附生"(叶 13 下),见《直省乡试同年齿录(咸丰乙卯科)》。咸丰九年(1859)22 岁,即邱禄来生于 1837 年,与《依草书屋剩稿序》所记不同,以家集所记为准。

　　⑧　邱宝廉,《邱氏族谱存略》,叶 31 上。

　　⑨　见《小芙遗草》,叶 2。

字孟弨,号芙孙,邱奂之孙,廪贡生①,著《树萱馆诗草》一卷。

　　邱广业有内孙男三名,内孙女至少一名,皆为邱奂所出,依序应是男(葆来)、男(裕来)、女、男(禄来)。按邱奂《依草书屋剩稿序》提及庚申寇乱时,"尽室七口……踉跄入郡城,就食长女家十余日"(叶1下—2上),《小芙遗草序》谓次儿裕来"事阿兄,抚弟妹,雍睦无间言"(叶1下),《依草书屋剩稿序》提及季男禄来"事兄姊无间言,与仲男一辙"(叶2下)②。邱葆来是邱广业长孙,前文已提及其叔父邱奕于道光九年(1829)七月去世时年十岁,即生于1820年,邱裕来"岁甲辰年二十一,补弟子员",即生于1824年。据此推算,邱广业的长孙女约生于1824年,道光六年(1826)正月时年不会超过两岁。《纪梦》诗中的"外孙"是长女所出,原因是次女当时尚未出嫁。邱广业《别次女》一诗云:"还家今送汝,远别倍伤神。一病经三载,于归只十旬。喃喃悲絮语,仆仆念风尘。嘱付耶行缓,重逢盼早春。"③该诗前一首为《题郭蓬蓬寓室遗稿兼柬潘四农》④,末句下注"时余将之凤阳",邱广业于道光戊子(1828)正月往凤阳赴任⑤,如《别次女》一诗写于赴任前,"于归只十旬"一句,即表明其次女于1827年才出阁。又邱广业之凤阳赴任,潘德舆有《送邱勤子序》,文中亦记"勤子之女新嫁为予子妇"⑥。前文

---

　　① 邱衍礽,《先府君行状》,见《树萱馆诗草》(民国八年[1919]刻本),叶12—14。《醒庐杂著》著者下有"男葆莱醇夫孙锡彤孟弨同校",自序中记"同治三年岁次甲子孟秋下澣"。又《山阳艺文志》卷8"邱锡彤,字孟弨,号芙孙,廪贡生"(叶81上)。

　　② 三则引文相关内容另分见《淮安河下志》,卷15"艺文",叶19上;卷15,叶20下;卷15,叶19下。

　　③ 邱广业,《卧云居诗钞》,叶13上。

　　④ 郭瑗,字景蓬,号蓬蓬,见《重修山阳县志》,卷14"人物四",叶29下;嘉庆中诸生,字芊田,号蓬蓬,见《山阳艺文志》,卷8,叶13上。

　　⑤ 邱奕,《戊子正月侍 大人之凤阳留别德成侄》,见《蕃种遗草》,叶1。戊子即道光八年(1828),时邱奂亦随行,见《淮安河下志》卷8"园林三",叶4下,夹注。

　　⑥ 潘德舆,《养一斋集》,卷19,叶6上。

提及邱朵的《适岳氏族姊诔》,这位族姊 22 岁适岳澄斋,由于兄长早卒,曾向邱广业请求,邱朵记云:

> 忆岁辛巳,晓村兄患中疯症,数日卒。姊向先君子泣而言曰:兄无子,继嗣亦乏,叔父虽疏族而与父兄师友谊笃,累世坟墓拜扫修葺,敢以相托。先君子含泪领之。自时岁时伏腊,必邀姊来吾家。先君子每以姊言动守礼法,举示余两妹及余妻女曰:若等当奉为楷式。呜呼! 姊之无忝妇道,其可概见矣乎![1]

邱晓村卒于辛巳年,即道光元年(1821),其中提及"举示余两妹及余妻女",或可推说邱广业长女于 1821 年底仍待字闺中。

上述各种家集所提供资料,点滴都弥足珍贵,它让读者重组出一个淮安文化人的家庭。潘德舆谓"昔人以世有文集为门户荣,吾潘氏其庶几哉"[2],这句话说的虽然是潘氏的族人,但也反映与潘德舆同代文人的观念,所以邱朵于晚年丧子,仍含泪茹悲,将儿子遗作"抄付予孙,异日谋剞劂"[3]。

(3) 邱广业为邱心如父亲的疑点

根据上一小节的资料,邱广业于 1826 年已有一名外孙,但从《笔生花》内缘资料所见,当时邱心如尚未出阁,应无疑问。邱心如在夫家的生活并不好过,第 6 回开端记云:

> 一从踪迹阻清淮,境遇由来百事乖。最堪怜,多病慵妆闲宝镜,良可叹,疗贫无计质金钗。虽则教,良人幼习儒生业,怎

---

[1] 邱朵,《醒庐杂著》,叶 5 上—6 上。这位族姊卒于戊申,即道光二十八年(1848)。

[2] 潘德舆,《家集副诵序》,《养一斋集》,卷 18,叶 1 上。

[3] 邱朵,《依草书屋剩稿序》,《淮安河下志》,卷 15"艺文",叶 20 上。

奈是,学浅才疏事不谐。到而今,潦倒半生徒碌碌,止落得,牛
衣对泣叹声皆。克勤克俭功何补,求利求名志已裁。怎比当
初依父母,止晓得,承欢取乐不忧灾。惟停针线偿诗债,或检
篇章遣闷怀。此目前,妇职原来非女职,凡百事,欲凭礼义总
须财。高堂看待虽加重,可奈这,群小离间多妒猜。止与我,
薄产一区为活计,千钧重负压枯骸。奉羹汤,安能充膳终长
鬖,乏树木,那得添薪仰古槐。最苦者,儿女姣痴不解事,有时
还,呀哇绕膝索钱来。更伤心,客冬老父悲长逝,渺渺音容隔
夜台。一别慈颜难复见,寸心千割实堪哀。诚知此恨人人有,
在我这,久别初逢益痛哉。罔极之恩惭未报,空余涕泪日凝
腮。关情亦念同胞妹,赋柏舟,矢志冰霜抚幼孩。刻下虽然依
母氏,将来未卜怎安排。自古今,红颜薄命原常事,予姐妹,未
具红颜命亦乖。此理由来浑不解,落得个,千愁万虑日萦
怀。连朝针指无心理,拈笔墨,拨闷聊将旧卷开。(第 6 回,页
279—280)

这部弹词前五回所述的事情,跟这段引文的调子完全不同,原因是
作者的生活起了极大的变化。作者在这段文字中记述出嫁后的境
况,体弱、家贫、丈夫庸碌、儿女不懂事、父亲离世、妹妹守寡等,其
中父亲离世和妹妹守寡,与邱广业逝世的时间并不相合,而邱广业
次女也并未守寡。

　　邱广业生于乾隆三十六年(1771),卒于道光十四年(1834)。
《笔生花》第 5 回结尾有“一自于归多俗累……那有余情拈笔
墨……近日阿妹随亲返,见示新词引兴长。始向书囊翻旧作,披笺
试续剔残钙。忙中拨冗终其卷,早已是,十九年来岁月长”(页
278),也就是邱心如出阁后第十九个年头才把第 5 回完成。如果
邱广业是邱心如的父亲,估算邱心如出生到出嫁 19 年后这个时间
段,第 5 回完成的时间就不可能早于 1840 年,而第 6 回开端“客冬

老父悲长逝……久别初逢益痛哉",所述为去年冬天的事情,这个时间和邱广业的卒年并不相合。

邱广业共三子二女,次子早丧,三子出嗣。《哭次儿奕》一诗显示两名女儿在家中的排行为第二和三。然而,来自《笔生花》的内缘资料,作者邱心如有两位兄长和一位妹妹,育有一子二女。第12回有"诸兄沦落锥难立",第32回有"孤侄劳劳奔白道,次兄戚戚困青毡"(页1680),又第29回结尾:

> 本已教,千头万绪心如结,更又此,第一明珠惊痘殇。正痛这,落落一春含泪过,偏值尔,炎炎三伏困人长。欢日少,事何忙,婚嫁催人累阿娘。检捡女儿箱箧毕,时光早看九秋霜。正翻旧卷思增续,不道亲兄又病亡。看了他,四壁空存良可叹,双孤无恃更堪伤。情关天性悲难已,力费经营愿莫偿。为此心烦重掩卷,得逢闲日再评量。迩来已及隆冬候,钟鼓迟迟寒夜长。笑我愁人愁莫遣,复寻秃笔续新章(第29回,页1561)。[①]

邱奕卒于道光九年(1829)七月,故上引文中的"亲兄"不可能是邱奕。又邱奂《醒庐杂著》自序写于同治三年(1864),下记"时年六十五",故陈同勋于咸丰七年(1857)为《笔生花》题序时,邱奂仍在生。况且邱奂育有三子,其中两位先邱奂而逝,故"双孤无恃更堪伤"一句也不能成立。此外,邱奕《和大兄述怀韵》一诗,于"东溪离思感

[①]　手抄本无"本已教,千头万绪心如结,更又此,第一明珠惊痘殇",另"婚嫁催人累阿娘"作"婚嫁累人累爹娘"。创作总是源于生活,所以女性将自己关心的事情作为弹词的素材,也是极可能的事情,举例如生育和照顾小孩的健康,是已婚女性所要面对的事情,所以第27回叙述文佩兰难产,徘徊于生死之间(页1431),第28回叙述慕容纯娘的儿子霞郎出天花(页1490、1493、1498—1499)。

弥甚"句下注"二姊在车轿镇"①,邱奕为次子,在家中排行第四,故邱心如只有一位兄长。

邱广业次女嫁潘德舆长子潘亮弼(字元直)②,二人育一子,名兰襜(1846—?),字伯英,壬午(即光绪八年[1882])举人,署海州学正③。据朱德慈引《山阳潘氏统宗谱续》卷 1 所记,潘亮弼生于嘉庆丙寅(1806)四月二十日,卒于咸丰丙辰(1856)九月三日,年五十一,配邱氏,邱氏"生嘉庆丁卯二月七日,卒道光己酉十二月十七日,年四十三"④,即 1807 年 3 月 15 日生,1850 年 1 月 29 日卒。邱广业于道光八年(1828)正月往凤阳赴任,潘邱二家结姻的时间为道光七年(1827)。潘亮弼卒于咸丰六年(1856),妻子邱氏早于丈夫去逝,但《笔生花》第 6 回开端"关情亦念同胞妹,赋柏舟,矢志冰霜抚幼孩"(页 280),第 12 回"存苦志,寡妹伶仃代针拈"(页 625),第 20 回"痛的是,寡妹无家苦志坚"(页 1039)等,在在显示邱心如的妹妹曾经寡居。此外,潘亮弼和邱广业二人的卒年相距约 22 年,《笔生花》第 6 回却同时提及父亲和妹夫逝世,时间相悖。

此外,《笔生花》第 12 回开端"实堪嗟,望七萱帏垂暮景,当斯际,惟余涕泪日涟涟"(页 625)。邱广业终年 64 岁,上引文提及"望七萱帏",如果邱广业是邱心如的父亲,那就是妻子较丈夫年长,这一点与常理不合。

由此看来,如上引内缘资料可靠,邱心如之父为邱广业说就不

---

① 邱奕,《蔷种遗草》,叶 2。邱广业次女夫家在车轿镇。

② 潘德舆共三子,《安徽候补知县乡贤潘先生行状》:"子三人,亮弼,郡庠生,后先生十七年卒。亮彝,邑廪生。亮熙,郡廪生。女三,适鲍抡秀,郭斗,鲍抡弼。孙六人,兰襜,亮弼出。兰实、兰同,亮彝出。兰璘、兰华、兰章,亮熙出。"见鲁一同,《通甫类稿》,续篇,叶 36 上。

③ 《壬午科十八省正副榜同年全录》(光绪八年校刊)"光绪八年壬午科江南乡试同年全录"第 33 名为潘兰襜,下记"年三十六岁,山阳县廪贡生"(叶 4 上)。《续纂山阳县志》,卷 8"选举",叶 1 下;《山阳艺文志》,卷 8,叶 79 下。

④ 朱德慈,《潘德舆年谱考略》,页 169、122 及 144。

能成立。

(三) 邱心如之父为邱鼎元说

朱德慈《潘德舆年谱考略》提到："考《山阳邱氏族谱存略》，嘉、道间山阳邱姓任学博者，除了邱广业外，还有邱鼎元(字梅臣)，嘉庆十八年癸酉(1813)中式顺天榜举人，亦曾任安徽庐江县学教谕，著有《半舫斋诗存》。未知即心如父否。"①

据《邱氏族谱存略》"科举"部分，邱氏十三世有"鼎元，嘉庆癸酉北闱举人"和"殿华，嘉庆戊寅副举人"②，十四世有"箴，道光庚子副举人"②。"仕迹"部分，在嘉庆和道光年间曾经任过学官的，第十二世有"广业，安徽凤阳县临淮乡训导"，十三世有"鼎元，安徽庐江县教谕"，十四世有"家驹，历署沛县教谕、海门厅学训导，选沭阳县训导"③，由此看来，曾经任"学博"的邱氏族人并不少。朱德慈提出邱心如之父为邱鼎元说，但未见继续追查下去。

根据《邱氏族谱存略》，邱鼎元父建寅④，祖兢，曾祖兆澧。邱兢兄弟四人，齿序为甡、喆、兢、竹。建寅兄

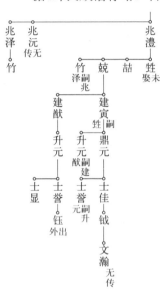

---

① 朱德慈，《潘德舆年谱考略》，页122。
② 邱宝廉，《邱氏族谱存略》，"科举"，叶3上。
③ 邱宝廉，《邱氏族谱存略》，"仕迹"，叶4上。
④ 《重修山阳县志》，卷9"选举"，叶12上，邱建寅夹注"副榜，以上癸卯"；叶13上，邱鼎元下夹注"顺天中式，建寅子"。曹镳《信今录》记"癸卯二名……邱建寅后中正榜"(卷1，叶6上)，即"己酉恩科五名……邱建寅"(叶6下)，己酉为乾隆五十四年(1789)。

弟二人,长建寅,次建猷。鼎元兄弟二人,长鼎元,次升元。鼎元有子二人,士佳、士誉。士佳子一人,钺,钺子为文瀚。其中建寅嗣甡,升元嗣建猷,士誉嗣升元。升元以士誉为嗣,后有子士显。士誉子钰①。

今南京图书馆藏邱兢撰《悟石斋诗钞》,封二有题记云:"邱兢,字陈长,号岘亭,清雍乾间淮安府山阳县人。县学生员,毕生课徒。著《春秋大事贯》一卷,《悟石斋诗文集》各一卷。子建寅,孙鼎元,均举孝廉,有著述行世。"前有北海学弟韩梦周、锡山刘执玉、东涧任瑗所作序,又有自叙一篇。卷首署"山阳邱兢字陈长号岘亭氏著","男建寅春泉编录";卷尾署"孙男鼎元进游、升元志南校字"。《悟石斋诗钞》后又有《悟石斋遗文》一卷,邱鼎元跋云:"先大父素喜为散体文,前后与吾乡任东涧,山右韩理堂两先生游②,讲求古文义法,著作甚夥。岁丙午,袁浦河溢,遗稿尽为水所没,存者断简残编,千百之什一耳。"③此处的"丙午"极可能是乾隆丙午(1786),但也可能是道光丙午(1846)④。

《阜宁县志》卷九"学校""山长"载:"邱鼎元,字梅臣,山阳人,举人。道光七年主讲,与知县安贞吉梓《观海书院课艺》。"⑤道光

① 邱宝廉,《邱氏族谱存略》,叶 18 上。

② 任瑗(1693—1774)"字恕庵,号东涧,宗延子,少闻师与友人讲圣贤为己之学,欣然向之,年十八弃举子业,攻苦读书,博通载籍,尤究心程朱之学",见《(光绪)淮安府志》,卷 29"人物",叶 31 下。韩梦周(1729—1799)"字公复,号理堂,潍县人,进士知来安县,有善政,以吏议去官,贫不能归,往来淮上最久,与邱逢年杨禾诸人友善,尤服膺任瑗,相与讲程朱之学",见《(光绪)淮安府志》,卷 29"人物",叶 80 下—81 上。

③ 邱兢,《悟石斋诗钞(遗文附后)》(近取堂藏板),叶 20 上。

④ 《(光绪)淮安府志》卷 20"民赋"末有"蠲振附",乾隆年间"五十一年大饥,河决振济"(叶 14 下),乾隆五十一年即 1786 年,但道光二十六年丙午(1846)并无振济的记录。

⑤ 阮本焱、陈肇礽等纂修,《阜宁县志》(光绪十二年[1886]刻本),卷九,叶 14 上。"安贞吉,阜宁知县,为政精敏,务期兴利除害,尤乐教育,人材月进,生童自课之",见《(光绪)淮安府志》,卷 27"仕迹",叶 83 下。

七年即 1827 年。安贞吉梓《观海书院课士录序》记云："辛卯春,梅臣山长又以诸生殷殷亟请属付剞劂,乃集前后课卷及诸生呈到观风试卷而考订之"①,辛卯即道光十一年(1831)。又《庐江县志》卷之六"职官""文职"记载道光年间任教谕之职的先后有"姚长煦,桐城人,举人,四年任","汪时杰,年失考","符兆,年失考","程宝名,年失考","邱鼎元,年失考",以及"陈之瑞,号信吾,贵池人,拔贡,升浙江余杭县,年失考"②。《(光绪)贵池县志》又记:"陈之瑞,号信吾,道光丁酉拔贡,由庐江教谕升浙江余杭知县。工诗文,书法宗米,著《字画指南》、《周易述义》、《指指山房消夏草》、《绛雪堂稿》。"③道光丁酉即道光十七年(1837)。县志应该是按照任职先后次序编排的。又据《大清缙绅全书》所载,"庐江县……复设教谕,邱鼎元,淮安人,举人,十五年十一月选","庐江县……复设教谕,陈之瑞,池州人,拔贡,二十三年八月选"④,故可推知邱鼎元于道光十五年(1835)十一月至二十三年(1843)七月任庐江县学教谕。

《阜宁县志》卷 1"疆域"载:

> 雍正九年,以庙湾镇为阜宁县治,划山阳县之马逻、羊寨等乡地八十里……咸丰五年,铜瓦厢河决,北徙不复,海滨滩地始见有坍塌者。兹就县境计之,县治西至苏家觜山阳县界八十里,又西至山阳县治七十里,西南至马家荡盐城县界一百二十里,南至草堰口盐城县界四十五里,又南至盐城县治七十

①　戴文葆,《射水纪闻》(石家庄:河北教育出版社,2005 年 7 月),卷 15,页 302。
②　钱鏐修,俞燮奎、卢钰纂,《光绪庐江县志》(光绪十一年[1885]刻本),卷之六,叶 11 下—12 上。
③　桂迓衡等纂修,《光绪贵池县志》,卷 27,"人物志""文苑",叶 17 下。
④　分见《大清缙绅全书》(京都本书坊刊本,道光二十三年春),亨集,叶 55 下;《大清缙绅全书》(京都荣禄堂刊本,道光二十三年冬),亨集,叶 55 下。

里,东南至海二百四十里,东至海一百八十里……①

《(光绪)淮安府志》卷二十一"学校"载阜宁县有观海书院:

> 观海书院,城内东南隅。初康熙中,海防同知郎文煌以南门外废五通庙改为观澜书院,未几改为社学。乾隆中,知县李元奋以西门外紫阳庵改为紫阳书院,四十年,知县阎循霖以其地湫溢,复于旧学宫故址(即文煌所建观澜书院,时学宫未立,即其处举行春秋祭)改设观海书院。嘉庆六年,知县宗守改建于学宫左侧文昌宫,后十五年知县范溱葺而新之。②

阜宁县"为海舶凑集之所",城池于同治年间重修,"为门五,东曰观海,大南门曰迎熏,小南门曰定海,西曰靖淮,北曰拱辰"③。邱鼎元符合道光中后期"官居学博"这一条件,并且道光七年曾在阜宁观海书院任山长,阜宁又靠近海边,如果待字闺中的邱心如随父在阜宁的话,即符合《笔生花》第2回开端提到的"居临海隘觉天寒"(页109)。

为《笔生花》作序的陈同勋是陈师濂的曾孙。陈师濂,字步溪,号霁堂,江苏山阳人,生于乾隆十年(1745),卒于道光二年(1822)。乾隆五十八年举人,官金坛教谕,晚年解组归里,著《聪训堂文集》四卷。《聪训堂文集》前有汪廷珍(1757—1827)所作《霁堂陈先生传》云:

> 先生陈氏讳师濂,字步溪,号霁堂,先世自徽之休宁县迁淮,累叶儒素。先生考讳隆文……生子三人,先生其季也。弱

---

① 《阜宁县志》,卷1,叶1。
② 《(光绪)淮安府志》,卷21"学校",叶11下。
③ 《(光绪)淮安府志》,卷4"城池",叶6上。

冠补弟子员,旋食廪饩。乾隆丙午科举人,庚戌会试中中书榜,
已揭榜,以执政言复撤。甲寅考充咸安宫教习,乙卯大挑二
等。……己未选授金坛县教谕,两遇覃恩加二级。敕授修职
郎。……己卯解组归里,维持风教,学者奉为典型。……道光
二年春以疾卒,年七十有八。配钟氏,继室唐氏,吾姨也,贤淑
有令德,事详先生所为行略。嗣子维和,邑庠生,能文,早世。寡
媳杨氏,亦以贞孝闻。孙一,晋孚。……年眷弟汪廷珍拜譔。①

据此可知陈师濂嗣子为陈维和,孙陈晋孚,其曾孙陈同勋称邱心如
为"表姑母",也就是说陈同勋之父陈晋孚与邱心如应是表兄妹或
者表姐弟关系。这层关系从何而来呢?

《聪训堂文集》卷四有《邱节妇唐氏传》一篇记载:"节妇姓唐
氏,余外舅虞飏先生长女,年十九适邱君鸾,未五十日而寡。……
时余与邱翁同居,相距一壁,为朗诵《柏舟》诗数十回以示讽,且详
述节妇之志,从容解之,而余外舅亦坚持不可,乃止。翁既殁,节妇
竭力为嗣子娶以续夫后。踰年卒,年四十。"②《(同治)山阳县志》
载:"邱鸾妻唐氏,幼婉娩,明大义。适邱未及五旬,鸾殁,时舅姑及
祖姑皆在堂,唐竭力营养。祖姑、姑相继殁……未几,舅亦殁。唐
以针纫自给,得饱日恒少,怡然安之。无子,以侄焕文为嗣。族子
鼐未晬,父母俱殁,唐抱养之,至于成立,世尤以此贤之。"③《聪训

---

①　汪廷珍,《霁堂陈先生传》,见《聪训堂文集》(道光二十八[1848]年刻本),叶
1—4。

②　《邱节妇唐氏传》,《聪训堂文集》,卷四,叶29。

③　张兆栋、孙云,《山阳县志》(同治十二年[1873]刻本),卷16"列女一",叶5下。
曹鑣《信今录》"唐氏,幼婉娩,明大义,年十九适邱含光子鸾,未五十日而鸾殁,时舅姑及
祖姑在堂……立族子焕文为嗣,为之婚娶,有从侄鼐,未晬,父母俱亡,氏抱而养之,亦至
成立……苦节历二十二年,年四十一,以乾隆五十四年卒。汪瑟庵陈霁堂是其邢谭,每
亟道其贤德之详而敬服之,是可征信"(卷4,叶11下—12上)。

堂文集》卷四《继室唐孺人行略》云："孺人唐氏，处士虞飏先生第三女。先生以忠厚雍睦教其家，又时举古贤媛事迹为诸女训说，故孺人自幼能柔淑，其性情无世俗浇漓之习。岁甲午，归余为继室。"①

查《邱氏族谱存略》第十二世有邱鸾，当即《邱节妇唐氏传》中提到的虞飏先生长女唐氏的丈夫，而陈师濂继室唐氏为虞飏先生第三女。据《邱氏族谱存略》，邱鸾子焕文，此后族谱无载。邱鸾与邱广业（十二世）和邱仁（十二世，迁往海州的邱殿华、邱殿芳之父）之六世祖均为邱廪，以上三支又与邱建寅（十二世）一支的六世祖均为邱璪。邱陈二家之关系应该首先是通过唐氏姊妹联系起来的。按照辈分来说，邱鸾之子侄与陈师濂之子女为姨表关系，陈师濂之曾孙陈同勋既然称邱心如为表姑母，那么邱心如应该为邱鸾的侄孙女辈才对，因邱鸾与邱广业、邱建寅是同辈的，因此从这一点来看，似乎也排除了邱心如是邱广业之女的可能。若邱心如为邱广业之女，陈同勋应该称呼其为表姑奶奶而不是表姑母。而如果邱心如是邱建寅孙女、邱鼎元之女的话，恰好邱鸾是其叔祖或者伯祖，那么陈同勋称其为表姑母是符合辈分的。如果按照邱氏族谱的辈分，邱建寅之子邱鼎元与陈师濂之子陈维和也可以表兄弟相称，算起来鼎元之女自然就是维和之孙陈同勋的远房表姑母了。

还要提到的一点是：陈师濂与邱鼎元之父邱建寅为同窗好友②，《聪训堂文集》卷二《邱春泉制艺序》云：

　　余少与春泉交莫逆，同受业于钟祥金晓堂先生之门并见赏识，一时有陈邱之目。……君于读书课徒外无他嗜好，晚岁

---

① 《继室唐孺人行略》，《聪训堂文集》，卷四，叶33。

② 邱广业《将之凤阳答潘四农》诗云："平生鲜知识，启迪惟师友。吾师无复存，谁与为亲厚"，句下夹注："杨钝研、汪文端、边叔度、春泉、吕御堂夫子皆以国士相□，今无复存矣，抚今思昔，能不慨然？"见《卧云居诗钞》，叶13下。

从游者益众。……君既没,嗣子鼎元惧其先人手泽之湮,且欲广其传以惠来学也,检阅遗箧得文千余首,择其尤者厘为二集。一则所自为,一则课徒草也。将以付梓而问序于予。余不敏,与君同学而逊君远甚,何足以知君文者。然君之文余不知,君之所以为文余则知之,且君逝矣,不复见其人矣,犹将于其文遇之,则余于是文固有不能已于言者夫。①

由此可以看出陈师濂与邱建寅关系非同一般,二人为同窗,而且有"陈邱"之并称。此外,陈师濂还提到了邱鼎元,说明邱鼎元一家一直跟陈师濂一家保持联系,陈师濂还专门应邱鼎元之请为邱建寅的制艺文集作序。也许由陈师濂和邱建寅的关系,我们可以理解为什么邱心如要找远房表侄陈同勋为《笔生花》作序了。如果邱心如真是邱鼎元的长女,邱建寅的孙女,那么父辈、祖辈与陈家关系如此密切,而且祖父的文集是父亲找陈师濂作的序,《笔生花》完成之后让陈氏后人作序似乎也是情理中的。

从邱鼎元子嗣情况来看,若邱心如为其女,且年龄比士佳、士誉小的话,是具备《笔生花》中记载的"诸兄沦落"的条件。因相关资料不足,目前也仅限于一种猜测。从《邱氏族谱存略》的记载来看,士佳、士誉似乎并未在读书上有大的建树,"书香"十四世有士佳、士誉名字,士佳为廪生。

通过以上分析,可以看到邱心如之父为邱鼎元说与现存材料并无明显矛盾之处,至少到目前为止,这一说法成立的可能性更大。若此说成立,我们不妨推论:邱心如随父任阜宁观海书院山长时开始了《笔生花》的创作,约在道光八年完成了《笔生花》前四回的创作后出嫁,其父邱鼎元在道光十五年至二十三年(1835—1843)任庐江县学教谕,邱心如在出嫁十九年后继续《笔生花》第5

---

① 《聪训堂文集》,卷2,叶18—19上。

回的创作,大约在道光二十七年(1847)冬天其父去世。

四、邱氏族中的闻人

作者于第12回开端自述"祖籍淮阴原望族"(页625),考《邱氏族谱存略》中所记恩遇、名望、书香、科举、仕迹和著作,即有系统的整理。而邱心如先祖的资料,亦散见于府志和县志,现据乾隆十三年修、咸丰二年重刊本《淮安府志》卷20"选举"和卷22"人物"的资料摘录如下:

1. 邱度①,字志中,万历四年(1576)丙子举人,万历五年(1577)丁丑进士,授南康府推官,升汝宁知府,迁潼关兵备道,起太仆寺少卿,赠户部右侍郎。

2. 邱可孙,度之侄,万历四十三年(1615)乙卯举人,万历四十四年丙辰进士。

3. 邱俊孙(1605—1686)②,字吁之,明崇祯十二年(1639)己卯举人,崇祯十六年癸未进士,授户部主事,兼兵部职方司主事,督四镇饷。授刑部郎中,出知汉阳府,擢冀宁道参政。

4. 邱蕃孙,崇祯己卯恩贡,官浙江湖州府同知,历兵部职方司郎中。

5. 邱象升,字曙戒,号西轩,俊孙子,顺治十一年(1654)甲午拔贡,顺治十二年(1655)乙未进士,选庶吉士,授编修进侍讲。以才堪外任,调琼州府通判,移武昌府通判,起补大理寺左寺副。

---

① 邱度是邱禀的叔父辈。"邱度,字汝洪,号振冈",见《(乾隆)淮安府志》,卷30"艺文",叶84上。

② "遂卒,时康熙丙寅十月六日也,年八十一。子男九人,叔子象升……季子象随"。见《国朝耆献类征》,卷206,"监司"二,叶34下。

6. 邱象随,字季贞,俊孙子,顺治甲午拔贡生,康熙十八年(1679)己未举博学鸿儒特科,特授翰林检讨,纂修明史,历司经局洗马。

7. 邱如升(1629—1689),字养正,俊孙子,以贡生选常宁县知县,特授巩昌府靖远同知。

8. 邱同升,贡监,湖广郧阳府通判。

9. 邱迥,字迩求,廪贡生,象升子,明经,乾隆元年(1736)丙辰召试博学鸿词。

10. 邱谨,字庸谨,别字浩亭,迥子,雍正癸卯(1723)拔贡生,明经。

11. 邱迈,字念祖,象随子,康熙三十五年(1696)丙子举人,授泗州学正。

12. 邱镛,康熙五十二年(1713)癸巳举人,康熙五十四年(1714)乙未进士。

13. 邱镇,镛之弟,康熙五十二年癸巳举人,福建安溪县知县。

14. 邱柱,象升孙,迥季子,雍正十年(1732)壬子举人,乾隆四年己未进士。

邱氏的家谱和淮安的府志,在在说明邱氏一族于明朝即以科第起家。府志另有一些"贻赠"和"胄荫"的资料,如"邱岚,以子度贵封推官,累赠按察司副使";"邱康,以子可孙贵,封行人,司行人;又以子永孙贵,贻封南京詹事府主簿";"邱廪,以子俊孙贵,赠刑部郎中";"邱贤孙,以孙璋贵,赠潞安府知府";"邱履亭,以子璋贵,赠潞州府知县";"邱蕃孙,以子象豫贵,赠安仁县知县";"邱象艮,以子光贵,赠建宁府通判";"邱志璟,以子镛、镇贵,两封邻水、安溪二县知县";"邱俊孙,以子象升、象随、如升两晋封中大夫,又赠中大夫"①。

---

① 《(乾隆)淮安府志》,卷20"选举"之"贻赠",叶139下—141上。

又"邱永孙，以父度荫官詹事府主簿"等①。

至于各人的著述，从《（光绪）淮安府志》卷38"艺文"的资料如下：邱象升著《南斋诗集》；邱如升著《莅经元房录》、《淮安诗城》八卷，以及《西轩纪年集》（叶4下—5上）；邱迈著《山姜诗钞》；邱璋著《天桃诗集》（叶6下）；邱同升著《箓阴轩集》和《南游诗草》（叶8下）；邱迥著《杂录》一卷，《笔记》二卷，《翼堂诗集》十卷（叶9下）；邱纶著《水西哗》；邱谨著《浩观堂诗集》6卷；邱重禧著《鹤亭诗集》；邱柱著《咏物诗》（叶10上）。也许可以这样说，邱心如生于一个良好的文化氛围，为她营造了一个良好的学习和写作的环境。

顺笔一提，清代虽然有不少女性作家和作品，若以江苏地域作统计，属于淮安的相对较少。史梅在胡文楷（1901—1988）《历代妇女著作考》的基础上再作增补，计算出江苏省八个府的女性作家1 425名，著作1 851 种，但淮安府的女性作家只有26 名，女性著作32 种②。此外，《山阳艺文志》卷8 录清代闺媛只有8 位，包括潘氏、陈云贞、刘文兰、蒋氏、吴氏、郭莹、郑蕙和陈玉岑，收诗作14首。《淮安河下志》卷15"艺文"录四种女性著作，包括潘夫人《绮云轩诗草》、刘文兰《近里集》、姚素《绘后阁学诗草》、郑蕙《茗仙诗草》，其中录有潘夫人《绮云轩诗草》的自序，以及姚素舅父张曾虔《绘后阁学诗草》的序言。《山阳诗征》卷26 亦只录清代"淑媛"五名，包括陈云贞、吴氏、郭莹、郑蕙和蒋氏，共收诗作23 首③。又上

---

① 《（乾隆）淮安府志》，卷20"选举"之"胄荫"，叶146上。上文资料显示邱永孙为邱康之子，待考。

② 史梅，《清代江苏妇女文献的价值和意义》，《文学评论丛刊》，第4 卷第1 期（2001 年3 月），页81；全文，页66—85。

③ 《山阳艺文志》，卷8，叶85下—88上；《淮安河下志》，卷15"艺文"，叶31上—34下；丁晏辑，周桂峰校点《山阳诗征》（西安：陕西人民出版社，2009 年6 月），卷26 "淑媛　羽士　缁流"，页987—998。

文提及秦鏊的侧室葛秀英,字玉贞,江苏句容人,著有《淡香楼诗词草》三卷①。袁枚(1716—1798)记云:"吴下女子葛秀英,字玉贞,秦澹园鏊之篷室。母梦吞梅花而生,幼时有老尼见而惊曰:'此青玄宫道贞女也。'劝其出家,父母不许。及长,适秦秀才,二年而卒,年才十九。秦为其刻《澹云楼诗》"②。

五、邱心如丈夫的资料

第 6 回开端"一从踪迹阻清淮,境遇由来百事乖。"(第 6 回,页279),其中"清淮"二字未知是否即清河和淮阴,以指出阁后所面对的阻隔。

关于邱心如丈夫的资料,主要来自云腴女士在《笔生花》的叙言所述"有张母邱太夫人者,生本儒宗,世居枚里"(序页 1)。据叶德均所述,邱心如嫁清河张姓,丈夫是儒生,他从邱于蕃③太太所得的口述资料,是邱心如夫家住淮安东门打线巷④。叶德均表示曾翻查过《(光绪)淮安府志》、《(同治)山阳县志》、《(民国)续纂山阳县志》等书,并无所得。然而,府志和县志中并非全无线索,只是未能确定而已。笔者检读《(光绪)淮安府志》时,"节妇"中见录"张

① 胡文楷,《历代妇女著作考》,页 691。葛玉贞《澹香楼词》一卷,见徐乃昌辑《小檀栾室汇刻百家闺秀词》,第八集,光绪二十二年(1896)南陵徐氏刻本。《淡香楼诗草》有乾隆五十七年(1792)春新草堂刻本。

② 袁枚,《随园诗话》,补遗卷五。其中内容与沈善宝《名媛诗话》(光绪鸿雪楼刻本),卷 12 叶 14 上,所记略同。

③ "邱崧生,字于蕃,诸生,直隶侯补直隶州知州"。见《山阳艺文志》,卷 8,叶78 上。

④ 叶德均,《弹词女作家小记》,《戏曲小说丛考》,页 743—744。"打线巷",见《(光绪)淮安府志》,卷 3"城池",叶 9 下。又荀德麟则指邱心如夫家在"茶巷头",见《历史文化名镇——淮安河下》,《江苏地方志》,2002 年 6 期,页 26—31。荀德麟,《千年古镇的文化轨迹》,《古镇河下》,页 16。

清源妻邱氏"①,《(同治)重修山阳县志》也录有"生员张清源妻邱氏",下记"二十五年旌"②,该年即道光二十五年(1845)。虽然暂仍无法确定邱氏的丈夫是否即张清源,但笔者续检《淮安河下志》,于卷三"坊表",又见淮安有节孝坊四,其中"一为张清源妻邱氏立在笆斗桥"③,笆斗桥位于河下粉章巷内。又卷十二"列女""节孝"项,亦见"生员张清源妻邱氏二十五年旌",二十五年即道光二十五年(1845)。为免张冠李戴,邱心如的丈夫是谁的问题,只能存疑。按清朝《钦定礼部则例》,凡守节之妇,不论妻妾,"自三十岁以前守节至五十岁,或年未五十而身故,其守节已及十年,果系孝义兼全、阨穷堪悯者,俱准旌表",而道光四年(1824)以前之旧例为"节妇守节身故须及十五年者方准旌表"④。邱心如于道光二十五仍在生,当时应未届五十之龄,故与该则例不符。由于以上则例止于道光二十四年,往后的条件如何有待细考。

张清源,字鉴渠,道光四年秀才⑤,而他是山阳县"逼租碑"的一位主角。道光六年(1826)十一月十三日,"举人陈爔、恩贡马乔年、拔贡许汝衡、职贡李程儒、附贡丁晨、廪生许联甲、廪生丁昙、增生王潜、附生范廷桂、附生张清源"共十人联名,"为公吁宪恩赏,准通详勒碑立案,永安田业事"⑥,众人呈请于山阳县立碑,"严禁恶

---

① 《(光绪)淮安府志》,卷35"列女",叶6上。

② 《重修山阳县志》,卷17"列女二",叶3下。

③ 《淮安河下志》,卷3"坊表",叶4下。

④ 《钦定礼部则例》(道光二十四年十二月十七日奏本),卷48,叶11上,见《钦定礼部则例二种》(故宫博物院编,海口:海南出版社,2000年6月),页305。

⑤ 曹镳、阮钟瑗辑,《淮山肆雅录》(清刻本,私家添注),下册,叶53上。

⑥ 《山阳绅士公呈(初次奉批)》,李程儒辑,《江苏山阳收租全案》,页8。《江苏山阳收租全案》见《清史资料》(中国社会科学院历史研究所清史研究室编,北京:中华书局,1981年10月),第2辑,页1—32。东京大学东洋文化研究所藏《江苏山阳收租全案》。

佃架命抬诈,霸田抗租,以严国法,以安民业"①,碑文由李程儒撰写,于道光七年闰五月十三日由山阳众士绅公立。这次立碑事件,是官府和地方士绅之间的合作,而这十位绅士有共同利益,才会联名呈请;另县志中亦曾提及近似的事情②。

《笔生花》的男主角是文少霞,作者把文少霞塑造成为一个到处留情的人物。文少霞误会姜德华负己,留诗后不辞而别,姜近仁认为他"不别而行旋续胶。太觉为人情义薄"(页718),又姜近仁获悉雅娘原来就是慕容纯娘,以为文少霞将纯娘卖与鸨母,即大骂"文炳丧心今至此"(页786)。笔者提及文少霞这个名字,是因为这名字和邱广业的挚友黄以炳(1782—1835)似有关联。黄以炳和邱广业同为嘉庆戊辰举人,《(同治)重修山阳县志》载潘德舆"少时,与邑人邱广业、黄以炳,相命以惩忿窒欲之学"③,《山阳艺文志》记"黄以炳,字少霞,号退坪,嘉庆戊辰举人,官金匮训导"④,《(光绪)淮安府志》记"黄以炳,字蔚文,号少霞,举人"⑤。《笔生花》中的文少霞是文上林的次子,名炳,号少霞,字蔚君。从名字来看,很难说是巧合,按理邱心如也不应以别人名讳作戏笔,但更巧合的是另一则关于黄以炳前生的传说:

> 黄以炳……父廷楷,贡生,绩学有隐德,尝应乡试,遇清河张生中涂病笃,同行者弃之去,廷楷载,与俱饮食,扶掖将归其家。张濒殁,顾曰:当为君儿以报德。及以炳生,有至性,五六岁,亲有微疾,辄涕泣不离侧。父卒,哀毁骨立。自以早孤,

① 《淮安府详定碑式》,《江苏山阳收租全案》,见《清史资料》,第2辑,页21。
② "农田之利,十一二躬亲,他多责租于佃,富家子弟不履原隰,倚人以办,至有受狙诈,荡生产,而不知者"。见《重修山阳县志》,卷1"疆域",叶6下—7上。
③ 《(同治)重修山阳县志》,卷14"人物四",叶34。
④ 《山阳艺文志》,卷8,叶9上。
⑤ 《(光绪)淮安府志》,卷29"人物",叶51下。

为学益力……①

以今人的眼光来看,黄以炳为"清河张生转世报恩"实属无稽,但这段文字却见录于府志,于当时的社会应属美谈。就现在所知,邱心如的丈夫正是一位清河的张姓儒生,也就启人疑窦,邱心如于此隐藏着丈夫的资料,也不无可能。

顺笔一提,《淮安河下志》卷 12"列女""节孝",除录入"生员张清源妻邱氏"外,同页中又随见"文生邱裕来妻汪氏"(下记"光绪五年旌"),以及"副贡邱禄来妻赵氏"(下记"六年旌")②。光绪五年和六年即 1879 和 1880 年。邱裕来和邱禄来为邱免的儿子,邱裕来死时 23 岁,邱禄来则为 29 岁,汪氏、赵氏二人年轻时便守节。

六、邱心如晚年生活

淮安曾经是全国漕运的中枢,盛极一时,据《重修山阳县志》卷一记载,山阳县于清朝初年:

> 纲盐集顿,商贩阗咽,关吏颐指,喧嘑叱咤。春夏之交,粮
> 艘牵挽,回空载重,百货山列。市宅竞雕画,被服穷纤绮,歌伶

---

① 《(光绪)淮安府志》,卷 29"人物",叶 51—52。该事另见《重修山阳县志》,卷 14"人物四",叶 27 上;黄钧宰《金壶逸墨》(同治十二年[1873]刻本)卷 2"世德录"条:"同舟生卒,公坐厅事,假寐,望见某生衣冠至,径入后堂,而家人报公次子少霞公生"(叶 15 上)。黄以炳祖父黄泰交,乾隆戊午(1738)经魁,壬戌(1742)明通榜进士。父黄廷楷,岁贡生,共三子,以炟,郡增生,以炳,嘉庆戊辰房元,丁丑大挑一等,以爕,字星雯,号斗南,岁贡生。资料参见《江苏选拔明经通谱(道光己酉科)》,叶 17 上,"黄振均"條下,见《各省选拔同年明经通谱(道光己酉科)》。

② 《淮安河下志》,卷 12"列女",叶 11 下;"文生邱裕来妻汪氏"另见《续纂山阳县志》,卷 11"列女一",叶 8 下—9 上;"副贡生邱禄来妻赵氏",同上,叶 10 上。

嬉优,靡宵沸旦,居民从而效之,甚有破赀隳业,以供一日之费,岂非浇漓之渐,不学而然者哉。①

这种情况已近乎侈靡,但自从道光十二年(1832)纲盐改票,盐运移至清河西坝,咸丰五年(1855)河决铜瓦厢而漕运停,黄河北徙,原入泗夺淮的河道废,人民的生活又有所改变。"居民端一,弦诵佃作,无他冀幸,闲艺园圃,课纺绩,贫者或肩佣自给,曾不数十年,坚贫守约,耳目易观"(卷1,叶5下)。邱心如婚后生活贫困,不能人云亦云,因为那是作为论述的基础。必须要明白的是,邱心如的境况,不完全因为女性属于一个弱势的社群,而是因为经济的萧条,天灾加上祸乱所致。邱炜的《寒雨伤麦悯农有作》:

> 寒雨苦,寒雨苦,嗟我农夫泪如雨。万顷麦苗万顷波,麦苗冻折可奈何。……老农陇畔空呜咽,不怨天时乖,不悲人力竭,但看举食待哺人嗷嗷,饥寒交迫妻孥号。况复索租税,催科习常例,蠲租复缓征,狡猾侵吞鲜实惠。不如商贾贸有无,不如百工守技艺。悯农歌,君听取,五风十雨祝田祖,寒雨寒雨勿复兴,嗟我农夫泪如雨。②

《获稻歌》:

> 春作复夏长,获稻当秋成。旱潦时无常,十年一丰盈。终岁苦劝动,登场怡我情。阴云且勿布,淫霖且勿倾。圆洁无朽蠹,仗此秋阳明。去年筑场圃,风雨来满城,禾稼半漂没,空劳耘与耕。耘耘不足惜,追呼悲此生。租税未足额,苦饥且吞

---

① 《重修山阳县志》,卷1"置域",叶5下。
② 邱炜,《寒雨伤麦悯农有作》,《醒庐诗钞》,叶1下。

声。并日难一食,遑问三年羸。好生大造德,胡弗时阴晴。安
得仓庾盈,乐利安编氓。①

邱心如在世时居于淮安河下,据《淮安河下志》卷 5"第宅"云:

> 河下方盐筴盛时,诸商以华侈相尚,几于金张崇恺。下至
> 舆台厮养,莫不壁[襞]衣锦绮,食厌珍错。阛阓之间,肩摩毂
> 击,袂帷汗雨,第宅之盛,又无论已。迨至道光间,裁纲改票,
> 鹾业始衰,河下日就颓废。迄于咸丰,庚申皖寇,一炬尽成灰
> 飞。曩所称为素封者,乃至无立锥地。重楼复阁,月槛风轩,
> 悉付杳茫想象矣。②

道光咸丰十年(1860)再遭庚申寇乱的打击,那些重楼复阁和月槛
风轩,也就灰飞烟灭了。冒广生《淮关小志》记:"咸丰十年正月,
宿、永捻首李大喜从桃源下,二月一日陷清河,三日焚掠山阳、安东
各乡。自板闸至河下,皆遭残破,板闸巡检张宸死之。"③邱夑《依
草书屋剩稿序》曾记当日兵燹前后的惨况:

> 庚申春仲,捻逆猝至,尽室七口,踉跄十余里,奔避先人墓
> 侧,薄粥日不再食者一旬。复踉跄入郡城,就食长女家。十余
> 日,贼退归家,仅存烧毁未尽赁屋数椽。赀产荡然,食指嗷嗷。
> (叶 1 下—2 上)

庚申之乱,山阳县境死难三千多人,徐嘉《殉难诸友诗》诗序云:"庚

---

① 邱夑,《寒雨伤麦悯农有作》,《醒庐诗钞》,叶 13 上。
② 《淮安河下志》,卷 3"坊表",叶 4 下。
③ 冒广生修,《淮关小志》,页 479。

申壬戌,西贼连犯郡城,山阳境内男妇殉难三千余人,余与友人袁诸名氏,请高紫峰师牒诸漕帅题旌,附祀邑之忠孝节烈诸祠,覆校元册,泫然赋此。"①至于当日民生的基本情况,《光绪丙子清河县志》因案牍不具,咸丰以后的灾害,只能据县志编者所知载录,咸丰六年(1856)至同治十三年(1874)的情况如下:

> 咸丰六年夏大旱。七年春大饥,斗米千钱。秋九月清江浦运河竭,闸上下可徒行者数日。冬十月运河流,一巨蛇盘水中,首昂立如鸡冠,至闸口侧而过,随流东下。九年县内竹有华而萎。十年春二月菜花开,作蛇蝎状,或形如戈戟,是月捻逆入清江浦,夏大雨水。同治五年夏大水。九年秋水。十三年雨,自五月至于十月不止,大水洊饥,人民流离。②

此外,我们也可从府志"民赋"中所附的"蠲振"窥知民生的状况。据《(民国)续纂山阳县志》所载,自嘉庆三年(1798)至同治八年(1869)63年间共有23项"蠲振",详列如下:

> 嘉庆三年振饥民/六年免乾隆中民欠/十一年振饥民/十四年振饥民,豁除前借籽种/十六年振饥民/二十二年免民欠/二十四年免民欠振济/二十五年振饥民/道光元年振饥民贷籽种/四年免嘉庆中民欠/六年大水振饥民/八年振饥民/十一年水灾蠲缓征银米振饥民/十三年大荒振饥民/十五年免十年前积欠贷籽种/二十年免民欠/二十二年河决振灾民/二十三年振灾民/二十五年免民欠/三十年免民欠/咸丰元年免道光二

---

① 《山阳艺文志》,卷8,叶67。高士魁,字映斗,号紫峰,见《(光绪)淮安府志》,卷29"人物",叶64上。
② 《(光绪丙子)清河县志》,卷26"杂记",叶28。

十一年至三十年民欠/同治元年蠲免咸丰中民欠/八年蠲六年以前积欠。①

邱心如晚年的生活，在同代人的记录中，可能就只有云腴女士"教秉宣文，老犹设帐"八字，现在或许只能以当日的民生境况，推想邱心如晚年生活的情形。

---

① 《续纂山阳县志》，卷6"民赋"，叶17下—18。

第二章　《笔生花》的内容

《笔生花》是清代弹词小说中的巨制,作者是邱心如,全篇共32回,计数十万言。该弹词的写作时间,据叙述者于第 32 回所述,历时三十年。然而,按其他章回所见的资料,第 6 回至第 33 回用了 11 年的时间。

一、《笔生花》的版本

心如女史《笔生花》抄本,现藏上海图书馆,该弹词有陈同勋于咸丰七年(1857)及棠湖云腴女士于同治十一年(1872)所写之序言。然而,该弹词早期之刊本,学界所知,一为光绪年间申报馆铅印本,有 16 册本及 32 册本两种,题为《笔生花》;一为光绪二十年(1894)仲夏申江袖海山房石印本,8 卷 32 回,共 8 册,题为《绣像全图笔生花》;一为光绪二十五年(1899)己亥仲夏上海书局石印本,题为《绘图笔生花》。光绪年间铅印本扉页上有"上海申报馆仿聚珍版印",无出版日期,故该弹词最早之刊本,一直只有"光绪年间"之说,除"光绪年间"外,是否有更早之刊本,无从确定。

由于弹词有陈同勋咸丰七年的序文,故有该弹词于 1857 年首次出版的说法,而序文也确实有"傥是集一出,鸡林争购"一语。汪继先《山阳河下园亭记补编》第 12 则记河下茶巷"恬素堂"云:"余髫龄时,即闻故老云:吾淮河下茶巷,张母邱太夫人,著有《笔生花》弹词小说十六卷,三十二回,历数万余言。棠湖云腴女史及陈同勋先生均有序,于咸丰七年梓印行世。余访求三十余年,原本终不得见也。"①

据盛志梅《弹词知见综录》所列,《笔生花》共有 13 种刊本,包括抄本、木刻本、仿聚珍版本、铅印本、石印本和排印本。笔者也曾查阅上海图书馆目录,见该馆有三种《笔生花》的版本,分别为抄本②、铅印本和石印本。点列如下:

1. 抄本存一部,32 回,共 32 册;

2. 铅印本存三部,为光绪年间上海申报馆铅印本,32 册本二部,16 册本一部;

3. 石印本两部,一为光绪二十年(1894)仲夏申江袖海山房石印本,8 卷 32 回,共 8 册,书前有"灿柯山人达夫"隶书"绣像全图笔生花"七字,另一为民国元年(1912)上海书局石印本,16 卷 32 回,均题作《绘图笔生花》。

铅印本应属光绪五年以后的刊本,因光绪三年《申报馆书目》及五年的《申报馆书目续集》皆未见著录该书③。阿英《清末石印精图小说戏曲目》一文曾记述"《笔生花》三十二回,袖海山房石印本,光绪二十年(一八九四)石印大巾箱本。云林张廷绘图。首图像四十幅。每

---

① 汪继先,《山阳河下园亭记补编》,页 587。《补编》有"己亥秋日象庵弟坤"的序,抄本有丁志安 1959 年写的序,负责点校的刘怀玉指该书写于 20 世纪 40 年代末 50 年代初,50 年代末定稿。

② 按阿英的说法,过去的妇女欢喜听弹词,也欢喜抄弹词,故弹词抄本流行的特别多。至于喜抄弹词的原因,是因为这类书被当作善书看,抄写一部,即是一部功德。见《弹词小话引》,《小说闲谈四种·小说二谈》,页 86。然而,读者也不能忽略刻本的价格,像《再生缘》也是传钞了数十载,才出现侯芝的刻本,让喜欢的人争相传阅。

③ 该两份书目参见徐蜀、宋安莉编《中国近代古籍出版发行史料丛刊》,北京:北京图书出版社,2003 年 5 月。

回一图,计三十二幅,甚精。八册"①。又台北图书馆目录亦见《绣像绘图笔生花》(上海:进步书局,1921?,16 卷,石印本)。又笔者于澳洲国立大学图书馆和香港中央图书馆亦见《绘图笔生花》一种,16 卷 32 回,应为上海书局的石印本,惜原件未有任何出版资料。

　　笔者看到的三种版本,都写上"淮阴心如女史著",但版面略有不同。上海图书馆所藏的抄本,凡是韵文的部分,三字句或七字句后都留一字位断句,而散文部分则没任何断句的标示。这种安排,和章回小说相若,差别是《笔生花》这部弹词小说以韵文为主,韵文部分顶格,散文部分低一格;章回小说一般以散文为主,该部分顶格,卷首的诗赞则低一格。商务印书馆铅印本《绣像笔生花》和抄本在版面上的安排相同,但石印本的《绘图笔生花》,则将韵文部分的空位改为句读,而句读只见于七字句结处。此外,商务印书馆铅印本《绣像笔生花》正文前所附的插页,只是人物的画像,没有任何背景,而《绘图笔生花》16 卷本所附的插页,人物画像都有背景。

　　《笔生花》这部弹词见录于郑振铎的《西谛所藏弹词目录》,记"商务印书馆铅印本"②。笔者检读上海的《民国日报》,见书店广告书目中有《绘图笔生花》③,故《笔生花》在晚清至民初应算一般的出版物。商务印书馆 1933 年有铅印本,1935 年二刷,题为《绣像笔生花》,4 卷 32 回;又 1984 年中州古籍出版社点校本,该版以光绪二十年上海书局石印本为底本;又沈云龙辑"中国通俗章回小说丛刊"1971 年由台北文海出版社影印出版,共 2 册 32 回,为上海大达图书供应社排印本。此外,轮田直子《清代弹词における说唱形态の特征》一文的附录"文本刊行年表",列出杭州"启秀堂书

---

　　①　阿英,《清末石印精图小说戏曲目》,《小说闲谈四种·小说三谈》,页 138。这个版本的资料和上海图书馆编号"长 494340—47"的藏本相同。另台北广文书局有光绪二十年上海书局的石印影印本。
　　②　郑振铎,《郑振铎文集》,卷 6,页 249。
　　③　例如《民国日报》1924 年 3 月 25 日中华图书馆的大廉价广告。

庄"1895 年刊行的《笔生花》①，该版本有待查考。

关于《笔生花》的出版日期，笔者及后终于在《申报》上看到《新印〈笔生花〉弹词出售》启事，原文如下：

> 杂剧院本已无当于大雅，降至弹词末矣。然妇女辈针黹余闲，往往束女箴闺训于高阁，而最好取弹词阅之，盖以其文理浅近，易以通晓也。惟语近秽亵，如《倭袍》等书，实足伤风败俗，理宜禁绝。若情虽□而务出于正，语虽诞而弗背乎经，如淮阴心如女史所著之《笔生花》一书，洵为别开生面，独运匠心者矣。此书计共三十二回，订成十六本，其中事实，颇觉可惊可喜，可歌可愕，而仍能摆脱凡庸，独标俊旨。据闻女史积三十年心力撰成是书，因窘于资，未付剞劂氏，即抄本流传亦不多见。本馆兹特购取稿本，用活字排印问世，每部收回工价洋一元四角正，准于初十日发卖。伏祈赐顾。此布。②

据此则署名"申报馆主"之启事看来，《笔生花》于光绪七年十二月初十日（1882 年 1 月 29 日）正式发售，为 16 册本。《申报》上的启事从初八日连载至十三日，之后还偶尔刊载。申报馆购入稿本，且表示原稿"未付剞劂氏"，故应可确定《笔生花》初版于光绪七年，之后也许曾经重印，仍售一元四角③。至于 12 年后之光绪二十年石印本，《申报》上亦见出版启事，题为《石印绘图增像笔生花告成》，下署"三马路申昌书画室"，原文如下：

---

① 轮田直子，《清代弹词における说唱形态の特征》，《东北大学中国语学文学论集》，第 1 号（1996 年 11 月），http://www.sal.tohoku.ac.jp/zhongwen/journal/01/01wada～hon.html

② 《申报》，第 3142 号，光绪七年辛巳十二月初八日（1882 年 1 月 27 日）。

③ 《新印铅板各种书籍出售》，《申报》，第 6606 号，光绪十七年八月初九日（1891 年 9 月 11 日），第 5 版。

> 《笔生花》弹词为淮阴女史所著,于描龙刺凤之余,成咏絮吟盐之作。骈词俪句,情文相生,久已闺阁名驰,洛阳纸贵。今特倩名手增图入画,付诸石印。字迹端妍,纸色洁白,分订八本,外加锦套,厘定码洋一元六角,茇购格外从廉。赐顾者请临三马路申昌书画室暨各书坊售报人处,均有发售。①

该则启事于初九、十和十二日连载,之后数月也偶尔刊载。从该则启事看来,书商把原来 16 或 32 册本改为 8 册本,另加插图和插画,这大概就是现存之《绣像全图笔生花》。绣像全图本每回首页左方所见书名为"绘图笔生花",每页的版心亦如是,卷首有"绣像" 20 叶,共 40 位人物,且以每两回为一单位,加入插图,如卷 1 前叶,叶上为第 1 回插图,叶下为第 2 回插图,卷 3 前叶,叶上为第 3 回插图,叶下为第 4 回插图,余类推。

上述《申报》两则启事,解开《笔生花》初版年月之悬案。《笔生花》和其他新刻书刊在《申报》上之启事,体例相近,然《笔生花》之情况较为特殊,因《申报》上另有推介该部弹词之文字,作者署名"檇李畹云女史",题为《题〈笔生花〉传奇绝句三十二首》,诗作并有序文如下:

> 余素恶传奇小说,标新立异,无非濮上桑间,才子佳人,悉是星前月下,陈言腐套,寓目堪憎。即有一二维持风化,教益伦常,亦皆略而不真,浮而不切。壬午孟春,偶阅淮阴心如女史所著《笔生花》弹词,至性天成,逸情云上,词源滚滚,仙骨珊珊,循诵回环,击节叹赏。其微言奥旨,藻采缤纷,曲绘深摹,贤奸毕肖。允矣钩心斗角,卓哉悟世警人,果撷裨史之菁华,洵属闲编之杰构也。藉闻女史一生坎坷,际遇堪悲,沦落奇

---

① 《申报》,第 7651 号,光绪二十年七月初九日(1894 年 8 月 9 日)。

才,倍深惋惜。灯窗有感,雨夜无聊,走笔偶成绝句三十二章。琴怜同调,漫嗤白雪难赓;曲奏知音,遥企绛帷可拜。质诸兰闺淑媛,绣阁名姝,其将击唾壶而雅唱也夫!①

该序文近乎书介,而序中提及"壬午孟春",也就是光绪八年正月,时序为《笔生花》初版开售以后。诗作主要为概括该部弹词各回内容。诗序和诗作占相当篇幅,故极具宣传作用。又从《新印各种书籍出售价目》所见,价目表上百多种著作,定价大都介乎洋二角至三角,但《笔生花》之定价为一元四角,故应为巨制②,宣传亦属合谊之举。此外,"樵李畹云女史"于第 31 和 32 两诗间插入一段文字云:"余草创《奇贞传》弹词,计 24 回,甫将脱稿,其中命意措词,同工异曲,阅竟为之粲然",即诗序及诗作极可能是有感而发,并非纯属宣传。"樵李畹云女史"之诗序及诗作续有回响,《申报》于两个月后,即光绪八年四月念一日(1882 年 6 月 6 日)发表了署名"曼陀罗花馆安吴女史丽清王韵仙"之绝句十首,内容大意是表示对畹云女史之向慕,并附有诗序如下:"读畹云女史咏《笔生花》三十二章,清新俊逸,工切不肤,嘘蕙吹兰,字字生香,诚属蛾眉才子,巾帼诗魁。敬慕无已,勉成俚句十绝,录呈吟坛哂政。"③

　　《笔生花》稿本得以排印出版,缘于申报馆于晚清期间印刷各种书籍发售,从初刻到再刻相距十二年,期间有"樵李畹云女史"的推介,再有"曼陀罗花馆安吴女史丽清王韵仙"之应和,笔者翻阅《申报》之内容有限,故未发现他例。申昌书画室"倩名手增图入画",配合弹词之叙事,尽管是当时流行之出版方式,但至少说明

———

① 《申报》,第 3205 号,光绪八年壬午二月十九日(1882 年 4 月 6 日)。

② 《新印各种书籍出售价目》,《申报》,第 3198 号,光绪八年二月十二日(1882 年 3 月 30 日),该价目表又见于《申报》,第 3231 号,光绪八年三月十五日(1882 年 5 月 2 日)。

③ 《申报》,第 3266 号,光绪八年四月念一日(1882 年 6 月 6 日),第 4 版。

《笔生花》是受欢迎之读物。

二、《笔生花》的写作时间

　　《笔生花》从开始到结束，共历三十年的时间，证据是作者在第32回的结尾说"浪费工夫三十载"。然而，由于作者于中途曾经搁笔十九年，故这部弹词实际只写了十一年。《笔生花》各回开端和结尾提供很多时序和相关景物的标记，可以显示出作者写作的进度，时快时慢。兹整理相关引文，表列如下：

深闺静处乐陶陶，又值三春景物妍。	1 回开端	页 1
连日阴阴雨乍收，碧梧翠竹两修修。芰荷已尽看无暑，桂魄初圆及半秋。	2 回开端	页 60
时过重阳嫌昼短，居临海隘觉天寒。闲庭雨过红芳绝，小院风来黄叶翻。触处秋光怜寂寞，每交冬日少清闲。欲供女职寒衣熨，难习儿嬉戏笔贪。阿母催工心已急，顽奴促膳兴全删。	2 回结尾	页 109
天时人事两相催，冬至才过春意回。	3 回开端	页 110
一瞬流光值早春，东风吹转百花醒。树头柳色看犹浅，枝上梅英落已频。	4 回开端	页 174
日月如梭寒又暖，光阴似箭暮还朝。时交夏令熏风至，到处炎生暑气饶。畏见骄阳帘不卷，欲除酷热扇频摇。	4 回结尾	页 224
一轮酷日照明窗，三伏炎炎昼漏长。	5 回开端	页 225
一自于归多俗累，操持家务费周章。心计虑，手怱忙，妇职兢兢日恐惶。那有余情拈墨墨，只得，油盐酱醋杂诗肠。近日阿妹随亲返，见示新词引兴长。始向书囊翻旧作，披笺试续剔残红。忙中拨冗终其卷，早已是，十九年来岁月长。	5 回结尾	页 278

作者于某年的三月开始写第1回,同年中秋开始写第2回,重阳
节后完成;第3回开始写是在冬至过后;第4回开始写是在春
天,完成时在夏天;第5回开始写是在盛夏三伏,完成时已经是
十九年以后。从开始创作到第5回开始写期间从季节来看至少
经历了一年半的时间,如果作者没有在此期间有一年以上的间
隔的话。

更伤心,客冬老父悲长逝,渺渺音容隔夜台。	6回开端	页279
东风何事报春晖,又见欣欣草色肥。	7回开端	页333
这一集,写来已有念余天。	7回结尾	页406
韶华又见一年新,怎奈逢春每负春。冷雨恰当寒食节,闲愁偏压苦吟身。……一时嗾失高堂意,十载躬将家事承。百石田租充日给,频年水旱失收成。……是夕仲春交十七,挑灯兀坐数长更。	8回开端	页407—408
时当三月中旬日,又得新词一本成。……扰襟怀,厌烦问字憎儿蠢,能调度,肯替操劳赖女能。趁阴天,偷得片闲完此卷,明朝却要理金针。寄言闺阁知音者,欲听余文索耐心。	8回结尾	页464
笑怔惚,节候浑忘过画鸭。怜惋惋,春归无意学涂鸦。	9回开端	页465
起头尚在三春日,煞尾今看六月天。祗因教,父卜佳城心绪乱,一时废卷总无闲。却堪嗤,秃毫写出难成字,残墨研来又易干。俗事纷纭愁思结,偏又被,同胞催我草完篇。	9回结尾	页516
起句始当三伏日,收篇又早九秋时。	10回结尾	页568
循环岁月暗中移,瞬息流光举目非。才见庭花红灿烂,旋看篱菊翠离披。秋气爽,夕阳低,远树烟笼鸟觅栖。	11回开端	页569

第7回写了二十多天,第8回由二月十七至三月中旬,写了约一个

月,第9回所说的"画鸭"即寒食节,该回约写了三个月,第10回大概也写了三个月的时间。第6回至第11回约用上一年的时间。

爆竹声中又一年,由来心绪总纷然。	12回开端	页625
元宵过去已多时,未见春光到柳枝。……是晚仲春初四夜,挑灯兀坐有如痴。	13回开端	页677
遥闻归雁过楼西。	14回结尾	页775
转眼流光逝水同,早又是,三春时候日瞳瞳。……《笔生花》,昨终十四今重续,休见笑,学写涂鸦句未工。	15回开端	页776
时值炎天如坐甑,闺工暂废倚妆台。甫成一卷经三月,自笑庸愚袜线才。	15回结尾	页827
连朝苦热少偷安,闭户重将旧卷翻。……赫炎炎,疏窗畏见骄阳逼,轻细细,小扇难邀暑日寒。……三伏永,百忧攒,聊以闲情寄笔端。	16回开端	页828
时值孟秋交十一,书成一集意犹赊。	16回结尾	页886
解愠迩惟炎暑涤,金风初起火云收。	17回开端	页887
连日风吹暑渐清,梧桐叶落动秋声。	18回开端	页943
只为日来多事故,无心笔砚坐芸窗。孟秋月杪临重九,方得个,一本弹词作结场。	18回结尾	页991
时逢令节又重阳,厌听秋声惹恨长。……前终十八今重续……	19回开端	页992
嗟予忙里偷闲笔,一本词成已一年。	19回结尾	页1038

　　第12回至14回所提及的时序应为春天,第15回在暮春时分开始写,大约用了三个月的时间,在夏天的时候完成。第16回在夏天开始写,到初秋时完成。第17回至18回大概是在同年秋天以后完成,但第19回却用上约一年的时间来完成。

自赋于归廿一年,毫无善状遇迍邅。……一向为人忙嫁具,此书荒废久无编。日来潦倒心神乱,绣谱慵翻针懒拈。庭树阴浓时值夏,院花繁落日初炎。权拨冗,少偷闲,再构新词续旧篇。……管隙敢窥高阁赋,毫端聊博北堂欢。	20 回开端	页 1039
起句方当三伏暑,终篇又见一庭秋。	20 回结尾	页 1089
破残屋宇偏多雨,寂寞襟怀易感秋。	21 回开端	页 1090
七夕起头交十六,新词一本又成功。	21 回结尾	页 1133
兔走乌飞疾似梭,时光又已届秋初。	22 回开端	页 1134
时值仲秋初七夜,《笔生花》,又完一本对书灯。	22 回结尾	页 1189
仲秋时节灿晨霞,天气晴明景物佳。	23 回开端	页 1190
只为年来多事故,此书荒废久相违。……迩者舅姑惊谢世,又当弱媳赋于归。	23 回结尾	页 1237

第 19 回完成后曾搁笔,婚后第二十一年的某个夏天再续写,大约是 1851 年,即咸丰元年。第 20 回约于该年夏秋之间完成。第 21 回只用了十天的时间便完成,第 22 回用了约一个月的时间便完成,第 20 回到 22 回的写作速度相当快,都在该年的夏天六月至仲秋之间即完成。写作第二十三卷的时间较长,在完成前曾搁笔一段时间,大概这时候作者的舅姑已谢世,儿子也娶了亲。

四月清和喜乍晴,三春已尽日初熏。……论世茫茫难测料,处家琐琐费经营。惟祈年岁常丰稔,但祝山河早太平。	24 回开端	页 1238
秋阳浅照诗魂细,午梦频催笔兴慵。	24 回结尾	页 1294
一卷初终再构思,且趁这,已凉天气未寒时。	25 回开端	页 1295
倚案静当秋瑟瑟,临窗厌听雨声声。	25 回结尾	页 1342
物换星移岁月周,时光早又及高秋。	26 回开端	页 1343
今朝搁笔明朝续,廿七回中再表他。	26 回结尾	页 1390

第 24 回在该年夏秋之间完成,第 25 回至 26 回大约也在同年的秋天后完成。第 24 回"山河早太平"一句,指的大概就是咸丰三年(1853)之后的捻乱。

年去年来旦复宵,时光早又近花朝。	27 回开端	页 1391
涂鸦一卷今宵毕,屈指工年二十天。	27 回结尾	页 1449
季春初一又开篇,时值微云澹雨天。	28 回开端	页 1450
才看杜宇啼红尽,倏见征鸿渡碧空。……是夕十三秋九月,复寻旧作再调融。迩来笔墨多躭搁,半载方将一卷终。	29 回开端	页 1503
第一明珠惊痘殇。正痛这,落落一春含泪过,偏值尔,炎炎三伏困人长。欢日少,事何忙,婚嫁催人累阿娘。检迭女儿箱箧毕,时光早看九秋霜。正翻旧卷思增续,不道亲兄又病亡。……迩来已及隆冬候,钟鼓迟迟寒夜长。	29 回结尾	页 1561
兔走乌飞转瞬间,三秋甫过又严寒。……时逢冬至风光少,人到贫时世味暗。……是夕嘉平刚望后,青油细蓺卷重翻。	30 回开端	页 1562
是夕仲春初五夜,又成一卷《笔生花》。这回躭搁工夫久,一个年头岁月赊。……明朝弄笔再涂鸦。	30 回结尾	页 1620

第 27 回在二月的花朝节开始写,约二十天便完稿,第 28 回由暮春开始写,约花了半年的时间才完成。第 29 回约花了一年多的时间才完成,从前一年的九月到翌年的冬天。第 30 回所说的"嘉平"即农历十二月,作者于十二月十六日开始写作,该回用了约一年的时间才完成。第 28 回至 30 回的写作时间较长,差不多用了三年的时间。

昨夜灯前一卷收,今朝握管又重修。	31 回开端	页 1621
春寂寂,夜迢迢,逝水流光暮复朝。	31 回结尾	页 1679

续表

| 一本书成二十天,团圆在即索将全。 | 32 回开端 | 页 1680 |
| 浪费工夫三十载,闲来聊以乐慈亲。 | 32 回结尾 | 页 1741 |

第 30 回于仲春初五日完成,作者随即开始写作第 31 回,该回完卷时仍是春天。第 31 回约用二十天的时间完成,至于第 32 回,相信也是很快杀青。全书完成的时候时间是在春天,完成后交给表侄陈同勋嘱其作序,陈同勋序的写作时间是在咸丰七年的七月。

如果以陈同勋写序和"浪费工夫三十载"这两个时间点倒过来推算,邱心如也许就是在道光七年(1827)前后开始写作。《笔生花》第 1 回开端云:"新刻《再生缘》一部,当时好者竞争传。……因翻其意更新调……旧套何妨另样镌……红余消遣凭书案,笔生花,三字题名作戏编"。(页 1—2)引文提及的新刻《再生缘》,香叶阁主人为刻本《再生缘》所写的叙,记日为"道光元年季秋上浣日",而现存《再生缘》最早的刻本为清道光二年(1822)宝仁堂刻本①,这是《笔生花》写作时间的重要参照点,也就是说 1822—1827 年间是邱心如的少女年代。

三、《笔生花》的人物和情节

《笔生花》故事的时间背景设定为明武宗(朱厚照,1506—1522在位)正德年至明世宗(朱厚熜,1522—1567 在位)嘉靖年间,人物主要来自三个家庭。(1)文上林,字杏圃,官翰林侍读学士。妻姜氏,为浙江省杭州仁和县世家,为姜近仁妹情。长子文燡,号少雯,字豹君,聘步静娥,继娶楚春漪和蔺宝如;次女佩兰,号九畹,初未定聘,后许谢春溶;幼子文炳,号少霞,字蔚君,初未定聘,先后娶慕

———————

① 见《续修四库全书》集部曲类,第 1745—1747 册。

容纯娘、沃良规和姜德华。（2）姜近仁，号浑庵，工部侍郎。妻莫氏（素贞），妾花氏（映玉），妾柳氏（含烟），妾燕氏（梦兰）。幼女德华，号惠英，莫氏生；长女九华，号耀英，花氏生，幼许淮阴府尹之子吴瑞征；次女玉华，号漱英，柳氏生，嫁兴献王，嘉靖帝皇后。姜显仁为姜近仁之堂兄，以玉华为继女。（3）谢涵，字秋山，海宁县世家，任山东巡抚。妻莫氏（素徽），为姜近仁妻姐；子春溶，号香士，聘文佩兰，又娶王凤嬛；女雪仙。

　　《笔生花》中的故事，格局在首五回已确定好，按"棠湖云腴女士"写于同治十一年壬申（1872）的叙文，完稿前"费几载之编摩，成一朝之佳话"（叙页3—4），也就是这部弹词定稿以前曾作修订。由于这部弹词写作的时间跨度相当长，但各回的长度相约，即能看到作者"编摩"的工夫。从内容来看，胡月仙是个重要角色。第5回众女子在园中赏花放风筝时遇见那位半仙半人的胡月仙，表示姜德华日后将"扶日月，易乾坤，管取你，青史流芳冠古今"（页235），第7回又指示姜德华改扮男装，往投谢秋山，"可自去，投谒谢行权止息。迨后日，荣华富贵列朝仪"（页379）。胡月仙在赐婚当晚离开，偷偷把姜德华的小凤鞋留下，作为信物，在鞋底留书"包你和谐"四字，并留赠七绝两首（页639）。这种预示未来的做法，和全知叙述者的角色一样，这也是故事发展的主线。

　　蓝章向文上林为甥女说亲，文上林的推辞是文少霞"妻妾宫中刑克重，三番花烛定终身"（页34），同样是预示着故事的发展。

　　姜玉华后来被蒋娘娘收为继女，并与兴献王成婚，兴献王登位后，玉华成为皇后。这个情节原来早有伏笔，就在姜近仁和姜显仁夜宴时，姜显仁因女儿怀金身故，儿子顽劣，媳妇恶逆，故姜近仁答应将次女过继与堂兄姜显仁，陪伴他们两老。当时文蔚君也在席间，"玉华次姐前番见，举止端严像不轻。较姐九华强胜远，迨后日，为妃为后事难凭。门楣必使增光彩，怎反轻将送别人"（页165），同样是一种预示。

第 4 回提及谢雪仙潜心修道，"为此姣娃存主见，立心不愿染红尘。闲中每究成仙术，静处惟观学道经"（页 205）。实际就为往后第 7 回的情节——姜德华投缳自尽，获胡月仙相救，易叉而弁，改名姜峻璧（字小峰），投靠姨丈谢秋山，被招为东床，与谢雪仙假凤虚凰——做好铺垫。假凤虚凰不被揭破，以女方修仙慕道不愿同床是一个合理的解释，这个解释亦见于《昼锦堂》，曹云标以男装随父曹玮从征，韩琦以长女静仙许配曹云标，因静仙自幼好修行，夫妇分榻而眠①。至于全篇的情节，点列如下②：

1. 文上林于归省老母时，向姜近仁面求德华为少霞室，姜近仁即留少霞在家。

2. 柏固修，浙江巡抚，子存仁。妹丈为国舅楚元方。柏固修因求塘工借饷不遂（第 10 回），与姜近仁有隙，又曾为子存仁求娶九华不遂，时值御苑新建十二座画楼，召选十二秀女，乃逼姜近仁献姜德华为秀女。德华为救父遂往，中途投水自尽，获救后又再投缳，幸为狐仙胡月仙所救，胡月仙变为德华代入京。姜德华按月仙吩咐，改穿儒巾儒服，改名峻璧，号小峰，往投山东省抚院姨母。德华自称为姜公外室子，奉父命投姨父母，请照料赴试。谢秋山夫妇爱其才，以女雪仙许配。

3. 文少霞在姜家，因误会德华负己，留诗后不别而去。文少霞道经严陵府，借宿于远房姑母家，时姑丈慕容裕已死，留下母女二人，孤苦伶仃。姑母将女儿纯娘许为妻，并即日成婚。

4. 姜峻璧、文少霞、谢春溶三人参加殿试，姜峻璧独占鳌头，文少霞为榜眼，谢春溶为探花（第 11 回）。正德帝因假德华不愿为妃，下诏归赐原夫文少霞，及入洞房，新娘忽不见（第 11—12 回）。

---

① 谭正璧、谭寻编，《弹词叙录》，页 231。
② 故事摘要见谭正璧、谭寻编，《弹词叙录》，页 250—252。下述故事简介，主要参用其中内容，并加补述。

5. 姜峻璧中北榜解元，报至家中，全家惊异。姜近仁见柏固修来贺，面斥其奸，被诬陷叛逆之罪，解入京师。姜峻璧入京探监，告父真相。及中会元，往见楚国丈，申诉父冤。楚爱之，以女春漪妻之，并奏帝释姜公出监（第 11 回）。

6. 慕容纯娘自文少霞入京赴试，为奸徒骗卖，宁死亦不愿沦为妓娟，被虔婆灌吞瘖哑药后转卖（第 13 回）。慕容纯娘刚好被卖入谢府，谢雪仙欲纳为夫妾。姜峻璧知其为少霞妻，即告以真相，暂为假夫妻，并治愈其瘖哑之疾（第 14 回）。时纯娘已有身孕，生一子，取名霞郎。峻璧父子、夫妇回杭团聚。

7. 姜显仁因子受累，谪降为武昌知县，愤罣病殁。玉华为继兄逢吉所嫉，逢吉在酒中下蒙汗药谋害，待玉华昏倒后即置之木柜中活埋，幸兴献王朱厚熜出猎获救，给带回宫中（第 15 回），蒋娘娘收为继女，后即与兴献王成婚。

8. 文少霞屡疑姜峻璧为德华改妆，闻其随父归杭，请母试探。母以为峻璧之妾已怀孕，决非女子。文少霞失望，又闻纯娘已失踪，遂允户部侍郎沃又新之请，入赘为婿。不料沃良规悍妒异常，婚后常与少霞争吵，沃又新因此气恼而亡。

9. 正德帝疾，欲迎堂弟兴献王来京继位，为楚国丈所阻。及正德帝驾崩，楚国丈僭位自立，姜峻璧、文少霞伪与相从，暗请得太后诏书，迎兴献王回京，并与文上林、王守仁、姜近仁等晓谕各省起兵伐楚。乱平，兴献王登位，玉华为后。姜峻璧封忠义英烈侯，兼任首相。文少霞为襄成武林伯、都察院御史。

10. 文少霞总疑姜峻璧为德华，与家人共商，请姜母来家赴宴，向之哭泣哀告。姜母不忍文家苦求，乃承认姜峻璧为其女德华改扮。事情大白，帝封德华为忠义英烈女侯、靖国夫人、武林郡主，御赐与少霞完婚。谢雪仙不愿同嫁，另居内院修道。不久，德华又劝少霞与慕容纯娘、沃良规和好重圆。

11. 内宫妃嫔争宠，几酿大乱，少霞夫妇入宫平定。德华以功

受册封为公主,其子姜文彩,袭母职;女文淑,为太子妃。德华又祷
月代父求子嗣,其妾燕氏(梦兰)果生一子,名如璧,号又华。姜、文
两家衣锦荣归,子孙满堂。

四、《笔生花》的叙述方式

关于弹词这种叙事文本,笔者认为可以借用叙事学的理论来
研究,有助理解作者和读者之间的各个层次。查特曼(Seymour
Chatman)和雷蒙-凯南(Rimmon-Kenan)指出,一个文本涉及作者
(real author)、隐指作者(implied author)、叙述者(narrator)、叙述
接收者(narratee)、隐指读者(implied reader)和读者(reader)[1]。
图示说明如下:

作者→隐指作者→叙述者→叙述接收者→隐指读者→
读者

真实的作者(real author)和弹词中的叙述者(narrator)是可以区
分的,这个道理本来就简单,作曲的人不必一定就是演唱的人,阮
葵生(1727—1789)《茶余客话》"杨幼凫为盲女演弹词"的记载,就
是很好的说明。(详见下文)。叙述者可以是有生命的,甚至有性
别,也可以是没有生命的。但叙述者的权力是非常有限的,叙述者
只是传达隐指作者的意愿。依据文本的叙述,读者可以重构出这
位隐指作者。《笔生花》中的叙述者,她的性别可以确定为女性。
为便往后的论述,笔者将这部弹词的叙事结构分作三个面向:
(1) 弹词中的故事;(2) 叙述者向听众讲述弹词中的故事;以及

---

[1] Seymour Chatman, *Story and Discourse: Narrative Structure in Fiction &*
Film (Ithaca: Cornell UP, 1978), p. 151.

(3) 作者给读者写的故事。说唱类的弹词有(1)和(2)两个面向，供阅读的弹词则可以同时拥有三个面向。在第二个面向中，读者会发现叙述者喜欢在每一回的开端或结尾讲述一些个人的事情，而在讲述故事的过程中，她又每每喜欢对人物的行为加以解释，又或是批评。

(一) 自我的呈现

《笔生花》第 1 回开端，叙述者即申明意图，对《再生缘》的"立意"表示意见。"刘燕玉，终身私订三从失，怎加封，节孝夫人褒美焉？《女则》云：一行有亏诸行败。何况这，无媒而嫁岂称贤？郦保和，才容节操皆完备，政事文章各擅兼。但摘其疵何不孝？"(页1—2)叙述者不能等同于作者，如果是现场说唱的话，还有一位弹唱者，当然弹唱者也不一定就是作者①，但笔者认为他们的意识应是互相纠结的。邱心如并非第一位对《再生缘》中的角色有意见，吉水《近百年来皮黄剧本作家》曾转引李云庆(1864—1934，光绪十七年进士)的评语：

> 《笔生花》一书，虽事迹过于故常，不脱《再生缘》窠臼，而文采之胜，则当首屈一指。其另撰姓名，而攻驳《再生缘》之谬，亦较《金闺杰》仍写皇甫少华孟丽君，而作翻案文字者，为得法云。②

---

① 阮葵生《茶余客话》的"杨幼荺为盲女演弹词"记云："吾乡杨幼荺广文。年七十。致仕回里，饥饿不能出门户。后群盲日造其门，资其伙馔，筠笼蛮檐，穷极丰腆，人不解其故。久之，知广文以歌曲擅长，多取耳闻目见之事，演为弹词。新声绮调，盲女以得者声价顿高，广文遂藉以娱老焉。"(卷 21，叶 10 上)上引文说明"盲女"是弹唱者，"杨幼荺"则是作者。

② 吉水，《近百年来皮黄剧本作家》，《剧学月刊》，3 卷 10 期(1934 年 10 月)，页 8。该文另见录于谭正璧、谭寻的《弹词叙录》。该刊各篇文章独立编页，共 13 页。

香叶阁主人侯芝(1764—1829)将《再生缘》改写为《金闺杰》,其《题词》评孟丽君"齿辱直逞明枪利,骨肉看同蔽屣遗。僭位居然翁叩首,裂眦不恤父低眉。倒将冠履您还小,灭尽伦常罪莫疑"①。此外,冯沅君(1900—1974)亦指出,书中的布置、穿插多与《再生缘》针锋相对②。就"辱父欺君太觉偏"一语而言,从这句话检视《笔生花》,笔者看到其中有颇多笔墨是关于父女情的描写。姜近仁遭诬陷系狱,姜德华上京赴考,到京时即买通牢头,探望父亲(页588)。为了迎救父亲,姜德华于高中后,楚元方有意招为女婿,姜本为女子,乔装男性,亦只能答应。姜近仁获释后,多次酒醉,都是由姜德华侍奉安眠(页707)。须注意的是,心如和父亲的关系极好,第12回就有"嗟吁回忆当初日,荷父垂怜爱独钟。悦色和颜常习惯,哮声恶语未经逢。固不期,此生际遇今如此,只落得,忆及慈颜恨迭重"(页675)。

女扮男装的故事,在邱心如所处的时代,已非新奇之事。《笔生花》第1回说"新刻《再生缘》一部,当时好者竞争传"(页1),即《再生缘》已属妇女的流行读物。卢前曾认为弹词之所以流行的原因:一是弹词描绘得细腻动人,刻划细物琐情,无微不至,而家常细故,读者如亲历其境;二是作者以妇女为多,读者亦以妇女为多③。卢前于该文中亦提及儿时因母亲喜读《笔生花》和《再生缘》而知悉两部弹词的名字④。郑振铎在《从变文到弹词》一文中

① 侯芝,《金闺杰》,道光四年(1824)怀古堂刻本,16回16册。清华大学图书馆藏本。

② 沅君,《读〈笔生花〉杂记》,《北京大学研究所国学门月刊》,1卷2期(1926年),页202。

③ 卢前,《弹词》,《酒边集》,页72。

④ 五四时期的女作家庐隐(1898—1934)在其自传中也表示爱读《笔生花》、《来生福》一类的弹词。转引谭正璧、谭寻搜辑,《评弹通考》(北京:中国曲艺出版社,1985年7月),页289。

指出：

> 弹词有两种。一种是光看的……一种是实际弹唱的……
> 中国女子自己为吐泄不平之气而作，又复为历来妇女间最流
> 行之读物者，此为仅有之文体，如《天雨花》、《笔生花》等书，咸
> 记女扮男装，中状元，出将入相一类故事，皆一种下意识的反
> 抗，于想象中求梦境的满足。故弹词可认为女子的文学。①

故事中人物易钗而弁的行为，郑振铎从补偿心理的角度来解释。
除了作者以外，读者或听众同样得到了满足。第 16 回写姜峻璧在
梦中的奇遇，那位"脂粉都巡"，经胡月仙转述，知道姜峻璧的孝烈，
于是向姜峻璧提出："我想忠孝节义此四字兼全者，闺阁中甚少。
意欲使汝一身兼之，以传后世，为我辈生色，不亦美乎？未知汝可
有此胆志否？"（页 882）也就是说，要成全姜德华的忠孝节义。相
对于弹词中的其他人物，胡月仙属于他界的异类，是叙述者创造的
另一个近乎全知的人物，向姜德华预示着她的未来，又偷取姜德华
的小凤鞋，并题诗留给文少霞，预示他们最终的结合。

　　除了下意识的反抗之外，叙述者不忘告诉读者，自己有新的见
解，"因翻其意更新调，窃笑无知姑妄言。陋识敢当莲出土，鄙人原
是管窥天。偷弄笔，试披笺，旧套何妨另样镌"（页 2）。叙述者是
以女性的身份自居，经由创作而确立自己的存在，这是一种自觉的
意识。胡晓真评之为"这一种对'自我作家'形象的坚持，在妇女文
学史上不可不谓为一个重要的里程碑"②。自我呈现的身份，不一

---

　　① 　该文原为郑振铎于 1932 年 10 月 14 日在北京大学演讲的一篇讲稿，见《郑振
铎文集》，卷 6，页 243。
　　② 　胡晓真，《才女彻夜未眠——清代妇女弹词小说中的自我呈现》，《近代中国妇
女史研究》，3 期（1995 年 8 月），页 59。

定是真确的,因为这个自我的本身,也可以虚构。所以观众所听到的,又或是读者所看到,仍然是一个虚构的人物。叙述者从来没有说自己在说真话,倒可能是读者误会叙述者如实表白。这部弹词在各回的开端和结尾所透露的个人资料和境况,其中内容也许不完全可靠。当中的内容,或有虚构的成分。时序或时局一类如属当下的信息,不用隐讳。至于个人的资料,作者实毋需向听众或读者坦白。

胡晓真的文章以《玉钏缘》为例说明其中的自我指涉,这篇文章给笔者的启发很大。黑格尔(G. W. F. Hegel,1770—1831)将人的意识分裂为两种存在的意识,一为超越性的或"在看的"自我(observing ego),另一为固定的自我或"被看的"自我(observed ego)。其后萨特(Jean-Paul Satre,1905—1980)将这套观者与被观者的双重自我称之为"自觉存在"(for-itself)和"自体存在"。萨特认为心灵要视身体为他者,而自我又需要视他人为他者。西蒙·波娃(Simone de Beauvior,1908—1986)从这个存在主义的理念入手,在她的《第二性》中即指出在这个己/他之别(Self/Other)的思想中,男性一开始即为自己正名为"己",女人则为"他"。波娃认为直到二十世纪,女人仍然处于"他者"这个基本角色,不能投身于创造性、超越性的计划。她们只能认同丈夫的行动,并假想那也是她们的成就①。笔者以为这种心灵的二分有助理解《笔生花》这部弹词不断提供个人资料的现象,正如郑振铎所说的,"没有一个女作家曾像她那样留下那么多的自传的材料给我们的"②。邱心如并非如波娃所说的不能投身于个人的创作,相反在妇职和写作之间,她努力取得一种协调。这种协调当然也有先后之分,至少叙

---

① 郑至慧,《存在主义女性主义:拒绝做第二性的女人》,见顾燕翎,《女性主义理论与流派》(台北:女书文化事业有限公司,1997年1月),页71—104。
② 郑振铎,《中国俗文学史》,下册,页378。

述者不断告诉读者,写作是在应有的工作完成以后,才敢偷闲,又或者是利用晚上的时间写作。从弹词中的叙述所见,做父亲的给予女儿接受教育的机会,但当女儿的要先学习"女工",然后才"偷闲弄笔"。弹词有娱乐的功能,但作者不能光想着娱乐别人。如果结合邱心如的背景和际遇,心中的郁结不能不吐,这也可以解释她为何在弹词的回首和回末提供一些个人的资料。弹词中的叙事主体的意识和被叙述的主体,处于一种观看和被观看的关系当中,而这个主体意识不断引领着读者听取她的声音。

(二)角色和叙述者的声音

弹词中经常有两种声音,一是角色的声音,一是说书人(叙述者)的声音。关于人物的性格,叙述者经常直接介入作判断,例如关于姜近仁的姬妾花氏,叙述者的叙述是"花氏为人多忌猜,颜如桃李性如豺。入门见嫉欺同辈,行处工谗有贱才"(页5),又如吴瑞征挺身护妻,和姨娘打斗一幕,按叙述者的用语,"却原来,成姨气力蛮牛似,到底是,粗笨之人下贱胎"(页414),这种声音有助读者或听众了解不同的角色。第28回写吴被成氏和刁贵毒害,叙述者的评语是"轻家妇,薄亲男,败落门庭集盗奸。以致今朝为所害,想伊死去亦心甘"(页1463)。第29回写成氏认罪后被判凌迟,一干人等被处决,叙述者又云:"要知处世为人者,天网恢恢莫看轻。自古奸臣和贼子,到头果报岂差分。今朝但看吴成氏,为陷他人陷自身。若肯低头随本分,守其清白侍东君。吴家富贵非凡比,自可安然享一生。只为存心多不法,奸残欺罔又宣淫。因教恶报当前至,一旦身骸寸寸分。"(页1531)第12回写文少霞与胡月仙完婚当晚,胡把火烛吹熄,然后遁去,叙述者即直接向听众交待:"要知他,本为方外无根树,岂效人间并蒂莲? 故所以,一阵清风随遁去,做书人,月仙交待俟他年。"(页634)第11回正德帝叙述将姜德华放归,赐配文少霞,但在金銮殿上,"圣主无言色不欢",叙述者随后便直接向读者解释:"你道为何,原来因见姜美人玉容如昔,绝世倾城,龙心深惜第一名花,转为他人所有。纶音已下,不好挽回,故此不悦。"(页623)第15回"若非教,小姐天生鸿福大,怎能够,当头白虎化红鸾。此情后话今休表,且说夫妻听婢言"(页793),叙述者略作解释并刹住,兼且制造了悬念。

(三)叙述的过场

如果依据魏绍谦以弹词的表白作分类①,《笔生花》应属"有表有白"一类。《笔生花》每一回的开篇没有诗,但却有一些叙述者的陈述。陈述之后便接着用"闲文表过书归正……"带出叙述者的白口。在唱句停止的时候,用"话说……"二字,便可以开始叙述其中故事。例如第7回开篇过后,便是"前文接叙重题表,研墨抽毫另起为。上本曾云姜小姐,身遭强逼出香闺"(页333);第8回开篇过后,便是"归正传,揭闲文,再续新词仔细吟。虽然教,头绪繁多人数杂,也须得,枝枝叶叶细详明。前回表过仙家事,此集当将婢子云。"(页408)

《笔生花》的叙事,主要以顺时的方式进行。场景的转换非常容易,主要以截断时间发展的方式进行。以第27回为例,该回约有二十多次转换所述的事件,而关键的用词也是相近的,如"不言此处闺房语,提到无知沃氏缘","不言荡妇胡思想,却说多才见沃娘","不说良规心术歪,却言秀士蔺多才","不言母女共猜摹,却表贤哉步静娥","按下静娥心上事,回文仍说沃姣姿","漫言无耻轻狂女,再把来朝事件提","话来且说风流相","慢表众人齐集至,却言负怒那文郎","按表姜公朝帝事,单言姑嫂两夫人","回文提到皇亲语","题到多才姜郡主","按下闺房各怨生,词中说到莫夫人","不言圣主归宫事,仍表风流小俊豪","按表风流丞相语","归去闲文休细表","不表娘儿心切切,话来提到莫联奎","少停分娩

① 魏绍谦,《弹词文学》,《北平晨报》,1931年4月23日,副刊"北晨学园",第9版。

香房事,提到尚书乔梓们","提到佳人王凤翾","慢说此间方哭泣,且言三位在书厅","按表这边真紧急,提一提,皇亲府里女多才","此话书中且撒开。却说佩兰文小姐","不说人人各自眠,却题郡主美婵娟","不说轻红正要来,却提王氏女裙钗","不言各自转潭衙,却说风流谢探花","话来不表皇亲府,且把尚书宅内详","按表佳人深喜悦,是宵郡主伴姨娘"(页 1391—1449)。不同事件之间的剪接非常简单,利用近似的关键词语就可以不断敷演和牵合,来往穿梭于不同的时空。

(四)《笔生花》的七言句

弹词以七言句为主,间以三言。综观《笔生花》中"唱句"的确以七言句为主,并间以三言。这些看似不规则的三七言唱句,仍有可寻的固定模式,如"三三七"和"三三三七"句式。以第 7 回和第 14 回的句子作例,第 7 回的"三三七"句近八十句,举例如"呼爱女,骂奸臣,愤懑于中无处伸"(页 334),"垂广袖,动弓鞋,小婢相随便出来"(页 335),"如丑鬼,似妖狐,时卖风流欠自如"(页 337),"休就搁,莫延俄,就此前行快走波"(页 347),"真可惨,是堪怜,死别生离苦万千"(页 366),"言悄悄,笑嘻嘻,共议今宵莫解衣"(页 376),"宵及半,月初斜,怜惜床中睡正賒"(页 376),"陪不是,献殷勤,息下嗔容笑脸迎"(页 383),"连凤履,掩鸾衾,整整齐齐不解裙"(页 402),"抛姐妹,撇椿萱,欲见亲人在那边"(页 405),"心各照,意深然,常伴清谈话一篇"(页 405)等等,前边的两个三字句似都是补充后面七字句的句意。第 14 回有"三三三七"句式共十句:"求凤侣,结鸾俦,务要这,美眷重谐愿始酬"(页 725),"诚妄诞,实荒唐,猜不透,他这心中甚主张"(页 731),"承雅爱,泐衷私,讵奈我,不愿新弦续旧丝"(页 731),"真可痛,更堪怜,再休想,破镜重完徐德言"(页 735),"真美妇,好新娘,这芳姿,除了姜郎世少双"(页 740),"情已决,志难输,所喜这,花柳芳菲无处无"(页 744),"真怪异,好荒唐,却不道,文炳为人怎昧良"(页 747),"真可恶,忒无良,到叫我,代汝生嗔又感伤"(页749),"为策画,细评量,有一句,不揣之言可听将"(页749),"心各遂,愿俱偿,三学士,同日成婚入洞房"(页766)。一个明显的现象,是第三个三字短句跟后面的七字句的结构显得紧密,像是主谓或动宾的构句。

除了以上的句式外,在其他各回还有一些运用重复的三言衬字组成的三七三七句式,举例如下:

> 真个是,丛丛树木红盈槛。真个是,迭迭楼台翠拂檐。见几处,深院鸟飞花影舞。见几处,曲池鱼喋水涡圆。(第7回,页404—405)

> 真个是,应推国士无双品。真个是,独占群芳第一枝。(第14回,页749)

> 见几处,夹岸榴花翻锦浪。见几处,隔溪杨柳琐清晖。见几处,平波戏水鸳鸯浴。见几处,古木争栖燕雀围。(第3回,页110)

> 一样是,参丁八宝烧家鸭。一样是,鱼翅三鲜脍蟹黄。一样是,虾饼初煎松且嫩。一样是,鲜鲥新炖美而香。(第3回,页115)

> 只可惜,吟椒咏絮才无匹。只可惜,赛玉羞花貌绝双。只可惜,多智多能贤女子。只可惜,全贞全孝好红妆。(第7回,页369)

> 劝千金,此行一路诸珍重。劝千金,凡事三思细忖量。劝千金,殉节捐生行不得。劝千金,尊荣安富且从常。劝千金,须图实际今生乐。劝千金,莫博虚名后世扬。(第6回,页322)

> 有时节,彩笔分题成小句。有时节,焦桐共理试清音。有时节,灯前遗兴棋双弈。有时节,月下开怀酒一樽。(第7回,页362—363)

> 枉了我,劬劳抚育三年乳。枉了我,苦历艰辛十月胎。害

得你,隔断家乡离骨肉。害得你,飘流异地逐狼豺。不得知,今生可得重相见? 不得知,是在人间是夜台? (第8回,页461)

可也知,云飞巫峡归三岛,可也知,路隔星河各一天。好在你,射雀屏前花又发,好在你,画眉窗下月重圆。可休羡,事由前定沟中句。可休羡,缘结今生塞上篇。止有他,女子襟怀甘冷淡。谁似你,丈夫气量太缠绵? (第11回,页596)

就所见,这些重复的三言短句,似乎没怎样的限定,但都有调整节奏和句意接续的功能,属于表达的需要。

(五) 攒十字

如果说女性借着书写来肯定自己的存在,在弹词中也有一段文字是颇有意思,那就是慕容纯娘的那篇"绝笔"。慕容纯娘遭骗卖为娼,绝粒求死,复遭鸨母毒哑,卖予谢府作婢。慕容纯娘知道谢雪仙欲将她纳为夫妾,欲投水自尽,并留书道明原委,幸姜峻璧及时发觉。"薄命女,慕容纯,哀词绝笔。敬留奉,诸君看,表此哀忱。……闻得道,姜状元,少霞中表。救严亲,多孝义,想见其行。料不与,薄幸夫,一般见识。留片笺,遗苦节,乞代伸明。若得个,表清名,九原衔结。佑状元,官极品,福寿骈臻"(页745—747)。这篇绝命词固然有控诉的成分,但叙述者似乎把求死作为女性唯一的出路,而上文提及的投江和自缢也如是。

这篇绝命词全篇统一用"三三四"的句型,《笔生花》中的另一例见吴成氏的招供状:

要晓妖娆供甚语,攒成十字表沉冤:小仆妇,身姓成,生于江北。为年荒,遂卖与,吴宅为奴。到其家,蒙主母,十分优待。恨无知,多口过,惯作挑唆。……只得个,直招认,一字无虚。乞大王,姑念我,无知愚昧。略从轻,诸罪款,法外存辜。免抽肠,和剥肚,各般冥罚。凭发去,畜生道,为犬为猪。(第

29 回,页 1528—1530)

陈文璇论述《笔生花》的句型特点,亦注意到这两篇文字,指出其为
说唱文学三三四攒十字句型。这两篇文字有一个共同的特点,都
是自我剖白,叙述事情的始末,所以陈文璇曾把这两篇文字列作
"情节重述"的用例①,但更可能的是叙述旧事或回想从前。相对
于《笔生花》全书的篇幅,攒十字句实在不多,但这种现象在其他的
弹词中也相若。以《天雨花》为例,"三三四"的句型用例也不多,例
如第 2 回申家媳妇董兰卿的鬼魂向左维明诉冤:

> 要知鬼诉冤情事,攒成十字表分明。
> 那女魂,见生人,仓皇失措。退无门,归无路,难以藏身。
> 他只得,近前来,散而复聚。向贵人,低头拜,匍匐埃尘。止听
> 得,要问他,有何冤抑。战兢兢,双流泪,口出人声。手执着,
> 那汗巾,声音凄惨。叫一声,蟾宫客,听诉冤情:念女魂,董兰
> 卿,名门之女。有家乡,衡山住,世代簪缨。……若得个,大贵
> 人,一言吩咐。许兰卿,将仇报,立刻行程。我不知,那一位,
> 天星贵客。感冥王,来指示,今始分明。念女魂,怎敢向,生人
> 作祸。为生人,心胆怯,自惹灾祸。今日里,告贵人,一言发
> 付。活捉了,申熊氏,度脱沉沦。②

其他的例子,有杭州府城妙莲庵阴阳怪妇潘慧修,向左维明招认奸
污女子和谋害男子的事情(第 5 回,页 165);狐妖王好贤向自己的

---

① 陈文璇,《邱心如〈笔生花〉研究》(台北:花木兰文化出版社,2008 年 3 月),页
139—142。该书原为作者的硕士论文(铭传大学应用中国文学系,2007 年 7 月)。
② 陶贞怀,《天雨花》(上海商务书局,民国排印本,30 回),页 68—69。下引原文
只标页码,不另作注。本弹词另有 60 回本。

闻香教教众供出借妖术烧香聚众，哄骗百姓的意图（第 6 回，页477—478）；左仪贞向皇上奏明自己被劫的始末，以及如何刺杀篡贼郑国泰（第 16 回，页 500—502）；妖狐化身观音菩萨，在庵堂内向左仪贞和黄静英二人分别说出她们的前世和今生，以及种种经历（第 27 回，页 896—897）；左婉贞设祭夫君宋元生的祭文（第 30回，页 1004—1005）。这六个例子，和《笔生花》的两个例子，性质相同，都是人物的叙述事情的始末。

又攒十字句在《玉钏缘》同样出现①。《玉钏缘》中讲述朱刘二妃争宠，龙贵妃误遭朱妃毒死，龙贵妃向宁宗报梦，揭发朱妃的罪行，谢玉辉男扮女装代妹入京充秀女，以及刘妃（刘素霞）所生太子祯祥尚在人世。龙贵妃报梦这一段（见于卷之二），用的就是三三四的十字句。《玉钏缘》中另有两例，都是弹词中的人物对女子的描述，一见卷之三，一见卷之十。第一例为王兆华对堂妹王淑仙的描述，第二例为谢玉辉与郦贞卿这两位宋金大将在阵上交锋时，谢玉辉对郦贞卿的描述。

《昼锦堂记》中也见四则例子②，如卷四曹家太夫人强把"华灵娘"③赐配家丁陆二，把灵娘锁入宁波院，灵娘留诗自缢，便有一段攒十字："华灵娘，望长空，伤心悲切。想前情，思往事，泪湿罗衿。姜本是，武陵人，生居望族。……见桌前，排列着，文房四宝；泪珠琳，和香墨，五内如焚。提羊毫，写粉墨，断肠四句；七绝诗，吟二首，字字伤心。"（页 105—107）这段攒十字和《笔生花》慕容纯娘的绝笔如出一辙。

---

① 西湖居士，《玉钏缘》，林玉、宋璧整理，哈尔滨：黑龙江人民出版社，1987 年 5 月。以下三例见页 174—175，页 528，页 1911—1956。

② 章禹纯编，《昼锦堂记》（哈尔滨：黑龙江人民出版社，1989 年 4 月），卷 1（页 23—24），卷 3（页 73—76），卷 4（页 105—107），卷 16（页 492）。

③ 尹芝瑞为监察御史，妻云氏，生女湘卿；妾华灵娘，生子庆郎。由于湖广盗贼横行，尹公夫妇往广陵岳家暂居，湘卿改扮男妆，华灵娘亦乔装书僮，途中与家人失散，二人于途中遇缪御史及女素龄，送之入京。缪御史爱湘卿才貌，继之为子，起名素亭，字才君。后才君为永平侯曹玮女儿琼芝招为婿，但婚后不同床，琼芝识书僮灵娘为女子，故众人以为灵娘为才君爱妾，才疏远琼芝。以上据谭正璧、谭寻《弹词叙录》（页 230—231）撮述。

此外,《梦影缘》也有十例①,大部分都是人物的自白,如第 34 回女伶莲清(阮珠英)向丽婉自白身世;第 36 回景时彦欲与表妹联姻,设计偷取其金钗,表妹怒气伤肝,吐血而死,景时彦懊悔万分,向天忏罪;第 46 回林武向皇天后土乞求。又第 42 回阮珠英自述十二岁被骗卖于倡优之门,为免辱及家门,本想一死,但夜蒙神谕,改扮男装,以保清白,并借演剧来醇化人心。其后,阮珠英因弟弟寻访,得赎身同归,但仍穿男儿衣履,然后就是一连串的事情,"竟感动,父之心,教赴试……入泮后,改初装,报称病故。敢妄思,登甲第,玷辱朝簪。主见定,父令臣,径投林府。拜名师,期进益,俾可求名……于相府,偶留题,辱承圣览。竟呼臣,登玉阙,许列蓬瀛……"(页 116)又其中第 16 回和 38 回所见,一是史庄渊妻子惠希光给丈夫的书函,一是蒋慧娟的书函。

叶德均《宋元明讲唱文学》曾引述杨慎(1488—1559)拟作的《历代史略十段锦词话》,并举出其中的"攒十字"诗词:"盘古氏一出世初分天地,至三皇传五帝渐剖乾坤,天皇氏定干支阴阳始判,地皇氏明气候序列三辰……"为例,指出"这十字句和后来弹词中有衬字的十字句完全不同,它导源于元代词话和明代的宝卷,后来北方的鼓词就沿袭用这句法"②。慕容纯娘的绝命词,以及吴成氏的招供状,正好就是叶德均所描述的词话和宝卷的十字句。至于

① 爨下生(郑澹若)《梦影缘》4 卷 48 回,台北文海出版社 1971 年复印出版,每卷回数不同,并独立编页。攒十字见于第 1 回(页 3),第 10 回(页 143),第 16 回(页 43—44),第 19 回(页 100—101),第 27 回(页 236—237),第 34 回(页 158—160),第 36 回(页 218—219),第 38 回(页 27—28),第 42 回(页 115—116),第 46 回(页 193)。

② 叶德均,《戏曲小说丛考》,下册,页 675。这种攒十字句的文本,现存最早的见于明成化词话,如《新刊全相唐薛仁贵跨海征辽故事》中的《宣敬德不伏老去征东》"胡敬德,听说罢,眉头紧皱,不由人,添烦恼,暗里伤情……龙床上,唐天子,心中大喜,有德行,真明主,喜笑欢忻"。该部分第一行下方就用黑底白字标示"攒十字"三字,跟其他的"诗曰"、"说"和"唱"用黑底白字显示的方式相同,见《明成化说唱词话丛刊》(北京:文物出版社,1979 年 6 月),第 3 册,页 7—8。

说鼓词的十字句,那应是三四三或三七的格式,节奏相异。以《新编绘图三国志》鼓词为例:

> 自古道国家治乱本无常,谁敢保万载千秋不丧邦。汉高祖斩蛇起义成一统,只想的子子孙孙为帝王。大不幸二百年来王莽篡,多亏了光武中兴走南阳。到后来天下传至汉灵帝,可惜他暗弱不明无主张。都只为宠幸宦官中常侍,到被他结党成群乱朝纲……①

以上是该鼓词第 1 卷中的唱句,其节奏是三四三。上文引述多种弹词所见的攒十字句用例,旨在说明《笔生花》只有两例并非个别的特殊现象。从叙述的角度来看,弹词的叙述者用的是全知角度,但插入这两则攒十字,则改为从故事中的人物的意识来叙述,那就是一种限知的角度。

京剧唱腔中有所谓"倒板",徐凌霄(1886—1961)指出用倒板除了和声调相关外,另有三种情景会用上倒板,一是要"牢牢摄住"台下座客的神经;一是作"提纲",凡叙述旧事或回想从前,以倒板提振于前,使听者神至,意觉有许多情事滚滚而来;一是因"刺激",剧中人突受重大刺激,勃然倾吐,倒板以振之②。就弹词中攒十字所涉及的内容和情境而言,的确有上述的作用,姑引述徐氏对倒板的看法,聊作补充。

五、《笔生花》的写作意图

(一) 劝善惩恶

从《笔生花》这个文本,可以猜出作者对写作弹词小说的态度,

---

① 故宫博物院编,《鼓词新编绘图三国志》(海口:海南出版社,2001 年 1 月),页 1。
② 徐凌霄,《论倒板(二)》,《心声》,3 卷 7 号(1924 年),页 2—3。该刊各文独立编页。

而这种态度也许就是当时人的写作心态。第32回结尾：

> 诸事了,各般清,姑妄编来姑妄听。浪费工夫三十载,闲来聊以慰慈亲。空中楼阁新关目,梦里君臣幻姓名。自古官场原似戏,从来野史本无真。但须蓄旨希贤圣,所忌浮言导佚淫。游戏文章虽妄诞,始终果报最分明。男儿立世宜忠孝,女子持身重节贞。无意作成书一部,自嗤忙里叙闲文。留贻闺阁邀清赏,工暇消闲仔细评。（第32回,页1741）

劝善惩恶,指的是伦理教化的功能。如姜近仁无嗣一事,叙述者的解释是"姜近仁恃才傲物,任性骄情。十载居官虽无大过,不免小疵。且其前生亦系一朝显宦,性颇忠良,行多疏忽。尔时被酒判狱,其中误屈杀一人。故罚令今生转世,爵禄虽增,香烟不续,以为报应焉"(第1回,页8)。然而,弹词中某些情节的推动,靠的也是这种人世和上天的联系。通俗文学作品,遇到人力无法解决的事情,就只能借助神力(duesex machina)。姜德华投缳自尽,获救也是靠一种神力。第6回叙述姜九华被固存仁抢去后,反抗固存仁的胁逼,竟把固的右耳咬下来。固存仁恼羞成怒,将九华毒打至昏厥。众人以为九华已死,准备将尸首坑埋。她之所以能获救,靠的就是神力,"土地公公为接引,念其九烈与三贞。申知上帝差雷部,震得姣娃又复生。电掣霆轰非小可,裂开浅土启开坟。轻轻提出还魂女,掷向人家天井存"(页288—289)。

至于协助强抢九华的吴氏兄弟,结果遭雷轰毙：

> 但听得,一声震响如轰炮,早已把,吴德吴良两命追。自是他,兄弟二人心术坏,故所以,昭彰天报丧于雷。敢奉劝,凡人处世须平正,切不可,害理伤天妄作为。不信但看今日事,好好的,弟兄一霎毙尘埃。（第6回,页287）

叙述者不但以雷轰向世人示警,更直接从叙述中跳出来奉劝世人读者。至于叙述者在第12回开端叙述自身家世时,认为父亲生前如何,但结果身后并无福荫子女,这是叙述者的疑惑。所以在弹词中,果报的观念相当重。

　　另一个例子是沃良规,她和文炳这段孽缘,是由于前世的纠结。

　　　　冥主查得沃氏前身,本是山中一只母狼。文炳前身,乃天上星宿。因神光出游,为母狼所触,怒起殛之。上帝因其罪不至死,遂教转世为人,投生沃氏。更怒星官擅离本位,也便谪降下凡,投生文氏为子,两下结此孽缘,以偿冤债。……这沃氏本注寿逾花甲,为其夫一世魔星。奈彼本性难移,仍是山中狼虎。人间妇道,何得容此猖狂?殊伤风化,因将其[寿]算一笔勾销,罚使夭亡,以彰果报。……适查沃女阳间寿,本也无多不永年。只在明年春正月,便当禄尽到黄泉。(第30回,页1565)

故事中的沃氏"青春屈指刚三七"(页1568),二十一岁便夭亡,她的遭遇当然是全无道理。她之所以转世为人,本就是作为文炳的魔星,以偿冤债,结果却因未能遵守人间"妇道"而折寿,而叙述者最终要说的,其实就是"大凡世上闺中妇,四德三从分所该"(页1568)。

(二) 遣闲抒愁

　　在艰苦中靠写作来遣闲抒愁(穷愁/苦愁)的这种行为,并不限于女性。女性婚后要承担"妇职"①,事奉舅姑,女性所遇到的是家

---

　　① 第7回,谢秋山急于招姜峻璧入赘为婿,其中一个原因,也是担心谢雪仙未能适应"妇职"(页393)。这也许是邱心如内心的投射,如果能招赘为婿,在家里过的生活,可能就会像姜峻璧和谢雪仙那样,"锦瑟瑶琴多合调,真到是,互相敬爱礼如宾"(页402)。邱心如在随后第八回的开端即提及"自入此门供妇职,被人相忌更相倾"(页407),当中的思绪完全是有迹可寻的。

庭和经济的问题。弹词作为一种通俗的读物,基本可以符合消遣闲愁这个功能。有才华的女性,应越能自觉。

由于《笔生花》的写作时间相当长,第 1 回所见有关姜德华是天庭披香金殿掌书仙子降世,叙述者借该名仙子说"吾乃上天仙使,获罪而来,将这一匹异锦及一枝生花采笔,并寄汝家。可好生收取,迨后来虽无大用处,亦小可慰情焉"(页 10)。但往后所见,却是另一番况味,如第 23 回"翻旧卷,闲绪闲情聊遣闷,构俚词,披笺再续《笔生花》"(页 1190)。"朝朝欲断灶中烟"一句有夸张之嫌,弹词的其他章回亦经常提及"枵腹"。生活若真的如此,又怎能写作?

叙述者谓出阁后长期处于贫困的状态,如第 15 回"惊米贵,苦囊空,不在愁中即病中"(页 776),第 29 回"性就寂寞贫原乐,日费锱铢计欲穷"(页 1503)。叙述者谓出阁以后要承担妇职,承受姑嫜的压力,承担夫家的经济。待字闺中的时候,读者看到的有关闺工的描述是"红余消遣凭书案,《笔生花》三字题名作戏编"(第 1回,页 1),"课闺工,绣线频添贪永昼"(第 3 回,页 110),"抛绣谱,搁金针,再续新词仔细吟"(第 4 回,页 174),"这几天,暂歇女红亲笔砚。消永昼,披笺再续旧词章"(第 5 回,页 225)。出阁以后,叙述者谓要从事于针黹的工作,如"连朝针指无心理,拈笔墨,拨闷聊将旧卷开"(第 6 回,页 280),"趁阴天,偷得片闲完此卷,明朝却要理金针"(第 8 回,页 464),"诗懒赋,绣慵挑,遣闷姑将新句描"(第10 回,页 517),"暝色萧条清皎洁,闺工收拾暂迟疑。掩幽窗,驱除俗障针慵举,凭小案,检点残篇笔慢提"(第 11 回,页 569),"闺工暂废倚妆台"(第 15 回,页 827),"日来潦倒心神乱,绣谱慵翻针懒拈"(第 20 回,页 1039)。自第 6 回开始,差不多每章都会提到针黹,这极可能是帮补家计的经济来源。如第 17 回"待拈针黹丝憎贵,姑续词章句再搜"(页 887),第 6 回"止与我,薄产一区为活计,千钧重负压枯骸"(页 279),第 8 回"各处营谋成拙算,尊前婉转乞慈恩。慈恩荫覆为筹划,筹划提携恐累深"(页 408)。另外,妇女的工作主要是家庭事务,如第 5 回"一自于归多俗累,操持家务费周章。心计虑,手忽忙,妇职兢兢日恐惶。那有余情拈笔墨,只落得,油盐酱醋杂诗肠"(页 278),第 9 回"三餐纵不空斯镬,七件何堪在别家"(页 465)。又妇女要肩负教育下一代的责任,如第 8 回"扰襟怀,厌烦问字憎儿蠢"(页 464),又第 12 回"儿曹鲁拙难为教"(页 625),第 32 回"教子惭同柳絮禅"(页 1680)。在这种情况下,写作便成为排遣闲愁和穷苦的唯一途径。

　　女子舞文弄墨,尽管是容许的,但仍然有所避忌,故叙述者一直用"娱亲"作为借口。如《笔生花》第 1 回"原也知,女子知书诚末事。聊博我,北堂萱室一时欢"(页 2),第 7 回"权姑且,偷闲作戏坐书帷。消俗障,破愁围,再续新词仔细推。立旨未能除旧套,娱情聊尔乐慈闱"(页 333),第 14 回"聊博取,白发萱闱心暂舒。年老家贫无以乐,姑凭翰墨苦中娱"(页 723),第 17 回结尾"莫笑痴人无用笔,却到也,解颐闺阁乐慈闱"(页 942),第 18 回"慕贤良,有愧彩衣娱母乐。舒抑郁,戏拈新句奉亲听"(页 943),第 24 回"且凭笑语乐慈亲"(页 1238)。胡晓真认为这种示孝的行为可以作为女子从事写作的一道挡箭牌①,但提供娱乐本属弹词这种文体的一种很实在的功能。以《娱萱草弹词》为例,作者"橘道人"是男性,应该不须要借用这个挡箭牌,其中"坐月吹笙楼主人"的《序》,颇能说明以弹词娱亲的一些情况。

　　　　妇女年耄,端忧多暇,儿女辈演说故事,借以娱心志,消永日,儒门类然。顾稗官野史,鄙悖者无论矣,其或寓意隐僻,属辞艰深,又不宜于闺阃。自弹词作,非旖妮之情弗道也。虽有新腔,附庸风雅,聆其声律,皆管弦冶荡之音,体卑而语俚,士

---

① 胡晓真,《阅读反应与弹词小说的创作——清代女性叙事文学传统建立之一隅》,《中国文哲研究集刊》,第 8 期(1996 年 3 月),页 313。

君子佥以俳优斥之,遂不入于著作之林。然而世传《来生福》、《集芳园》、《笔生花》诸作,丽句清辞,使人易入,故好之者终弗弃也。考其作者,出于闺秀居多。昔郑澹若夫人,撰《梦影缘》,华缛相尚,造语独工,弹词之体,为之一变。逮吾嫂蕙风氏,演述宋岳忠武事,撰《精忠传》,尽洗秾艳之习,直抒其忠肝义胆,虽亦弹词,而体又一变也。①

从《娱萱草弹词》所见,更有趣的是其中所附的"闺阁题辞",包括作者的母亲"耐冬老人"《听儿子演说娱萱草偶书示之》,作者的妻子"文涓"的《题外子弹词》,作者的妹妹"兰初"的《集句与嫂氏文涓同作并示伯兄》等。

描写琐事是一般人对弹词的訾议,但笔者以为这无碍作为弹词的一种特色,否则弹词何以别于其他文类?弹词内容属于虚构,本无可厚非,叙述者亦告诉读者听众姑妄言来姑妄听之,正如第7回开端和第12回结尾所说,"真个是,空中楼阁凭心构,幻里戈矛任意挥"(页333),"造荒唐,随兴编来随笔落,写出了,许多变幻万千言"(页625)。

六、绝嗣和因果报应观念

一夫一妻多妾是中国旧社会的一种现象,在这篇弹词中则肇始于无子嗣。《孟子·离娄》赵岐注云:"于礼有不孝者三事……不娶无子,绝先祖祀,三不孝也。"②姜近仁的正室莫氏,因无子嗣而为丈夫纳妾,在叙述者笔下是"美德","夫人莫氏多贤德,便与夫君

---

① 坐月吹笙楼主人,《序》,《娱萱草弹词》(上海:商务印书馆,1930年8月再版),页3。该篇弹词前有光绪二十年"古华山农"的序。
② 金良年,《孟子译注》(上海:上海古籍出版社,1996年8月),页166。

置阿娇"(第1回,页4)。沃良规紧盯丈夫文少霞,"为观新婚风流
貌,生恐闲游花柳场。除却趋朝和庆吊,等闲不许出门墙。不离跬
步相陪坐,仆妇梅香用意防。偶见夫君通一语,登时怒发变容光"
(第16回,页864),误以为丫环云翾和丈夫暗通款曲,于是毒打丫
环(页865),最后似乎把父亲气死,在叙述者笔下是一种"恶行",
是"悍妒妇"的形象①,但这一种嫉妒,其实也是害怕失去的表现。
谢雪仙为夫纳妾,原因是自己慕道,不愿有闺房之事。在孝的前题
下,纳妾成为一种合理的行为,没有子嗣就应纳妾。姜近仁除了正
室莫氏外,一共有三位妾媵,反观文上林,育有二子一女,也就没必
要纳妾。《笔生花》中的人物非常关心"子嗣"的问题,弹词中所谈
及的果报,相关的报应就是无子嗣。姜近仁到了杭州,和妹丈文上
林闲谈,说的也是无嗣的事(页126),当文上林托人为二儿子向其
内兄姜近仁提亲,姜近仁和那两位提亲的(吴亲家老爷和莫舅老
爷)表示择婿要郑重,其中的原因,都和自己无嗣有关:"在别人择
婿不着,惟误一女终身。在小弟无嗣之人,择婿不得老成者,则误
事多矣"(页145)。当妹妹再次登门向兄长提亲时,姜近仁剖白
说:"今日为兄悲绝嗣,到将来,欲凭半子靠天年"(页149)。姜近
仁后来也不反对亲事,却提出条件,说"止有一桩须说定,为兄的,
后来若果绝香烟,那时节,田园须托东床客,更要他,入赘吾家子职
权"(页150)。传统社会正是以过继的方式来延续香火。上文已
提及"上天帝主"要"太白星官"查明姜近仁绝嗣的原因,乃因"尔时
被酒判狱,其中误屈杀一人。故罚令今生转世,爵禄虽增,香烟不
续,以为报应焉"(第1回,页8)。

　　话虽如此,但因姜近仁正室莫氏的精诚,天帝也感动,最后决

---

① 　胡晓真,《酗酒、疯癫与独身——清代女性弹词小说中的极端女性人物》,《中国
文哲研究集刊》,28期(2006年3月),页51—80。关于沃良规的讨论,可参页66—70,
胡晓真认为《笔生花》在描写妇德典范以外,更突出了其他妇女角色的焦虑和挫败。

定把"掌书仙子"给他做女儿。上天要姜近仁绝嗣,原是一种惩罚,但玉帝送他两位仙子作女儿,认为是便宜了他,又决定"须速令其先受一番挫折,销除了前生罪款,这公案方称平允,庶见得上天果报无私,毫发不爽焉"(页8)。

柳氏固然不愿意把女儿玉华过继别人,玉华在弹词中曾不断提问,三姐妹中为何是她被过继别人,第3回提及"一般姐妹人三个,为甚单单派我行。……倘使天生命不辰,到彼依然重犯克"(页165),之后直至第16回才揭盅,"想当初,玉华八字曾排算,都说是,女子之中第一魁。但只先凶而后吉,恐多刑克涉灾危。寒心未免疏其爱,因此上,允继他人听怨诽。漫道他,术士胡言多瞎说,今来应验信无亏。果然继父遭刑克,转瞬间,家破人亡是可悲。九死一生凶化吉,而今却系一王妃"(页831)。

由于因果观念重,所以弹词中出现的各种神力也就合乎预期。姜玉华随侍继父母之任黄州,遭兄嫂下蒙药迷魂,然后活埋(页795),她之所以获救,是神人向蒋太妃报梦:"说道是,你子因循未聘妻。此去东南三五里,有一个,仙宫玉女那方遗。与贤郎,三生注定丝萝约,谐德配,百岁和同不汝欺。岂独教,目下苹蘩欣有主。更还又,后来富贵肇开基。"(第15回,页801)

文佩兰投水自尽,为潇湘妃子所救,"天命合当三载难,那时节,夫妻父母始团圆。要得知,前生本属瑶台侍,西王母,恼汝诙谐喜妄言。故谪下凡加挫折,从今后,当为改过赎前愆。……自此埋名和匿迹,合当汝,身充下役有三年。"(第9回,页466)后于江西巡府府内充侍婢。其后,文佩兰因为没有"沉埋须使三年满,否则还防多不祥"(第27回,页1429)。

姜德华投水自尽,为胡月仙所救,胡月仙赠她仙丹两粒,一名"益智",一名"回春"(页380),大概是说书人意识到女子的力量和智慧始终不及男性,才出此奇策。到第16回,更直接让姜峻璧神游太虚,让"脂粉都巡孙夫人"授予兵书和剑法,再送一把芙蓉宝剑,作为凭据,以证非子虚乌有(页 880—883)。

　　慕容纯娘被灌药毒哑,终获治愈,靠的也是神力。姜峻璧携同
谢雪仙、纯娘返乡途中,翻查医书,为纯娘查找治哑丹方,苦无头绪
之际,竟遇上吕洞宾。"那边来一游方道,身着田纹八卦裳。头顶
玉冠生紫艳,肩横宝剑俨清霜。仙风道骨非凡相,口内连呼卖药
良"(第 14 回,页 754)①。当家丁相邀上船之际,那人便消失得全
无踪影,只遗一药囊,内藏丹丸,"金箔为衣龙眼大,嗅之扑鼻有奇
香",丹丸用黄笺裹着,笺上有朱笔古篆数行,"游戏下瑶天,遗丹不
贷钱。雅言知感意,后勿侮神仙"(页 755)。诗中"雅言"即慕容纯
娘被卖入谢府以后谢雪仙给她起的名字(第 13 回,页 695)。顺笔
一提,邱广业本人"深恶释道,不延入门,易箦时以无鬼谕子弟"②,
邱奂忆述其父与潘德舆之间过从讲论,亦言"奂侍侧,时攘斥佛老,
数十年间反复千万言,丁宁什伯遍"③,而邱奂本人也有辟佛之
说④,而弟弟邱奕临终时亦不言鬼神⑤。

---

　　①　卢福臻,《咏淮纪略》(缺出版资料,戊午年[1918]刻本)"三仙楼"夹注云:"《淮
南诗钞》注西门内三仙楼,相传有乞丐,经月卧此,临行谢住持以酒肴,留诗而去,道士省
诗,乃知是钟、吕、拐李三仙,追悔不已"(叶 54 下)。
　　②　潘德舆,《邱君家传》,《养一斋集》,叶 12。
　　③　邱奂,《〈养一斋集〉书后》,《醒庐杂著》,叶 7 下。
　　④　邱奂《与陈确斋书》直言"后世之佛门,圣贤所谓禽兽也",又云"某自幼习闻家
训,故能言其一二"(《醒庐杂著》,叶 1—2),秦焕《邱奂醒庐杂著序》云:"或疑与陈确斋书
辟佛一节,未免太过。予谓此论倡于韩子昌黎,而后鲜有言之者,先生开人所不敢开之口,
此正学养过人处,岂顾俗眼惊讶乎然。"《淮安河下志》,卷 15,"艺文",叶 16 下。
　　⑤　潘德舆,《邱祥仲哀辞》,《养一斋集》,卷 24,叶 7 下至 9 上。该文于"子危坐而
奄然兮"下的夹注云:"祥仲病数十日,绝口不言鬼神,端坐而逝"(叶 9 上)。

第三章　邱心如的生活和书写

　　弹词中的故事和情节尽可以虚构,但它所反映的仍然是那个时代的一些价值观,否则便无法得到读者或听众。狄葆贤便以为"今日通行妇女社会之小说书籍,如《天雨花》、《笔生花》、《再生缘》、《安邦志》、《定国志》等,作者未必无迎合社会风俗之意,以求取悦于人",而取悦也就应合读者的口味。当然,这些读者最终又可能因阅读而受到这些读物的影响,所以狄葆贤才有"妇女教科书"之论。即如陈同勋,他给《笔生花》写的序言,强调的也是"立意甚深"、"褒忠显孝"、"激义扬仁",陈同勋作为晚辈,即使写的是美言,也必须符合同代人的价值观。至于具体是甚么,或许以姜德华这个人物作示例,包括作为男子时"除奸宄"、"拯贤良"、"护国勤王",作为女子时"顺亲"、"去妒",其后是"殄绝丑类"、"襄理邦家"、"祈嗣"、"进谏"等。至于他所谓"非独巾帼佳人有所钦佩,即须眉男子亦当拜下风也",实是男女平等的论调。

一、女性的家庭教育

　　邱心如在淮安河下生活,当地自清初至道光初年,经济繁荣,后因蹉务废和兵燹之灾,逐渐衰落。关于淮安河下兴衰的历史,从李莘樵(元庚)《梓里待征录》和程钟(秀峰)《讷庵杂著》,可见其梗概:"河下自国初以来,盐漕河关四利,咸沾其益。近三十余年,已非昔日之旧,铢积寸累,犹可苟完,遭此蹂躏,虽曰天也,为疆吏者能无负疚于心乎!"①又"吾河下区区之地,数百年繁盛之地也,自道光年间鹾务废,凋敝日甚,兹又逢遭兵火,民物之摧残,无有过于此者,其果运数使然乎!"②邱心如生于嘉庆年间(1796—1820),在她成长的时期,淮安仍是富庶繁华之地,且文风鼎盛。从弹词中所见的男性,诸如文爆和文炳两兄弟,吴瑞征,以及谢春溶等,都是努力求取功名之辈,亦可见一斑。家藏也可以说是女性接受教育的有利条件,弹词中讲及姜玉华过继给姜显仁,姜显仁问及玉华"平时可喜观史书,能否挥毫咏妙章",并鼓励她可以随意翻阅自己的藏书,"我处亦存书万卷,只因为,无人玩索久收藏。我儿喜看当相取,遣闷消愁自不妨"(页 189)。

　　叙述者自述"喜读父书翻古史,更从母教嗜闲篇",意味着女性在家庭接受教育,两性阅读的范围有区别,"父书""古史"和"母教""闲篇"是两大类别,但并非不能兼而有之。《锴铎》、《才调集》、《全唐诗》、《红楼梦》等作品,应是邱心如案头的参考读物(详下文)。邱心如没有直接表示读过哪些闲篇,但至少她也认为自己"无意作成书一部,自嗤忙里叙闲文"(32 回,页 1741)。此外,第 8 回采芹道出文少霞盘缠将尽的困境,诘问"难道去学那郑元和唱莲花落糊口不成"(页 431)。"郑元和唱莲花落"是郑元和邂逅妓女李亚仙,床头金尽,被鸨母驱赶,唱莲花落行乞的故事,见《绣襦记》。然而,从云腴女士的叙,可以看到弹词这一类作品在当时的地位:

　　　　羽经翼史,已贻貂续之讥;晬语卮言,更属蛮吟之类。……况乎稗官野史,久莫当大雅之观,下至院本弹词,尤不脱小家

---

① 《梓里待征录》引见《淮安河下志》,卷 16"杂缀",叶 16 上。
② 《讷庵杂著》引见《淮安河下志》,卷 16"杂缀",叶 19 下。

之习,不足观也,其无疑焉。(叙页1)

此现象直至民初仍没太大的改变,所以郑振铎在《从变文到弹词》
这篇演词中,才会慨叹"所惜今之文人学士,皆鄙宝卷、弹词为不足
道,至今尚无人作专门之研究,致其源流演变之迹湮没不彰"①。
　　淮安的经济曾经盛极一时,那里也是人文荟萃的地方,所以河
下士人家庭让女性读书识字,应该不会让人感到意外的。邱夬《醒
庐诗钞》有《和李义山无题韵》六首,其四云:

　　　　昨宵有约不曾来,漠漠云阴送晚雷。泼雨鸳鸯惊梦断,寻
　　芳蝴蝶带香回。彩毫敢诩生花笔,绣阁偏传咏絮才。沟水东
　　西流不尽,痴情未肯便心灰。(叶2下)

诗中的对象不知是谁,但"彩毫敢诩生花笔,绣阁偏传咏絮才"暗示
的应是一位才女。又《淮安河下志》卷5"第宅""程吾庐副使宅"②
有赵翼(1727—1814)《题程吾庐小照》二诗,其下有程景韩案语云:
"案:副使宅即今吾所居……读书前楼,曰爱日楼,又曰守朱楼,楼
下为对厅,厅后有敞亭,曰洗桐轩,则又吾弟吾姊妹读书处也。"(叶
34上)由此可见淮安河下家庭子女都读书的情况。另一个例子是
鲁一同(1805—1863)的三姊鲁兰僊(1802—1839),鲁兰僊有《瘦春
仙馆诗剩》。《适黄氏姊年三十八行略》云:

　　　　姊长一同三岁,幼偕入学,长乃从授书,师事一同……姊

　　①　郑振铎,《从变文到弹词》,《郑振铎文集》,卷6,页243。
　　②　程吾庐(1726—1809),"名易,字圣则,候补两浙盐运副使,署嘉松分司、石门知
县"。见《淮安河下志》,卷8"园林",叶20上。"程易字圣则,号吾庐,系出晋新安太守
元谭。世居歙之岑山渡,后迁淮,治盐业,遂占籍安东。"《淮安河下志》,卷13"流寓",叶
23下。

讳兰儇,字灵香,生而有异,家君尤爱之。九岁读《毛诗》,不肯
竟学,去,习女红辄精。十四五观小史,日竟四五册,无当意
者。一日读《论语》《孟子》,叹曰:得我心矣。晨夜翠诵,豁
然都解,习《诗》《书》《小戴记》,一以《论》《孟》相印证。年二
十,读《通鉴纲目》,竟首尾未尝弃一字。尤好《文选》韩柳欧氏
之文,间为诗,清朴近古。王考功叹曰:世久不见曹大家班婕
妤,今见之矣。年二十六,归黄氏……遗命曰:吾身后以素服
殓囊,毁齿真柩中,吾平生所读书,葬三日焚诸墓。既殓,不
瞑,乌乎! 其有所恨耶! 姊幼解吹笛,切韵,工棋……遗诗百
篇,皆少作,拟骚一篇,《书小石城山记后》一篇,手疏《论语》数
十则,归黄后遂绝笔……生于嘉庆七年十月十二日,卒于道光
十九年五月十一日,年三十有八。①

鲁一同,“字通父,号兰岑,行二,嘉庆乙丑年十月初六日生,江苏淮
安府山阳县壬午副贡”②,“世居安东,复迁清河”③。邱央和鲁一同
是世交,《与鲁通甫书》云:“足下与某两世世交。”④

　　邱心如闺中的生活和接受教育的情况如何,不得而知,但可以
用别人的资料作侧面的观察。邱央《适岳氏族姊诔》透露了一点信
息。族姊“为族伯父献廷公女,族兄晓村妹”,二十二岁适岳澄斋,由
于邱晓村(? —1821)早卒,这位族姊曾向邱广业请求,称“兄无子,继
嗣亦乏,叔父虽疏族,而与父兄师友谊笃,累世坟墓,拜扫修葺,敢以
相托”。邱央记云:“先君子含泪颔之。自是岁时伏腊,必邀姊来吾
家。先君子每以姊动守礼法,举示余两妹及余妻女曰:若等当奉为

---

①　鲁一同,《适黄氏姊年三十八行略》,《通甫类稿》,续编下,叶39—40上。

②　《道光乙未恩科直省同年录》,“江南”,叶3上。

③　《(光绪)淮安府志》,卷29“人物”,叶67上。

④　邱央,《醒庐杂著》,叶10上。

楷式。呜呼！姊之无忝妇道，其可概见矣乎！"①《淮雨丛谈》记云：
"邱晓村先生名曰煌，邑诸生，居河下风箱巷。"②所以邱晓村就是邱
日煌，父亲为邱秉桓③，附监④。这条资料与潘德舆《邱君家传》中所
提及的"族子曰煌死，君恤其寡妻"一事完全吻合⑤。诔中谓"动守
礼法"，按所举例子，包括这位族姊出嫁前"克敦庸德"、"恭承家训，
听从婉娩"，出嫁时"舅姑已殁，岁时荐祭，事死如生，必诚必敬"，"奉
庶姑周氏，敬爱无间言，其事澄斋也，和顺无违"等等，按邱奂所记，邱
广业以之作为自己女儿、媳妇和孙女的楷模。

　　潘德舆的女儿也可以作为参照。潘邱二人是挚友，潘德舆有
三位女儿，长女潘藻（1808—1829），家中排行第二，18 岁适鲍抡秀
（1808—1898）⑥，自幼体弱，加上"三产皆不弥月"，去世时才 22
岁。潘德舆《告长女文》对女儿有如下的记述：

> 汝幼而庄慧，十岁而女工无弗知，十二岁而针黹冠其伦，
> 十三岁而中馈无弗习熟者。寒素之家，补纫洗濯，烹饪炊爨，
> 提衮小弟妹，汝欣然为之，未尝辞其劳。相父母喜憎为进止，
> 言必听，色必从，小心和气，无几微不中父母怀衷。⑦

潘德舆《送邱勤子序》曾记"二十六七岁，假馆勤子之邻"⑧，亦即二

---

① 邱奂，《醒庐杂著》，叶 5 上至 6 上。
② 引见《淮安河下志》，卷 11"人物三"，叶 35 上。
③ 邱宝廉，《邱氏族谱存略》，叶 11 上。
④ 邱宝廉，《邱氏族谱存略》，"书香"，叶 3 上。
⑤ 潘德舆，《邱君家传》，《养一斋集》，卷 23，叶 11 下。
⑥ 朱德慈引《淮安鲍氏族谱》"鲍抡秀，字升士……生于嘉庆十三年十月二十三日
寅时，卒于光绪二十四年六月初十日丑时，寿九十一。配潘氏，诰赠恭人，生于嘉庆十三
年六月初一日申时，卒于道光九年七月十七日亥时"。见氏著《潘德舆年谱考略》，页
138—139。
⑦ 《养一斋集》，卷 24，叶 22 上。
⑧ 《养一斋集》，卷 19，叶 5 下。

人曾经是邻居。潘德舆二十六七岁的时候，大概就是 1810 年前后，他们对女儿的期望应大抵相若。邱广业有一首提及女儿的诗作，如下：

> 虚窗曙色静寒鸦，拥断穷门少客车。禁体有题消短昼，冷吟无计护梅花。西风易破高楼梦，东郭难寻处士家[原诗夹注：谓潘四农]。最爱然灯小儿女，团成冰盏照双叉。①

可惜原诗中没见甚么家教的信息。

女性在家里接受教育，在弹词中亦有记述。叙述者于第 8 回开端透露自己所受的教育，"父谈《内则》《书》和《典》，止无非，母督闺工俭与勤。为训者，利口覆邦男所戒。为训者，巧言乱德女之箴"（页 407），又 30 回有"父书空读功何补"（页 1562）。至于弹词中人物，如文上林的女儿文佩兰（号九畹），第 1 回曾记述"女听母言遵《内则》，儿操父业习《周南》"（页 29）。姜近仁的三位女儿，原是由祖母樊太夫人教导，认字读书，"三女攻书一室偕，太君消遣教裙钗。闺门女训从头念，幼学《诗经》次第开"（第 1 回，页 17）。由于三女儿本有夙慧，所以不到半年的时间，成绩突飞猛进，姜近仁也就更有心去栽培她，"休道是，女儿识字诚何补？曹大家，今古流芳亦美哉"（页 18）。姜近仁与樊太君商量好延聘塾师，由堂兄姜寿仁来当老师，姜寿仁是内亲，高年有德，也就没有不符礼教的忧虑。

上文提及潘夫人《绮云轩诗草》自序，是一篇完整的自传，有助读者一窥清代女性接受家庭教育和从事创作的经历。兹引录如下：

> 余性好读书，弱龄，先父叔以史传诸册授余读之。一日坐

---

① 邱广业，《和东坡雪后书北台壁韵》（二首之二），《卧云居诗钞》，叶 10 下。

书斋,余在侧,适家乘列案头。叔父取所载冰壑公及中丞青阳
公诗文示余曰：此潘氏手泽之尤著者也①。复于架上取《匪莪
诗全集》,谓余曰：此汝高王母仲氏太夫人之作。因为余指示
诗法,遂通韵律。无何,先大人即世,诸叔父抚侄如己子,侄女
如己女,而余尤为所钟爱。潘氏虽宦游,实起家儒素。余随诸
母佐中馈事,而女红之暇,即掀阅注籍。长兄幼弟,拈管唱酬,
叔孝廉公为之批评,独余作更乐为改削。年十九,归吴门,先
母、叔戒之曰：作妇最难,必供妇职,尽妇道,庶毋父母贻罹。
吟咏之事,非其先务。余谨志之。敬侍舅姑,辨明而起,夜漏
下数刻,不命之退,不敢退也。……凡先人遗稿,每伏而读
之……数十年来,笔墨束之高阁。……而余亦将老矣。钤阁
无事,观景怡情,时吮毫濡墨而成诗。……累代名手林立,余
诗何敢问世。近年颇有拙句,子侄辈私抄于简,欲付剞劂,余
不之许,而请益力。继而思之,余诗之作,原以适吾之性而已,
登之于梓,使世世之子孙知余之所好在此,亦犹之[衣]裳栉䙼
之遗,且以见余之观范于前徽,陶淑于家学者,其来有自。此
诗原不敢厕于大理与中丞诸公之末,而高王母著《匪莪诗集》以
垂于后者,是则余之所心焉企慕,而窃欲绍述其芳踪者矣。②

上引文颇长,是潘氏回顾一生从事创作到出版诗集的经历,正如胡
晓真所说,闺秀作家的创作高峰常常集中于生命的两端——少女
时代和老年③。诗文属于雅正文学,所以女性的作品亦能在清代

①　引文中的"冰壑公"就是潘德舆的十一世祖潘亨。见潘德舆,《家集副诵序》,
《养一斋集》,卷18,页1上。潘亨(1428—1486),字从礼,景泰七年举人,见《咏淮纪
略》,上卷,叶12上。
②　《淮安河下志》,卷15"艺文",叶31上—33上。
③　胡晓真,《由弹词编订家侯芝谈清代中期弹词小说的创作形式与意识形态转
化》,《中国文哲研究集刊》,12期(1998年3月),页52。

的县志或乡志占一席位。这位潘夫人是广西巡抚吴虎炳(？—
1779)的妻子①，居于河下，河下梅花书屋就是吴慎公先生(吴虎
炳)的读书室，在打铜巷宅西偏，吴玉搢(字籍五，号山夫，1698—
1773)是她的侄儿(犹子)②，曾纂修乾隆年间的《旧山阳县志》。

　　邱心如创作《笔生花》的经历，和这个模式相近。年轻时接受
家庭的熏陶，开始从事创作，出嫁后缀笔，当子女成长，毋需操持家
务，自己有充裕时间，也就可以继续写作。根据叙述于某些章回
的开端和结尾所提供的线索，第 1 回于某年的三月开始写，到次年
盛夏开始写第 5 回，然第 5 回写作完成已在十九年之后。第 6 回
至第 11 回约用上一年的时间，第 19 回完成后曾经搁笔，婚后第二
十一年的某个夏天再续写，各个章回的写作，从十来天到三个月以
至一年，时间不等，写作第二十三卷的时间较长，完稿前曾搁笔，第
28 回至 30 回的写作时间相当长，差不多用了三年的时间(详见第
二章第二节)。如果将《笔生花》各回的开场白和结语的字数粗略
统计，会发现一个现象，那就是叙述者在某几回开场的表白特别
长，也许可以解释为作者借此抒胸中块垒。

二、男女两性的楷模

　　郑振铎指出：“女作家们写的弹词，其情调和其他的弹词有很
不相同的地方。她们脱离不了闺阁气，她们较男人们写得细腻、干
净，绝对没有像《倭袍传》、《三笑姻缘》等不洁的笔墨。”③郑振铎固
然举出女性写作与男性写作的分别，更指出《笔生花》这类作品，是

---

　　①　吴虎炳，乾隆壬戌(1742)明通榜进士，官广西巡抚。见《重修山阳县志》，卷 9
“选举”，叶 11 下。
　　②　《淮安河下志》，卷 5“宅第”，叶 25 上—26 上。
　　③　郑振铎，《中国俗文学史》，下册，页 370。

处处为女性张目①,"张目"者是指故事中的主角为女子。至于写
弹词的女性作家,郑分别引陈端生(1751—?)和梁德绳(1771—
1847)的《再生缘》的话:"清静书窗无别事,闲吟才罢续残篇"和"终
朝握管意何为,借以消闲玩意儿。每到忙时常搁笔,得逢暇日便编
词"②,并以为所有写弹词的女性都是在这种环境里写作的。

　　郑振铎认为《笔生花》跟《再生缘》不同之处,在于作者的伦理
观念更重,要求女子要有更坚贞和更无瑕的操守,而在邱心如那个
时代,片面的贞操观念已根深柢固,连女子也以为当然③。假如我
们重新阅读《笔生花》第 1 回开端的一段话,大概会认为郑振铎的
话只说了一半。该文如下:

　　　　新刻《再生缘》一部,当时好者竞争传。文情婉约原非俗,
　　翰藻风流是可观。评遍弹词推冠首,只嫌立意负微愆。刘燕
　　玉,终身私订三从失,怎加封,节孝夫人褒美焉?《女则》云,一
　　行有亏诸行败。何况这,无媒而嫁岂称贤? 郦保和,才容节操
　　皆完备,政事文章各擅兼。但摘其疵何不孝,竟将那,劬劳天
　　性一时捐。阅当金殿辞朝际,辱父欺君太觉偏。实乃美中之
　　不足。从来说,人间百善孝为先。因翻其意更新调,窃笑无知
　　姑妄言。陋识敢当莲出土,鄙人原是管窥天。偷弄笔,试披
　　笺,旧套何妨另样镌。老子悲歌虽有道,小儿造化本无边。红
　　余消遣凭书案,笔生花,三字题名作戏编。原也知,女子知书
　　诚末事,聊博我,北堂萱室一时欢。闲文表过书归正,且叙其
　　中起首缘。(第 1 回,页 1—2)

_____

　　① 郑振铎,《中国俗文学史》,下册,页 371。
　　② 郑振铎,《中国俗文学史》,下册,页 373。相关引文见《再生缘全传》(河南:中
州古籍出版社,1982 年 11 月),第 73 回,页 1028。
　　③ 郑振铎,《中国俗文学史》,下册,页 377。

叙述者在引文所述的应是节和孝的问题——女（刘燕玉）的失节，男（郦保和）的不孝——叙述者对孝的观念同样也是根深柢固的。第 32 回的结尾，叙述者说"男儿立世宜忠孝，女子持身重节贞"①，这大概是要符合当时社会对男女道德标准的要求。第 27 回写文佩兰难产，徘徊于生死之间的时候，向夫君交托的遗言是，"妾身此别无他嘱，惟愿君，忠孝之间两莫亏。职尽涓埃酬圣德，欢承色笑奉亲闱。西房尚有王家妹，无用琴弦又续为"（第 27 回，页 1431）；给弟弟文炳的遗言是"惟愿你，全忠全孝立人间。齐家治国男儿事，两下尊亲一样看。舅父舅娘当孝敬，劬劳之德自非凡"（第 27 回，页 1432）。邱心如自述"祖籍淮阴原望族"，这个背景自然也让她承受着一定的压力（熏陶）。

关于女扮为男的事情，赵翼《陔余丛考》卷 42 有一则资料，曾列举多种事例，除乐府诗花木兰和小说祝英台的故事外，该文所举史书中女当男职的例子，共分四种情况："女诈为男入仕"，"假男之事"，"假男子官号，未必诈为男子"，"不假男子官号，直以女子自将"②。但《笔生花》的结局，跟《木兰辞》的结局一样，女主角始终要回复"女身"，这可以说是一种承袭的定局。女主角换上男性的衣服，这跟读者代入小说中的角色，并无异致。同样是一种身份的暂时改变，女扮男装同样也是一种男性角色的代入。叙述者在弹词中说到：

> 欲修折奏无心绪，铺下黄笺笔懒挥。砚匣一推拂立起，绣袍一展倒罗帏。心辗转，意敲推，想后思前无限悲。咳，好恼恨人也。老天既产我英才，为什么，不作男儿作女孩？这一向，费尽辛勤成事业，又谁知，依然富贵弃尘埃。枉枉

---

① 文少霞不告而娶慕容纯娘，在叙述者的眼中同样是一种不孝的行为。
② 赵翼，《陔余丛考》（上海：商务印书馆，1957 年 12 月），卷 42，页 926。

的,才高北斗成何用? 枉枉的,位列三台被所排。(第 22
回,页 1172)

郑振铎曾指出该段文字泄露出了无数有才能的女子的心怀,但这
也是叙述者的心怀。

在弹词中,读者可以看到一种男性的楷模——忠孝。叙述者
一方面埋怨当丈夫的无用,另一方面又让乔装男性的女子建功立
业。除了认为夫权不振外,也许没有别的理由解释叙述者这种敢
于批评丈夫的行为。当然,女性的楷模在弹词中也是很清晰。姜
德华被召入宫后,其他人仍希望她能保持坚贞;姜九华被柏存仁抢
去以后,姜近仁所担心的竟是名节二字:

> 顺时失节逆时亡,名与命,二字安能两不伤。倘若教,有
> 志捐躯明大义,止落得,清风烈女世流芳。倘若教,贪生已被
> 奸徒辱,这一个,臭秽之名怎去当? 休说她,吴氏不堪收覆水。
> 便是我,姜门难认女红妆。只好教,由他生死飘流去,权当是,
> 今世无生恁女郎。(第 5 回,页 275)

姜峻璧辞别谢雪仙入京迎救父亲,嘱如有不测,谢雪仙可另觅夫
婿。雪仙即表示"奴今既作君家妇,尔去后,高堂代奉理应然。
媳妇何妨充子职,相依永世奉天年。要知吾,虽愚岂昧三从理"
(第 11 回,页 584)。又楚国丈之女春漪,尽管叙述者借文少霞
说"大抵此等奸臣之女,无非随波逐流"(第 11 回,页 609),但
结果她也懂得三从四德,其母已将她许配文少霞,不能嫁新科
状元姜峻璧(第 11 回),虽极不愿,但仍得听从慈命乘夜往
舅家。

周蕾在一篇解读通俗文学的文章中指出,"一个'有教养'
的妇女大多是内向的,她所面对的二千年来的规矩、期望和界

定她是谁的陈腔滥调"①。有趣的是,在《笔生花》中出现了一位不顾廉耻的女性——沃良规。沃良规十足一位恶妇,由于丈夫文少霞的冷待,独守空房,见蔺景如风流美貌,于是萌起邪念:

> 狂徒无义弃妻房,奴却何须更念郎。他既然,有意分残真凤侣,奴亦可,存心另觅野鸳行。这个是,明中做去虽关碍,暗里行来自不妨。早难道,男子便该为另娶,妇人应合守空床?奴虽未读书和史,常日间,每听人言在耳旁:有一个,宰相千金崔氏女,莺莺名字美无双。偷期密约谐鸾凤,匹配张生恩爱长。……有一个,文君卓氏青年寡,羡慕相如司马郎。只为瑶琴弹一曲,私奔乘夜便成双。……我亦何妨来效学,从来说,家花不及野花香。(第 27 回,页 1393)。

沃良规以崔莺莺和卓文君作为仿效的范本,这种思想和行为恰恰就是卫道之士所担心的。钱德苍(乾隆年间人)《谚言集》:

> 闺门之教,除勤俭孝教、女工中馈之外,不必令有学识,所以女子以无才为德。独有敲鼓唱词之人,编成七字韵,妇女最喜听之。听忠孝节义,每悲恸堕泪,若听至淫奔苟合,岂不动心。故古人闺训,惟恐耳闻不正之音,目睹非礼之色,即物类交感,尚不欲令女孩儿见之,岂可令其听唱说书;在闺门严肃之家,最当防范。②

---

① 周蕾,《鸳鸯蝴蝶派——通俗文学的一种解读》,《妇女与中国现代性》(台北:麦田出版有限公司,1995 年 11 月),页 119。
② 钱德苍,《新订解人颐广集》卷 8,见《元明清三代禁毁小说戏曲史料》,页 256—257。

这位沃良规,在作者笔下是一位不识字的女子,所以对蔺景如以诗表衷怀全不明白(第 27 回,页 1407—08)。

胡晓真在《阅读反应与弹词小说的创作》一文中,曾指出弹词女作家写作与母亲的关系,"弹词女作家常常在作品中公开或暗示地表示自己对文学的兴趣来自早年父母的启蒙,而母亲的分量尤其重要。诚然,弹词小说是不登大雅的小道,无由成为父系的文学传承,而称为母系的谱系则较为理所当然"①。但这种说法并无排斥弹词的男性作家的存在,因为其中所指的并非作家的生理性别,母系的谱系指的是通俗文学,而父系的谱系指的是被认为属正统的诗词歌赋一类作品。

三、书 写 空 间

关于女性写作弹词的心态,陶贞怀《天雨花》自序认为体裁最适合在闺阁之间,"夫独弦之歌,易于八音;密座之听,易于广筵;亭榭之流连,不如闺闱之劝喻。又使茶熟香温,风微月小;良朋宴座,促膝支颐,其为感发惩创多矣"②,这似乎又是女子闺中的一种娱乐。郑澹若(?—1860)《梦影缘》卷 1 第 1 回云:"传奇半出名人手,难于争先着祖鞭,小说亦闲逢才子作,安能下笔斗其才,鸡口牛

---

① 胡晓真,《阅读反应与弹词小说的创作——清代女性叙事文学传统建立之一隅》,《中国文哲研究集刊》,8 期(1996 年 3 月),页 313—314。

② 陶贞怀,《天雨花》(上海商务书局,民国时期排印本),序页 1。又朱太忙在《标点本天雨花序》中指出"旧署名梁溪女子陶贞怀,实系浙江徐致和太史娱亲之作也",见《天雨花》,第 1 册,页 1。《闺媛丛谈》谓《天雨花》(1651 年自序)"其署名为梁溪女子陶贞怀,而近人谓实出浙江徐致和太史之手。为其太夫人爱听弹词,太史作之,以为承欢之计。则所谓陶贞怀,似系子虚乌有"。见蒋瑞藻(1891—1929)编,《小说考证》(江竹虚标校,上海:上海古籍出版社,1984 年 7 月),续编卷一,"再生缘第二十四"条,页 396—397。

后须斟酌,倒不如,扫尽南词独写怀。"①胡晓真认为女性作家以弹词小说的形式来创作叙事文,是一种有意识的自别于男性作家早已掌握的形式②。从郑澹若的言论看来,该说法固可成立。再作进一步的阐述,女性调笔弄墨的话,可能被视为一种对男性写作的一种挑战。从一些家范类的文字中,我们可以看到清代某些知识分子对于妇女读书识字而听读弹词戏文这种娱乐活动有一定的顾忌,如李仲麟(清人,生卒不详)《增订愿体集》卷1云:

> 独有沿街敲鼓唱说书词之人,编成七字韵,妇女最喜听之。以其鄙俚易解,又且费钱无多,大家小户,往往唤来唱说,杂坐群听。初则阶下敷陈,久则内堂演说。始而或言贤孝节义之事,继而渐及淫奔苟合之词。妇女听至患难凄惨,每多感叹坠泪,及听到绸缪私合,保无触念动心。余意妇女概不令其读书,尤不可容看戏文,听唱说也。闺门严肃之家,宜细防范。③

上述的引文,说明了当时社会存在着说唱弹词这种娱乐,至于要加以防范一事,却间接表明弹词广受欢迎的实况。又石成金(1660—1739以后)《家训钞》云:

> 女子通文识字,而能明大义者,固为贤德,然不可多得;其他便喜看曲本小说,挑动邪心,甚至舞文弄法,做出无耻之事,反不如不识字、守拙安分之为愈也。陈眉公云:"女子无才便

---

① 苕溪氻下生,《梦影缘》,页1。
② 胡晓真,《才女彻夜未眠——清代妇女弹词小说中的自我呈现》,《近代中国妇女史研究》,3期(1995年8月),页51—76。
③ 引见王利器辑录,《元明清三代禁毁小说戏曲史料》(上海:上海古籍出版社,1981年2月),页179。

是德。"可谓至言。①

但清代的家庭让妇女读书识字并非什么不寻常的事情,闺秀或闺
阁中人的诗词作品有相当数量。弹词作为一种通俗文学,似乎也
是一种创作的空间,让女子涉足其中。

郑澹若的说法似乎得到往后评者的认同,如郑振铎说"诗词曲
是男人们的玩意儿,传统的压迫太重,妇女们不容易发挥她们的特
殊的才能和装入她们的理想。在弹词里,她们却可充分的抒写出
她们自己的情思"②。倒是阿英的看法较为中庸一点,以写作的题
材作为判别的准则:

> 女子不但欢喜听弹词,抄写弹词,也欢喜写作弹词,是以
> 弹词的女作家,比文学的其他部门多,名著出于她们之手的也
> 不少,如《笔生花》、《玉钏缘》、《再生缘》、《再造天》、《天雨花》、
> 《锦上花》、《凤双飞》、《如是观》等等,都是女子所作。其动机
> 自然也是由于创作欲的抬头,也是要借以劝世,或娱悦其家庭
> 人物。也有表现着女性反抗与呼吁的,但这一类究竟不多。
> 她们所写,大都限于家庭及两性方面。讲史一类作品,则男性
> 作者为多。③

胡晓真的文章另提及在男女大防的论述中,女性的作品如同
女性身体的一部分,须防止妇女的作品流传于外,那跟防止妇女的
身体被偷窥和维持妇女贞节是同样重要的。这种观念跟某些弹词
流传于闺阁之中的现象是相符的。从弹词中的叙述可见,弹词写

---

① 引见王利器辑录,《元明清三代禁毁小说戏曲史料》,页175。
② 郑振铎,《中国俗文学史》,下册,页353。
③ 见《弹词小话引》,《小说闲谈四种·小说二谈》,页86。

作之初,读者对象是有限的,如第 9 回"俗事纷纭愁思结,偏又被,同胞催我草完篇"(页 516)。像邱心如在第 32 回的结处也表示"无意作成书一部,自嗤忙里叙闲文。留贻闺阁邀清赏,工暇消闲仔细评"(页 1741)。尽管陈同勋为他的表姑母邱心如所写的序言中,明确表示该弹词"褒忠显孝,激义扬仁","流传闺阁,可以教导人家儿女",而该集刊刻出版亦"未始非人心风俗之一助"。陈同勋的序文同时点出弹词的两种存在方式,一是于闺阁之间传钞,一是刊刻出版。香叶阁主人将抄本《再生缘》删改付梓,也是由于《再生缘》"传钞数十载,尚无镌本",在序的末端表示"不没作者之意。未识闺中人以为然否?"(宝宁堂刻本,序页 2 下)可见她的心目中该弹词的读者是"闺中人"。

　　陈同勋的序文写于咸丰七年(1857),既然谈及有助人心风俗,也就不得不考虑道光和咸丰两朝皆有朝廷派员禁毁小说戏曲这个背景,如:(1) 道光十八年(1838)五月江苏按察使裕宪示"淫词小说永远不许刊刻贩卖出赁及与外来书贾私相兑换销售",由公局给值销毁,并免究问①;(2)《劝毁淫书征信录》记载道光二十四年(1844)浙江巡抚设局禁淫词小说的刻卖和租赁,由绅士给价销毁②;(3) 同治七年(1868)江苏巡抚丁日昌查禁淫词小说,并设局给价销毁③。据报山阳县曾"收缴应禁各书五十余部及唱本二百余本"④。在禁毁的小说戏曲中,便杂有一些弹词的刊本。陈同勋的序文隐约透露出时人将弹词作为"教导儿女"和"有助于人心风

---

① 余治,《得一录》,卷 11,叶 5—6。

② 《道光二十四年浙江巡抚禁淫词小说》,见《元明清三代禁毁小说戏曲史料》,页 118—119。

③ 丁日昌,《札饬禁毁淫词小说》,《抚吴公牍》(宣统纪元小春月,南洋官书局石印),卷 1,叶 4 下—5 上。

④ 丁日昌,《山阳县禀遵饬查禁淫书并呈示稿及收书目由》,《抚吴公牍》,卷 7,叶 4 上。

俗"之书,这恰巧又和作者向读者公开宣示的供娱乐的目的相悖。这种社会功利论的要求或可视作一种巩固父权的意识,但它并不只是加于女性的作品。至于这部弹词是否只是"留贻闺阁"实毋用细论,因为陈同勋序文中"倘是集一出,鸡林争购"之语,已表示作者是有意将作品公开,广邀读者。

四、闺中的娱乐

从弹词某几回的开端和结尾,都可以看到作者表示写作弹词娱亲或娱乐的动机,如第 1 回开端"聊博我,北堂萱室一时欢"(页2),第 7 回"娱情聊尔乐慈闱"(页 333),第 14 回"聊博取,白发萱闱心暂舒。年老家贫无以乐,姑凭翰墨苦中娱"(页 723),第 17 回结尾"解颐闺阁乐慈闱"(页 942),第 18 回"慕贤良,有愧彩衣娱母乐。舒抑郁,戏拈新句奉亲听"(页 943),第 24 回"且凭笑语乐慈亲"(页 1238)。但这部弹词是否可以弹唱?魏绍谦认为某些作品如《天雨花》、《凤双飞》、《笔生花》等已不甚适于弹唱,因其专注意于文句的美丽,太文了反倒不适于弹唱,但作为少女少妇们在闺阁中吟咏赏鉴,这类弹词却是上佳的作品①。弹词第 8 回结尾有"寄言闺阁知音者,欲听余文索耐心"(页 464),第 18 回开端有"舒抑郁,戏拈新句奉亲听"(页 943),又第 14 回开端有"虽则教,遣怀戏谱新关目,亦不免,落套陈言旧典模。要得知,说唱弹词千万种,未能笔笔尽相殊。……一回唱罢频催续,少不得,随意编来信手书"(页 723)。可见这部弹词或可弹唱,而第 14 回这段话且隐约透露出作者可能受到听众批评,所以要对听众略作申辩。弹词作为一项表演的艺术,听众和作者是处于一个互动的过程,尤其长篇弹词

---

① 魏绍谦,《弹词文学》,《北平晨报》,1931 年 4 月 23 日,副刊"北晨学园",第 9 版。

的创作,作者逐回编写,听众或读者的反馈应该是存在的。第 11
回结处是"阅者勿嫌词絮絮,闲中消遣可忘忧"(页 624),第 16 回
的结处是"聊结束,再萌芽,看书人,勿笑涂鸦未到家"(页 886),这
里所见到的则似乎是供读者阅读的文本。李涵秋(1874—1923)小
说《广陵潮》第 2 回有一段关于唱弹词的描述:

> 因为三姑娘略识几字,秦氏买了些小说书,如什么《天雨花》
> 呀,《再生缘》呀,灯下无事,三姑娘便唱给秦氏听。黄大妈也坐在
> 一旁。一时听到那公子避难的时候,便你也淌眼,我也抹泪。①

吉光片羽,但也很能反映女性吟诵弹词的情况②。
　　就所见研究《笔生花》这部弹词的文章,研究者一般都采用这
些内缘资料,引述故事中妇女听弹词的情况。就这部弹词所见,妇
女的消遣,除了听弹词外,第 6 回还记有"或抹牙牌供戏具,或寻小
说讲闲篇"(页 341)。至于那些年轻的,饮酒作乐,吟诗作赋,似乎
也是相当普遍的。如第 5 回记众女眷在花间设宴,花姨笑说:"今
日之举,一为洗尘,二因称寿。须行个令儿,或猜谜赌酒,热闹热闹
方好。小姐们可不许又吟诗作赋的,带累我等俗人没兴"(页
141)。这里描写的应是女性之间"行酒令"或"雅集联句"的活动,
可能是模仿父辈的活动。
　　阮葵生《茶余客话》记有一则"杨幼鼻为盲女演弹词":

> 盲女琵琶。元时已有之,至今江淮尤甚,京师近年亦

----

① 李涵秋,《广陵潮》(上海:震亚书局,1933 年 7 月,14 版),第 1 册,页 20。
② 《广陵潮》:"是最喜欢做诗的,像这种弹词小说,若将他当作诗去做,做出来必
然流利"(第 7 回); "你以后若果然喜看小说,我当初选撰了一篇有头没尾的弹词,你
不腻烦,我试念给你听。"(第 68 回)

多。大抵因功令森严，娼妓敛迹，此辈遂接而出。少年游闲者，借以佐酒消遣，久之，渎乱倾家，无异于青楼翠馆。吾乡杨幼凫广文，年七十致仕回里门，饥饿不能出门户。后群盲日造其门，资其饮馔，筠笼蛮榼，穷极丰腆，人不解其故。久之，知广文以歌曲擅长，多取耳闻目见之事，演为弹词。新声绮调，群盲以得者声价顿高，广文遂借以娱老焉。元瞿存斋过汴梁诗：陌头盲女无愁恨，能拨琵琶说赵家。又陆放翁诗：斜阳古柳赵家庄，负鼓盲翁正作场。盲女瞽男，由来旧矣。①

瞿佑(字宗吉，号存斋，1347—1433)，钱塘(今浙江杭州)人，《过汴梁》："歌舞楼台事可夸，昔年曾此擅豪华。陌头盲女无愁恨，能拨琵琶说赵家。"陆游(1125—1210)诗句则节录自《小舟游近村舍舟步归》，全诗为"斜阳古柳赵家庄，负鼓盲翁正作场。身后是非谁管得？满村听唱蔡中郎。"陆游听的是"蔡中郎"，可能是蔡邕(伯喈)弃亲背妇遭雷击毙的故事。蔡伯喈，东汉人，灵帝时为中郎，献帝时拜左中郎相。徐渭(1521—1593)《南词叙录》附"宋元旧篇"，第一篇为《赵贞女蔡二郎》，并记"即旧伯喈弃亲背妇，为暴雷震死"。徐渭《南词叙录》云：

南戏始于宋光宗朝，永嘉人所作《赵贞女》《王魁》二种实首之，故刘后村有"死后是非谁管得？满村听唱蔡中郎"之句。或云：宣和间已滥觞，其盛行则自南渡，号曰"永嘉杂剧"，又曰"鹘伶声嗽"。其曲则宋人词，而益以里巷歌谣，不叶宫调，故士夫罕有留意者。元初，北方杂剧流入南徼，一时靡然向风，宋词遂绝，而南戏亦衰。顺帝朝，忽又亲南而疏北，作者猬

_____

① 阮葵生，《茶余客话》(光绪戊子[1888]春二月刻本)，卷21，叶10上。

兴,语多鄙下,不若北之有名人题咏也。①

阮葵生为山阳县人②,所记或为乾隆年间(1736—1795)其乡党之事,当为江淮盲女演弹词的事情。《笔生花》第 15 回记"便叫了一个女先生在家,唱南词小说解闷。引得那,仆妇梅香兴欲狂,纷纷拥挤列深廊。夫人姒娌姨娘等,一个个,侍坐承欢也在堂。……先生慢拨琵琶索,婉转珠喉发妙腔。唱出《小金钱》一集,却是那,月婵求子去烧香。梅蕊白,菊花黄,连串花名数得长"(页 824)。这个节目,反应似不俗,但值得注意的,是"女先生"和"南词小说"等用语,反映当时说唱弹词的用语。第 16 回又有"命人去唤女先儿。坐于廊下调弦索,仍唱《金钱会》上词。太夫人,厌数花名烦絮甚,便传教,闲文揭去别生枝。删繁撮要从头唱,题到了,柳氏卿云步凤池。易服成名才独擅,乘鸾跨凤众姣姿。争宠爱,妒偏私,惆怅萧娘慕若痴。……饮至酒阑书乃歇,残筵撤去二更初"(页 834)③。即使删繁撮要,也要到二更初才结束,可知演出时间也颇长。解弢《小说话》云:"幼年每当先祖母寿辰,辄见六七老瞽人,弹词祝嘏,所歌诸曲,典雅绵丽,心甚好之。及长,搜求刻本,终不能得。久之,询知其故。盖胜国中叶,家给人足,巨家消闲,豢瞽教歌,自撰曲本,不求传世。……因之瞽者转相授受,口教耳读,其重师法,有过汉儒。吾家数瞽,犹是盛世之流俗遗风,故所歌书坊无传焉。"④

---

　　①　徐渭,《南词叙录》,见《四库家藏》(济南:山东画报出版社,2004 年),册 146,页 63。

　　②　阮葵生,字宝诚,号唐山,晚号安甫,举人,乾隆中以内阁中书入直军机处,历官刑部郎中,河南道监察史,通政司参议,终刑部右侍郎。见《重修山阳县志》,卷 14"人物四",叶 8 下—9 上。

　　③　这里提及的月婵求子和柳卿云,应属《小金钱》的内容。参见谭正璧、谭寻编,《弹词叙录》,页 56—58。又《新编儒雅小金钱弹词》,一名《金钱会》。见《弹词叙录》,页 58。

　　④　解弢,《小说话》(上海:中华书局,1924 年 2 月),页 41。

"女先生"和"女先儿"就是说书唱曲的女艺人。但值得注意的是,这部弹词中除了描述"女先生"或"女先儿"说唱弹词外,另有所谓的"梨园"的描述,但"梨园戏班"是合家的娱乐活动,也就不限于女眷。如第 7 回姜峻璧(姜德华)与谢雪仙的婚宴上,"梨园两部公同送,内外开场演戏文"。第 14 回,姜峻璧和父亲到山东谒见丈人谢秋山,"是朝谢府大开筵,唤得梨园上等班"(页 740)。第 16 回,姜近仁获释返回杭州,在家宴客,"上下忙忙重料理,高厅演戏召梨园。……一天热闹黄昏歇,重赏梨园子弟归"(页 773—774),又文少霞与沃良规的喜宴上,就是"安绮席,递金樽,全部梨园扮演新"(页 862)。第 28 回,文少霞生辰,太夫人在内堂摆了两席,"内中女客无他,止谢夫人与步小姐到来,并自家合宅女眷……传到一班小梨园子弟,即在庭前扮演"(页 1453)。

弹词第 8 回借文少霞的书僮采芹道出盘缠将尽的困境,诘问"难道去学那郑元和唱莲花落糊口不成"(页 431),"郑元和唱莲花落"见《绣襦记》,是郑元和邂逅妓女李亚仙,床头金尽,被鸨母驱赶,唱莲花落行乞的故事,这也许是当时人熟知的故事。

五、闺中的阅读

关于邱心如曾阅读哪些书籍的问题,此处拟采用迂回一点的方式,从该作品中袭用前人的诗句来证明她所曾涉猎的著述。作者于第 1 回谓"喜读父书翻古史,更从母教嗜闲篇"(页 1),这意味着女性在家庭接受教育,两性阅读的范围有区别,"父书""古史"和"母教""闲篇"是两大类别,但并非不能兼而有之。第 32 回结尾谓"无意作成书一部,自嗤忙里叙闲文"(页 1741),但这部"闲文"所体现的却是作者的才华。

创作弹词的女性作者,于诗词方面应有相当的造诣。陈寅恪就曾将弹词比作长篇的七言排律，王进安曾撰文讨论《笔生花》的用韵①。至于弹词句子的特性，早已有人谈论，1872年《申报》上一篇署名江苏华亭县人持平叟的文章，便谈及当时的弹词：

> 今之女弹词，其传奇之本，则七言句，其雅处近诗，其俚处似谚，则微有不同耳。今之弹词，似长篇之七言诗，平仄多谐，间有三字句两句，则似词中之《鹧鸪天》调，或加以说白二三字，则又似曲中之衬字。其用韵宽于诗韵，亦异于词韵、曲韵，大率通用音近之字，类毛西河之通韵焉。②

就文献上的记载，某些弹词女作家，她们除了创作弹词外，也将诗作结集，例如陈端生著有《绘影阁集》，郑澹若和周颖芳（？—1895）母女俩分别著有《缘饮楼集》和《砚香阁诗草》，程惠英著有《北窗吟稿》等③，惜未见传世。

沈善宝（1807—1862），字湘佩，清代浙江钱塘人，她和邱心如是同代人，其《名媛诗话》卷一云：

> 窃思闺秀之学与文士不同，而闺秀之传又较文士不易。盖文士自幼即肄习经史，旁及诗赋，有父兄教诲，师友讨论；闺

---

① 王进安，《长篇弹词〈笔生花〉的用韵特点研究》，《东方人文学志》，3卷1期（2004年3月），页149—157；《长篇弹词〈笔生花〉阴声韵研究》，见《福建师范大学》（哲社版），2003年2期，页91—95。

② 江苏华亭县人持平叟，《女弹词小志》，《申报》，同治壬申年（1872）五月二十六日，第53号，第2页。这段文字见录于徐珂（1869—1928）《清稗类钞》，第10册，页4947。

③ 徐珂，《清稗类钞》："阳湖程蕙英茝侪，著有《北窗吟稿》。家贫，为女塾师，曾作《凤双飞》弹词，才气横溢，纸贵一时。所为诗纯乎阅世之言，非寻常闺秀所能。"（第8册，页3986）

秀则既无文士之师承，又不能专习诗文，故非聪慧绝伦者，万
不能诗。生于名门巨族，遇父兄诗友知诗者，传扬尚易；倘生
于蓬荜，嫁于村俗，则湮没无闻者，不知凡几。余有深感焉，故
不辞掇拾搜辑而为是编。①

从现存资料所见，邱心如绝不是"生于蓬荜，嫁于村俗"之辈，这部
弹词本身亦已肯定邱心如对诗韵的娴熟。作者于第 5 回开端谓于
归之后多俗累，操持家务，结果是"油盐酱醋杂诗肠"（页 278）。第
6 回开端，作者描述少女时代，"惟停针线偿诗债，或检篇章遣闷
怀"（页 279），可推知作者平日亦有诗作，第 24 回开端"自笑翻诗
如访旧，又添蛇足几多痕"（页 1238），则可能是仿作。要一睹邱心
如的诗作，读者或许只能从弹词中检读一点。至于这些作品是否
都是邱心如的原创，则未可遽下定论。弹词本身就像是七言的排
律，以下按序列举这部弹词中所见的诗作，并述其与前人诗句相仿
之处。

《笔生花》第 4 回写文炳闯入姜惠英的书厅时，并仔细端详其
"窗稿"，且留七绝两首：

> 绝妙风流旷世才，清新丽藻似花裁。铅华脂粉俱销尽，一
> 片文心天外来。
> 堂堂笔阵气凌虚，吐凤雕龙思有余。漫道文章儒者事，而
> 今应逊女相如。（页 201）

《平山冷燕》第 16 回燕白颔与冒充青衣侍婢的冷绛雪对考，冷绛雪
和燕白颔原诗韵一首："一时才调一时怜，千古文章千古传。漫道

---

① 沈善宝，《名媛诗话》（光绪鸿雪楼刻本），卷 1，叶 1。

文章男子事,而今已属女青莲。"①文炳第二首七绝的最后两句,和冷绛雪那首七绝的最后两句相仿。

第3回文佩霞和少雯、少霞俩随父到江西,路经扬州,往平山堂游览,登上豁心亭时,二人均有诗作。少雯有诗两首:

> 收什乾坤到眼中,心胸摩荡欲凌空。而今领略烟波趣,何用垂纶学钓翁。
>
> 隔窗景色望依稀,诗境天开暑气微。人坐落花风定后,吟情遥共白云飞。(页119)

少霞也有诗两首:

> 六朝烟景胜年年,自上江亭思淡然。慢道此生应借看,好山好水买金钱。
>
> 疑是蓬莱仙宅中,绝胜幽趣眼浮空。春花秋月谁人管,十里繁华弄晚风。(页119)

文少霞的诗句,其中两句应是姚合(约775—855)《题宣义池亭》诗句"此生应借看,自计买无钱"的扩写②。

第7回姜德华投水自尽获救后,在路途上口占一首:

> 远树遥看销落晖,何堪逆旅见春归。伤心不及双雏燕。犹向斜阳傍母飞。(页374)

---

① 获岸散人,《平山冷燕》(顺治戊戌[1658]刻本影印;上海:上海古籍出版社,1990年),叶11上,页505。

② 《全唐诗》(北京:中华书局,1960年4月),卷499,册8,页5678。

这首诗也许是改自熊琏(字商珍,号淡仙,乾嘉时人)的《哭母》:"脉脉无言对落晖,临风孤影更何依。伤心不及天边鸟,犹得含哺傍母飞"①。

第7回文少霞以为表妹姜德华负己,留诗不辞而别。原诗云:

> 宝钗分股叹无缘,鹤去重霄鱼在渊。得意紫鸾休舞镜,断踪青鸟罢衔笺。金盆已覆难收水,玉轸抛残怎续弦。此恨未知何日尽,不禁搔首问苍天。(页346)

陈文璇讨论《笔生花》中的诗词,便指出这首题壁诗实改自刘损或刘禹锡(772—842)的作品②。刘损的《愤惋》共三首,一作刘禹锡诗,另题作《怀妓》③。《愤惋》诗第一首云:

> 宝钗分股合无缘,鱼在深渊日在天。得意紫鸾休舞镜,断踪青鸟罢衔笺。金杯倒覆难收水,玉轸倾攲懒续弦。从此蘼芜山下过,祗应将泪比黄泉。④

此外,该回唱句中又有"说什么,倾覆金盆羞逝水,说什么,抛荒玉轸懒调弦"(页350),袭用的痕迹非常明显。

《笔生花》第12回,胡月仙奉旨与文少霞完婚,却于当晚遁去,并将两首七绝塞在小凤鞋中,留赠文少霞,原诗如下:

---

① 引见《梧门诗话合校》(法式善著,张寅彭、强迪艺编校,南京:凤凰出版社,2005年10月),卷16,页461。熊琏著有《淡仙诗钞》(嘉庆二年,茹雪山房藏版,南京图书馆藏本),笔者未见。

② 陈文璇,《邱心如〈笔生花〉研究》,页145。

③ 《全唐诗》,卷361,册6,页4081。

④ 《全唐诗》,卷597,册9,页6909。

　　　　一笑倾城绝代姿,东风吹改旧花枝。个中消息无人晓,惟
有英娘自得知。

　　　　为惜秾芳委路尘,瑶天戏降步虚声。玉郎珍重休相顾,长
伴吹箫另有人①。(页639—640)

第二首的最后两句,应是刘禹锡《和严给事闻唐昌观玉蕊花下
有游仙》(二绝之二)诗句"君平帘下徒相问,长伴吹箫别有人"的
改写②。第一首中的"英娘"可能指姜峻璧日后受封为"英烈女侯",
而山阳县有"英烈王祠"③,位于北门外,祀春秋时期越国的伍员
(?—前664)。

　　《笔生花》第14回,慕容纯娘被灌药毒哑,姜峻璧携同谢雪仙、
纯娘返乡途中,翻查医书,为纯娘查找治哑丹方,苦无头绪之际,竟
遇上吕洞宾。吕洞宾给慕容纯娘遗赠丹丸,而在包裹丹丸的黄笺
上有朱笔古篆数行:

　　　　游戏下瑶天,遗丹不贷钱。雅言知感意,后勿侮神仙。

　　　　阳春时候天地和,万物芳盛人如何? 暮秋时候天地肃,千
花万木皆衰促。有同世人当少时,为名为利寸心驰。一旦形
枯又发秃,人亡花落两无知。警尔谢娘解此意,人生原是身如

---

　　①　该诗韵脚"真"(-ən)和"庚"(-əŋ)不分,这是方言的影响。据王进安的统计,《笔
生花》的用韵可以分为十一类,"真庚"是其中之一,而且这个部出现的频率是最高的。
参王进安,《长篇弹词〈笔生花〉的用韵特点研究》,《东方人文学志》,3卷1期(2004年3
月),页149—157。此外,叶圣陶(1894—1988)忆述小时候随父亲往听《珍珠塔》、《描金
凤》、《三笑》、《文武香球》一类的"小书",已注意到当时的唱词,虽说是依中州韵,但实际
上十之八九是方音,"ㄣ""ㄥ"不分,"真""庚"同韵。见《漫谈"说书"》,《太白》,1卷2期
(1934年10月5日),页94。

　　②　《全唐诗》,卷365,册6,页4122。

　　③　《重修山阳县志》,卷2"建置",叶10下。

寄。莫恋红尘富贵春,潜心认取壶中义。(页755)

第一首小诗颇有意思,"雅言"是慕容纯娘被卖入谢府以后,谢雪仙给她起的名字(第13回,页695),至于"侮神仙",据慕容纯娘其后解释:"先父从来不信邪。每听人言仙与佛,便生毁谤笑虚花。想因触动神明怒,故嘱而今须敬他"(第14回,页756)。据调查所得,清代淮安的庙宇颇多①。此外,在弹词第3回登场的"狐仙"(胡月仙),拯救投水自尽的姜德华,化身代姜德华入京当秀女,以及上文提及的把小凤鞋留给文少霞后遁去,都是跟神仙相关的重要情节②。至于第二首作品,可能来自酒肆布衣的《醉吟》,该诗如下:

> 阳春时节天气和,万物芳盛人如何。素秋时节天气肃,荣秀丛林立衰促。有同人世当少年,壮心仪貌皆俨然。一旦形赢又发白,旧游空使泪连连。③

黄笺上的第二首作品前八句,和这首七律几乎如出一辙。又第16回沃侍郎临终前,给女婿文少霞的绝笔:

> 生涯已尽思何穷,过眼繁华一梦中。韩愈有才遗蠹简,邓攸无子续清风。文章掷地随流水,簪绶埋尘逐草虫。珍重韦郎休忿憝,好收朽骨葬蒿蓬。(页876)

---

① 陈凤竹、丁乃霁,《淮城寺庙概述》,《淮安文史资料》,第4辑(1986年10月),页168—183。淮安的寺庙殿楼庵观阁,可参曹镳《信今录》(道光十一年[1831]刻本),卷9,叶1—22。
② 卢福臻咏"山阳女巫"云:"北人多信狐,南人多信鬼,地介南北间,信巫尤不蹉。"见《咏淮纪略》,上册,叶34下至35上。
③ 《全唐诗》,卷862,册12,页9740。

这一首中间四句应来自李玖的《喷玉泉冥会诗八首》中的《四丈夫同赋》(四首之一),该诗其一如下:

> 鸟啼莺语思何穷,一世荣华一梦中。李固有冤藏蠹简,邓攸无子续清风。文章高韵传流水,丝管遗音托草虫。春月不知人事改,闲垂光影照泻宫。①

又第 21 回文少霞于元宵佳节,心中有恨,遣兴成诗云:

> 未遂三生愿,难抛一段愁。含情羞跨凤,得意误牵牛。懒顾花前影,谁堪月下俦?清光如有识,共照玉人头。(页 1112)

这一首五律实改自《红楼梦》中的诗作。《红楼梦》第 1 回,贾雨村思念甄家丫鬟娇杏,中秋夜对月口占五律一首,全诗如下:

> 未卜三生愿,频添一段愁。闷来时敛额,行去几回头。自顾风前影,谁堪月下俦?蟾光如有意,先上玉人楼。②

又第 30 回谢雪仙仙去,分别留诗父母和姜惠英,诗云:

> 借住朱门二十年,一尘不染此心田。惟知云水烟霞乐,未结风花雪月缘。无是无非难立世,能求能解自登仙。而今跨鹤归山去,珍重高堂莫惘然。

---

① 《全唐诗》,卷 562,册 9,页 6528。
② 曹雪芹,《程乙本红楼梦》(北京:北京图书馆出版社,2001 年 12 月;桐花凤阁批校本,乾隆五十七年[1792]刻本影印),叶 8 下—9 上,页 106—108。

　　三年契合愿同偿,料得君知一段肠。精苦求如王妙想,风流岂效杜兰香。恭承玉诏从兹杳,寄语金闺莫感伤。他日仙旌来接引,白云深处任双翔。(页1618)

陈少海《红楼复梦》第10回写贾琏出家,留下绝诗一首:"无是无非四七年,荣华已作陇头烟。而今一笑归山去,隐向白云深处眠"①,谢雪仙诗句中的"无是无非"、"而今……归山去"和"白云深处",与贾琏的这首四绝也相仿。又第27回写沃良规勾引蔺景如,蔺景如以诗相劝:

　　珍重兰闺好自持,可怜本不解相思。难教浊水侵莲叶,敢以钢锋断藕丝。休倚翠楼惊柳色,慢歌金缕惜花枝。春光任使成惆怅,止恐神明天地知。(页1408)

这首诗后来成为蔺景如向文少霞表示清白的证据。诗中"休倚翠楼惊柳色"、"难教浊水侵莲叶,敢以钢锋断藕丝"等句似来自沈起凤(1741—1802)的志怪笔记《谐铎》。《谐铎》卷3"娇娃皈佛":

　　蓉江沈绮琴兆鱼,王公家青衣也。幼从闺中伴读,年十五,工吟诗,兼喜填北宋人小令。……时戒律僧慧公从净慈来……绮琴往投座下乞参三昧法。慧公曰:"欲参三昧,先断六根。"绮琴曰:"诺"。……"如何是无耳法?"曰:"休教撷笛惊杨柳,未许吹箫惹凤凰。"……慧公曰:"六根已净,八垢须除,再为汝下一转语。何谓念烦恼?"曰:"误将浊水溅莲叶。""作

---

　　① 陈少海,《红楼复梦》(张乃、范惠点校;北京:北京大学出版社,1988年6月),页113。

何除法?"曰:"夺取钢刀杀藕丝"。①

此外,在第 7 回的唱句中直接用"夺取刚刀杀藕丝"(页 342)。

又姜玉华被逢吉夫妇在酒中下蒙药迷魂活埋,蒋太妃得神谕,让儿子兴献王往救。姜玉华获救后,蒋太妃继为螺岭女(页 810),玉华修书向继母和父母报信,在给父母信中末端附诗一首:

> 自别高堂日系思,故园杳杳梦难期。苦逢雁序伤兄劣,犹幸萱帏赖母慈。无可语人惟自泣,不如意事更谁知?年来历尽辛酸味,一纸书成泪满滋。(页 812)

其中"苦逢雁序伤兄劣,犹幸萱帏赖母慈"二句跟娘嬛山樵《补红楼梦》第 12 回中宝钗给黛玉的一首五言排律中的"雁序伤兄劣,萱堂赖母慈"(页 141)亦几如出一辙②。

以上共十七首作品,其中有十一例或为改写或为袭用。从邱心如改写或袭用前人的句子来看,可见作者谓"自笑翻诗如访旧,又添蛇足几多痕"并非虚言,其中有姚合、李玖、刘损(或刘禹锡)、酒肆布衣等人的诗作③,而《错铎》、《红楼梦》、《红楼复梦》、《补红楼梦》、《淡仙诗钞》等书也是作者案头的参考读物。当然,《天雨花》④和

---

① 沈起凤,《错铎》(上海:上海古籍出版社,1990 年),叶 1—2 上,页 81—83。

② 娘嬛山樵,《补红楼梦》(胡文彬、叶建华校注,太原:北岳文艺出版社,1989 年 7 月),页 141。该书叙文末记"嘉庆甲戌之秋七月既望",即嘉庆十九年(1814)。

③ 笔者发现弹词中的某些七言句,如第 12 回开首"真个是,不作风波于世上,真个是,绝无冰炭置胸前",也有邵雍诗句的影子。《伊川击壤集》卷之八,《安乐窝中自贻》"物如善得终为美,事到巧图安有公? 不作风波于世上,自无冰炭到胸中。灾殃秋叶霜前坠,富贵春华雨后红。造化分明人莫会,花荣消得几何功?"(《四库》本,叶 5 下—6 上)。

④ 《天雨花》的抄本曾经在清河流传,"别本在清河张氏嫂,莒城张氏嫂,同里蒋氏姊,高氏姊,管氏妹,并多传钞讹脱,身后庶将此本丁宁太夫人寄往清河"。见陶贞怀,《天雨花》(上海商务书局,民国时期排印本),序页 1。

《再生缘》也是邱心如所熟知的作品①。

---

① 李云庆(1864—1934,光绪十七年进士)曾评《笔生花》"不脱《再生缘》窠臼",引见吉水,《近百年来皮黄剧本作家》,《剧学月刊》,3 卷 10 期(1934 年 10 月),页 8;该文另见录于谭正璧、谭寻的《弹词叙录》。吉田丰子也批评《笔生花》的中心没甚新意,原因是其中的人物和情节很大程度是模仿这两部作品,见方兰(吉田丰子),《エロスと贞节の靴——弹词小说の世界》,页 200。然而,新近的研究已有不同的看法,胡晓真便认为"《笔生花》意在与《再生缘》作一场温和的辩论,而非亦步亦趋的模仿",见《才女彻夜未眠——近代中国女性叙事文学的兴起》,页 59。

第四章 《笔生花》所见女性的生存状态

　　《笔生花》这部弹词中的人物主要来自三个家庭,其中的女性
人物有姜九华、姜玉华、姜德华、文佩兰、谢雪仙、楚春漪、步静娥、
沃良规、慕容纯娘等,故事中那些女性的经历,所反映的也许就是
当日女性所认知的一般际遇。假如弹词的听众或读者以女性为
主,要得到她们的认同,虚构的故事总不能越出她们的认知范围,
从这个度出发,也许可以从相关的情节反映女性的生活境况。女
扮男装的行为,自是诗文中的传统论述,即使如故事中提及"狐
仙",在民间的信仰中也是普遍存在的①。所以《笔生花》或可作为
一个具体的案例,反映清朝中叶女性所处的景况。

　　姜德华得知文少霞、谢春溶和吴瑞征三人童试及格,"窃思自
幼攻书史,胀杀胸中万卷撑。若使身为乾道体,亦可以,扬眉吐气
展经纶。偏生是个红妆女,枉此才华何处伸"(第 4 回,页 219)。
女性并非没有才干,只是受到社会重男轻女的制约,文上林妻姜氏
回到杭州娘家时,母亲樊氏有个解释:"长成便是他人妇,谁续箕裘
立我庐?读尽父书无所用,不能继业耀门闾"(第 3 回,页 130)。

---

　　① 狐仙在民间信仰中有预言将来的能力。又胡晓真《秘密花园——女作家的幽
闭空间与心灵活动》一文曾以邱心如笔下的狐仙为例,点出花园是一个奇诡经验发生的
场所,狐仙作为姜德华的复体和精神导师,所体现的是姜德华这位女主角在三从四德以
外的另一面。见《才女彻夜未眠》,页 199—202。

所以当姜德华改穿儒服,易名姜峻璧,独占鳌头后,不愿回复女身,"儿已当天立过誓,此生不愿易钗裙"(第15回,页786)。然而,在"孝亲须是顺亲心"(页786)的考虑下,则又不能不"委屈"自己。这是一种矛盾的心情。

一、烈女和烈妇的故事

第32回结处云"男儿立世宜忠孝,女子持身重节贞"(页1741),这种期望在弹词中即表现为烈女和烈妇的故事。《(光绪)淮安府志》卷35"列女",分为节妇、烈妇、烈女、贞女、孝妇、孝女、义妇等①。又《淮安河下志》"列女",附有忠义、节孝、烈妇、义妇、烈女、贞女等类别,如记节妇"程钰妻张氏"下注"姑垂老衰病,氏问安视膳,怡色柔声,二十年如一日",烈妇"程世坦妻陈氏"下注"夫亡不食死,道光七年旌"②。节妇和烈妇是两个类别,当然也有两者兼备的女性,但前者所颂扬的是夫死守节,事奉舅姑的女性,后者所颂扬的则是以身殉夫或以死守节的女性。

汪枚《张贞女诗并序》:"……贞女十五龄,迨吉褵未结。凶耗传深闺,柔肠炼劲铁。长跪请父母,矢志希前哲。谓儿先有姑,殉义表其烈。谓儿亦有姊,守贞著其节。更闻叔姑陈,霜操齐清洁。愿作孤鸾翔,共啮瑶池雪……"③女子有互相仿效的想法,可见这种守节和殉夫的观念在父权社会下是如何根深蒂固。

在邱心如先辈族中的女性,亦不乏节妇,如邱可孙的女儿,以

---

① 《(光绪)淮安府志》,卷35"列女",叶1—35。这种排序似有一定的惯例,"凡妇人先节而后烈,女子先烈而贞,亦援咸丰志例",引见《(光绪丙子)清河县志》,卷23"列女上",叶1上,第2行夹注。

② 《淮安河下志》,卷12"列女",叶12。

③ 《山阳艺文志》,卷7,叶95上。"汪枚,字卜三,号钵山,康熙中廪贡,乾隆辛巳改隶清河",《山阳艺文志》,目录,叶11上。

及邱象升的两位妾媵。《淮安府志》记:"邱氏行人可孙女,诸生李天定妻,夫死,子镳、铠俱幼,与娣姒杨氏、岳氏同心守节,邱以子铠贵,封太宜人。岳氏子镡早死,妻许氏亦守节。"①邱可孙是邱广业五世祖邱俊孙的堂兄弟,也是邱鼎元的六世祖邱可孙的兄长。邱俊孙之子象升的两位妾氏,《淮安府志》记:"郭氏,大理寺寺副邱象升妾,年二十七,夫君亡,守节四十八年"②,"张氏,大理寺寺副邱象升妾"③。"邱象升妾郭氏、张氏"④。邱可孙之女于《淮安府志》中更有一篇颇长的传记,记述其侍奉家姑、抚孤守节,以及教养二子成才的事情⑤。

　　《笔生花》这部弹词的前半部,或许可以说是烈女和烈妇的故事,有很强的伦理观念,要求女子有坚贞和无瑕的操守。弹词中的女性,如姜德华、姜九华、文佩兰等都是烈女,慕容纯娘则是烈妇。姜德华和文炳有婚约,为救父亲,不得不奉召入宫当秀女,中途投水自尽,获救后又再投缳。柏存仁将姜九华的花轿掉包,把姜九华连人带轿抬到破庙,准备和她成亲,姜九华宁死不从,甚至把柏存仁的右耳咬下来,结果遭柏毒打至死,埋尸荒郊。楚廷辉冒充谢春溶,将文佩兰骗走,文佩兰假意顺从,让楚廷辉把船舱的门打开,然后趁着楚廷辉有点醉意,投江自尽。慕容纯娘遭奸徒骗卖,宁死亦不愿沦为妓娼,遭毒哑后卖与谢家当婢,又当知悉谢雪仙有意纳为夫妾,即留书,图投水自尽,以存名节。在叙述者的笔下,由于她们的坚贞,所以都有好的收场。反之,像文佩兰的两名侍婢轻红和晖碧的结局,前者投江获救,结果得为文燏的姬妾(页736),这近乎

---

① 《(乾隆)淮安府志》,卷23"节妇",叶23下。事情另见《重修山阳县志》,卷16"列女一",叶4上。

② 《(乾隆)淮安府志》,卷23"列女",叶28上。

③ 《(乾隆)淮安府志》,卷23"列女"之"节妇",叶37上。

④ 《(光绪)淮安府志》,卷35"列女",叶3上。

⑤ 潘耒,《李节母传》,《(乾隆)淮安府志》,卷29"艺文",叶143—145。

是一种补偿,无知的晖碧,委身于楚廷辉,结果遭汪氏失手打死(页483),大概也是一种暗示。

当然,对于身份低微的侍婢,叙述者偶然也借着人物的说话议论一番。例如第 15 回提及姜近仁将妾滕花姨重责幽禁,姜峻璧是夜与谢雪仙、慕容纯娘,以及怜惜二姬回到闺房,他(她)竟然向怜惜二姬笑说:"二姬今见花姨之事,未知芳心曾吓坏否? 要晓得,凡作闺房侍妾流,止不过,所司职分抱衾裯。休说道,恃强欺嫡难容恕,便是那,妒宠争妍亦自羞。喜我前生曾种福,遇着你,金钗个个性温柔。小峰说着相窥笑,二女无言低了头。"(页 782)

弹词中的女性,大都恪守着三从四德。楚国丈内弟蓝章为甥女春漪向文上林说亲时,说楚春漪"天生丽质倾城色,幼习闺仪《内则》条"(第 1 回,页 32)。倒过来看,这句话可以是官宦人家选择儿媳的一项条件。楚春漪的母亲蓝氏私下把她许与文少雯,楚春漪的反应是"婚姻既定难更改,这个是,四德三从奴亦详"(第 2 回,页 69),当楚元方将自己女儿许与新科状元姜峻璧时,楚春漪的反应是"负怒道:三从之道,儿亦备知。……但凭母亲裁度便了"(第 11 回,页 619),最后是依从母亲的方法,躲到舅父家里。此外,前文提及慕容纯娘的那篇"攒十字句""绝笔",固然有控诉的成分,但叙述者似乎把求死作为女性唯一的出路,至于女性选择投江或自缢,亦复如是。

姜德华被召入宫后,其他人仍希望她保持坚贞;姜九华被柏存仁抢去以后,姜近仁所担心的竟是名节二字。姜九华出嫁时被柏固修掉包,文佩兰被楚廷辉冒名骗走了,两位女子的家人知道她们遭遇不幸,反应几乎是相同的,也就是害怕她们失身,败坏家门(第 8 回,页 461)。即使是她们的未婚夫,虽然只有婚聘,却同样认为她们极可能有损自家的门楣,"带累寒家名望倾"(第 9 回,页 477)。这完全是站在男性利益角度来看待这两桩不幸的事情。当她们平安无事,这些男性又会认为她们有助家声,全没考虑她们所受的屈辱，这又是从男性自身的利益出发。当然，这种考量，在弹词中并不限于男性，九华的生母花氏，因自己女儿的三贞九烈，态度甚为嚣张，认为三贞九烈的女子都来自庶母所生，借此以为有助自己在家庭中的地位。

二、男女授受不亲

姜德华断臂明节一段，亦可见姜德华如何恪守闺训。第 13 回，谢春溶强邀姜峻璧外出嬉游遭拒，强拉了姜峻璧的臂膊，"蓦地里，玉臂被其攀执住，登时失色变容光。红飞两颊严威发，翠卷双蛾怒气扬"（页 699）。此事经文少霞解围后，姜峻璧事后回到房中，既恼且恨，即从案上拿起一张裁纸刀，"望着那，玉藕一枝平斫去，登时里，血流如注满衣袍"（页 700）。"节妇断臂"的故事见于欧阳修的《新五代史》，王凝卒于官，妻李氏负其遗骸以归：

> 旅舍主人见其妇人独携一子而疑之，不许其宿。李氏顾天已暮，不肯去。主人牵其臂而出之，李氏仰天长恸曰："我为妇人，不能守节，而此手为人执邪？不可以一手并污吾身。"即引斧自断其臂。①

姜德华即使改装以后，内里仍恪守《女诫》的内外礼节，才会有羞愤交加的表现。姜德华易钗而弁，仍然以女性的身份自居，所以要处处回避男性，"吾今日，断臂原拚命一条，以留清白令名标。适听文炳良言劝，到使我，想到双亲怒亦消。不克成斯金石志，只得个，苟

---

① 欧阳修《新五代史》（北京：中华书局，1997 年）卷 54"杂传第四十二"，记五代小说王凝妻李氏引斧自断其臂。事另见于张岱《夜航船》（杭州：浙江古籍出版社，1987 年）卷 13"容貌部""妇女""断臂"条。

延残息报劬劳"(页705)。"怎奈吾,一旦更妆已占鳌。那还思,锦瑟调弦循妇道,惟只愿,彩衣娱戏效儿曹。亦况乎,冠笄更易难为地,更耽忧,紊乱阴阳恐祸招"(页705)。衣服隐藏了姜德华女性的身份,但改变不了她自己的思想,姜德华无法投入男性的角色。她唯一不用回避的男性就是她的父亲,例如服侍父亲安寝后才能睡觉,"女状元,侍亲归寝关门睡"(页727),这又是因为孝的缘故。另一个例子,是姜侍郎获释返乡途中,遇上充作船家女儿的侍婢轻红,于是把她接到船上,姜峻璧原与怜惜二婢同舱,由于不好和四人同舱,姜峻璧只能搬到父亲的船舱下榻(页736)。

某些对女性的制约并不是单向的,如男女双方订亲后不能随便见面,也同时制约着男性。文炳和姜德华订亲后,文炳留在姜家,他的母亲临别时嘱咐他"凡事尊前听教诲,等闲莫入内中庭。已同表妹联姻眷,自己嫌疑避几分"(第3回,页158)。樊太君告诉孙女德华关于准孙婿在家留住时,也不忘说"从今出入须留意,勿使相逢吃一惊"(页160)。《礼记·内则》有"男子居外,女子居内"①的说法。文炳自从留在舅父姜近仁家中暂住,准备赴试,也没有机会和姜德华见面。男女婚前不得交往,所以文少霞在和樊太君晚膳后,知道姜德华回家,便主动回避(第3回,页159)。姜德华也同样回避,如姜显仁因调官,顺道过访堂弟姜近仁,正闲话家常时,文炳刚好回来,而"廊下侍儿通报入,三位小姐转香躯"(第3回,页163),"无奈他,玉人自悉东床在,避嫌疑,绝不轻身到外边。文少霞,纵或请安来入内,一到时,廊前侍女早相传。双双姐妹先回避,难望仙姿得一瞻"(第4回,页193)。又第5回众女眷游园受惊,返回内院,刚好"少霞香士相随后,更有云楼侄相公。廊下侍儿通报入,两小姐,避归母室隐姣容"(页237)。文少霞终日心事萦牵,一次竟斗胆趁侍婢不在时走到姜德华的余芳书屋,此事后

① 《礼记》卷28《内则》,《礼记正义》,页858。

来更成为花姨攻击姜德华的一个借口。因涉及女子的贞洁问题,所以姜德华对此污蔑也甚为激动。当日文少霞闯进她的书屋时,她已经担心"若教疏忽为人晓,岂不相传作笑谈"(第 4 回,页 201)。

三、婚姻的选择权

至于婚姻的问题,女子没有选择权,男子也不一定有选择权,尽管他们有纳妾的权利。在弹词中,男女的婚姻都是不自由的,只是男性有纳妾的权利而已。例如文少霞对楚家两次提亲有意见,母亲姜氏即表现不悦之情,且加训斥,"少霞住了! 可知婚姻大事,自有父母之命,媒妁之言,安能由你自己主张? 休得多口。方才我乃戏言与你取笑,难道当真要你自家为主不成!"(第 1 回,页 41)谢春溶的情况也相同,他迟迟未婚,"止缘阿母挑持甚,这一向,回却纷纷月老翁。必欲才容双备女,方肯与,孩儿纳采去传红"(第 4 回,页 204)。至于楚廷辉,他有意向姜近仁提亲,同样遭父亲阻止(第 2 回,页 77)。

文少霞怀疑姜峻璧即为姜德华,欲向姜近仁求证,无奈母舅姜近仁一口咬定,姜德华定是修习道术,才可于洞房花烛夜遁去无踪。文少霞无从证实,又半信半疑,怀疑母舅可能是怪他重婚,要把女儿另配他人,当下想着"岂不知男可重婚,女无再适呀"(第 13 回,页 715),又"女子亡夫难再适,男儿失偶可通融"(第 16 回,页 858)。这正是《女诫》所说的"礼,夫有再娶之义,妇无二适之文"[①]。

四、已婚妇女的生活

弹词中如何描写已婚妇女的生活,可以姜九华嫁入吴家以后

[①] 范晔,《后汉书》(北京:中华书局,1965 年),卷 84,"列女传"第七十四。

的生活和楚元方的夫人蓝氏的遭遇作说明。

九华是姜近仁媵氏花姨所生,婚后备受成氏欺凌,成氏为家翁的侧室,经常向吴公夫妇进谗。曾经救助九华的申大娘,命儿子申福送上时鲜,九华拿了银子和一些衣衫交丈夫瑞征送申福,成氏于夜里即向吴公进谗,说"少奶奶,行为举动忒轻佻。今日间,福儿送物闺房去,竟与彼,挽手牵衣笑语交。一些些,男女嫌疑全不避,自倚着,姿容美貌逞风骚"(第8回,页410)。浙江省秋闱乡试,文炳考第一,谢春溶第五,吴瑞征却名落孙山,成氏又再进谗,说"公子一从婚娶后,芸窗未有读书声。每于闺阃同调笑,自春间,荒废功夫直到今","谗言唆得吴公怒,叱骂孩儿责耀英"(第9回,页505),吴公自此即让吴瑞征住进书房。九华日常吃的,"肉皮满碗飘汤面,鱼脍堆盘臭亦腥。鸡蛋炒成焦似炭,粉汤试得冷如冰。再观小菜排双碟,也是些,腐烂东西难辨名。饭在碗中无热气,佳人看罢懒沾唇"。当时吴瑞征刚好入房,劝妻子不用为父亲的事情担心,"止觉腥骚扑鼻闻。便问贤妻何气味,怎般酸臭又兼腥?多娇答道无他物,君自台中去看明。瑞征走向案前一看,只见腥鱼臭肉罗列其上,一阵阵气味难闻"(第10回,页540—541)。是夜吴瑞征在香闺留宿,谁知夫妇房帏之事,又被成氏说成内庭深宵仍有男儿脚步,自此九华于晚上入房后,即由成氏把门锁上。花氏在姜家的恶行,成氏亦乘机数落九华,说"不知你,廉耻全无甚样心。气得九华难答语,终日里,惟余红泪湿罗巾"(第12回,页655)。成氏对于姜九华的仇恨,叙述者曾介入解释,"你道成氏为何吃这寡醋?原来他当日曾有意于瑞征,每每挑逗。无奈公子乃明理之人,亦且看不上他这副尊容,时以正色御之,从不与其苟言轻笑。因此成氏失望,心中挟隙"(第6回,页297),叙述者在这里直接称呼听众"你",解释前因。另一件事,就是花氏曾在女儿九华面前取笑成氏,"你家那个姨娘,怎生那般丑怪?恁容貌世间委实希逢少有,真个如妖似鬼,忒也难看了"(第7回,页339)。那时候,刚好成氏在外偷听到二人的谈话,心中不忿,想着"管教你那女儿,有一日死在我手中"(页340)。

在夫家的境况不好,在娘家一方亦不见得很好。姜九华一方面担心娘家知道自己在夫家的境况后,花姨会生事端,另一方面自己又被禁止返回娘家,结果导致姜近仁误会女儿不孝,"莫如长女吴家例,自遭于归母宅抛"(第13回,页718)。花姨也误会,"前见母族势败,便不愿认亲"(第15回,页781)。九华的状况,只有莫氏清楚,"门楣家世都还好,姣客才容亦可称。谁料其翁蓄一妾,竟是个,千刁万恶世难寻。百般凌虐吾家女,威胁东床惑主人。怪道女儿容日瘦,原来如此受艰辛"(第10回,页540)。

社会要求女子贞孝,所以当成氏诬蔑姜九华和申福有不端的行为,姜九华绝不忍让,向成氏直言"莫云身本出偏房,似这些,《女则》《闺箴》颇也详。好端端,含血喷人何至此,造口孽,须防报应有昭彰"(第8回,页412),她的表现是一点也不退缩。

姜九华和丈夫的婚姻生活倒是幸福的,"若不因,夫婿闺房情意笃,恁遭际,枉生世上又何为"(第14回,页775),"可怜奴,枉为绣户朱门女,远逊茅檐草舍人。一自于归无善状,百般凌虐苦难禁。若非爱恋齐眉案,早已身归枉死城"(第16回,页837)。换句话说,丈夫是姜九华的精神支柱,《笔生花》第6回的开端,叙述者自白:"妇职原来非女职。凡百事,欲凭礼义总须财。高堂看待虽加重,可奈这,群小离间多妒猜"(页279),又第8回"却谁知,自入此门供妇职,被人相忌更相倾。纷纷算计殊堪笑,刺刺烦言不耐听。这其间,本属两姑难作妇,何当群小再疏亲。一时嗾失高堂意,十载躬将家事承"(页407),又第12回"别亲闱,自赋于归无善状。遭恶口,难当毁谤布流言。诚也知,性就寂寞甘于淡,怎奈教,世有炎凉重在甜。怕的是,喋喋不休耳畔语,愁的是,朝朝欲断窀中烟"(页625)。叙述者的自我告白,跟弹词中角色的际遇,互相映照。

楚元方的夫人蓝氏,她的处境也值得同情,"想吾虽是一裙钗,先人乃,饱学青衿有异才。抱负经纶安命运,寄情山水隐蓬莱。惟将礼学教儿女,看得这,富贵浮云不置怀。择婿原来诗礼族,只因为,媒言误信适狼豺。过门后,见此东床真不乐,鄙其行,庆吊从无通往来"(第 11 回,页 574)。但出嫁从夫,也无可奈何。蓝氏知道自己丈夫的恶行,害怕将来累及女儿,故千方百计为女儿春漪早觅夫家,甚至不论门庭,只要是儒门就可以。蓝氏为何有这种择婿对象的标准?——一个至低的要求,就是要求是个读书人。蓝氏的弟弟代向文上林说亲,遭拒绝后,楚氏父子欲加害,此事为蓝氏知悉,暗中将文爆放走,即使知道文爆已聘步家小姐,亦愿意将女儿作二室,目的就是为求女儿有好的归宿,不至日后出事,没为官婢的景况将更惨。这个情节有点离奇,但如果是知道善恶终有报,害怕报在女儿身上,才有如斯举措,也就合情。姜德华被选为秀女入京,柏固修曾去信国舅楚元方,指"伊女新经选入宫,生成绝代美姿容。恐君皇,留情夺我娇儿宠,教娘娘,暗致佳人一命终"(第 11 回,页 571)。这位楚夫人又害怕女儿真的因怕失宠而谋害姜德华,原因就是害怕报应无子嗣,"只恐娘娘听父云。倘使果为施毒手,恐女儿,后宫休想降麒麟"(页 571)。又柏固修诬陷姜近仁,曾去信要求楚元方把姜近仁弄死狱中,免除后患。这位楚夫人就借词"公爷既欲成王业,须索要,布德施仁把福邀。岂不知,发粟散囚前代事,怎道理,倩君仔细自推敲"(页 573)。

女性开始新的家庭生活,除了是嫁到夫家以外,弹词还提及女性过继给别人做女儿。

五、身体的束缚

以上所举的是对女性的行为的束缚,对于女性身体的束缚,则主要表现在缠足和服饰两方面。在这部弹词中,小脚是分辨男女的标志。姜峻璧向慕容纯娘表白自己是女儿身,所提供的证据就是她的小脚。"纯娘思想惊疑色,乃指多才靴脚边。……状元言讫俯纤腰,示真伪,靴袜拉开看一遭。扯去白绫无数道,方露出,金莲两瓣可风飘"(第 14 回,页 750)。姜德华应召上京,途中寻死,遇胡月仙相救,卸下女衣,改穿儒服,担心的就是一对小金莲(第 7 回,页 379)。所以,小脚是女人的一部分,如果没有小脚的话,就如吴叔度的姜媵成氏,"裙底莲钩盈尺许,这如今,装成高底尚如船"(第 6 回,页 293),是受揶揄和歧视的,不受男性欢迎,所以说书人才会借着乳母的话,表示出一种怀疑,原因是有别于常态。"金莲"、"红莲三寸鞋"、"鞋弓袜小"、"弓鞋"等用语,经常在描写女性的时候出现,小脚是女性在束缚底下所形成的性别特征。在这部弹词中,不但男性注意女性的小脚,姜峻璧对楚夫人蓝氏的观察,也注意到她"裙露弓鞋四寸尖"(第 11 回,页 618),这自然就是因为她的身份才显得更合理。缠足不限于官宦人家的闺秀,楚元方家里的丫环也缠足,那些非干粗活的丫环也缠足,"但是皆非粗使婢,鞋弓袜窄恐迟延"(页 620)。此处不拟讨论缠足对女性的戕害,但弹词中的叙述既然以"金莲"作为素材,自是反映当时社会的一些话题。小脚被视为性别的标记,尽管小脚对于女性的活动是一种限制,女性却没怀疑其合理性,而只要缠上白绫,把小脚变大,女性以男性的姿态现身就再没疑虑! 又"金莲"也是经济条件和地位的象征①。

　　服饰的差别标志着阶级和身份,例如正室和姜媵所穿的就有所不同。当姜德华被柏固修强迫上京,除花姨外,姜家上下都不甚

---

　　① "缠足"的讨论参高彦颐《闺塾师——明末清初江南的才女文化》(*Teachers of Inner Chambers*,李志生译,南京:江苏人民出版社,2005 年 1 月),页 157—161、页 180—183。

安宁,姜侍郎借酒浇愁,莫夫人病倒,燕柳二姨都惆怅不乐。花氏即趁机暗地前往探望抱恙的女儿九华,但花氏竟然穿上正室的衣服,"僭服公然欺正室,穿起了,朝裙绣补久私裁"(第7回,页334)。下人看到,也顿生怀疑,"姨娘怎僭夫人服"(页335),而姻亲吴太太看在眼里,也觉得"穿着那,朝裙补服犹奇异,姜亲家,妻妾原来一体排"(页340)。谢雪仙为夫纳妾,却让这位"雅言"(慕容纯娘)穿上冠被,结果惹得怜惜二姬不服气,为何"冠帔加之正室同?"(第14回,页758)

衣服代表着身份,不同的场合有不同的服饰。文佩兰出阁时穿的是蟒服花裙(页467)。服饰本身就是一种身份的规限,不论男女,都意味一种身份,官服分不同的品,妾媵和正室的衣服也不一样,小姐和婢女,道士和尼姑也如是。《礼记·内则》有"男女不通衣裳"的说法,所以姜德华改穿儒服,需要一个合理的解释,花木兰代父从军是基于孝,姜德华则因为朝廷选秀女,是命运让她有一场不平凡的经历。阶级和身份的问题,至简单就是戏台上,观察识别角色的身份性格,靠的也是衣服和化装。

第23回写"年幼娃娃听母言,抬头就把女侯观。欢叠叠,跳钻钻,扑上前来不暂延。阿呀,爹爹,原来你穿了这旦脚衣裳出去串戏,怪道我这两日总寻不见你来"(页1195),叙述者借着稚子说出这番话。胡月仙有意引导谢雪仙(絮才)成仙,向谢雪仙托梦,"佳人梦里心迷惑,忽想起,鼓瑟吹笙一俊豪。暗道儿夫真好戏,为何易服卸冠袍?多应国事今平定,故此归来兴致高。改换衣妆调弄我,一团儿气弄蹊跷……怎生易此女妆,莫非欲效班衣彩戏,以博高堂一笑乎?"(第19回,页999)儿子误以为父亲是做戏,谢雪仙误会是娱亲。此外,谢雪仙知道丈夫为女子以后,"闺装易了道家缁"(第22回,页1188),所以衣服就是一种身份。衣服作为一种身份的象征,是一个有趣的问题,因为只要换上男装,求取功名报国尽忠这等事,女性也能做。

六、女性笔下的男性

郑振铎曾指出《笔生花》这类作品，是处处为女性张目①。如果是为女性张目的话，这类作品中的男性又如何？求功名和求美眷似乎是某些男性角色的人生目标，又弹词中的主要男角似乎缺乏阳刚之气。

就弹词所见，作者笔下的男性有两个目标：一是求功名，如文爆便因为楚元方父子诬害后躲藏起来，但仍不怕暴露行藏，参加该年的考试。一是要娶一位美丽的女子为妻。从《诗经·关雎》开始，"窈窕淑女，君子好逑"的思想，已经潜移默化，美丽的女性成为满足男性欲望的对象。以文少霞为例，叙述者多次提及文少霞"自幼风流志愿殊，娶妻必欲一名姝"（第1回，页29），"姻缘必欲才容女，否则甘当不娶妻"（第3回，页126），"立志多年求美匹"（第11回，页581），"自幼心高曾立愿，娶妻必得似飞琼"（第16回，页857）。又如谢春溶，文少霞要为他做媒，对自己的两个表妹评头品足（页211），他也表示文佩兰"果若能如姨丈语，与吾方是凤鸾行。倘教是个寻常女，那时节，误对婚姻愿莫偿"（第4回，页217）。至于柏存仁也就更不用说，他向父亲表示"孩儿一向立志，必要访个美貌佳人为偶"（第5回，页251）。

弹词中的文少霞似是个到处留情的人物。姜峻璧随父归杭后，他便娶沃良规为妻，而且不大厚亲情，又时刻希望和姜德华成亲。他有学问，而姜德华于科举中之所以能胜过他，实际是因为姜德华答应楚国丈招婿。殿试时，"君皇亲阅定其名。……看到文姜双试卷，难分甲乙一般精"，最后由楚国丈建议"使其联捷三元，以显圣朝盛典"（第11回，页613）。叙述者其实多番借其他角色批

---

① 郑振铎，《中国俗文学史》，下册，页371。

评文少霞的为人,例如姜近仁对他的恼恨,"二恨他,不别而行旋续胶。太觉为人情义薄,不及我,姣娃贞孝两般高。那能一霎如其意,且等伊,狂妄之心耐几毫。歇过三年并五载,那时节,秦台始许共吹箫。更加一件须言定,定要他,入赘门楣继我桃"(第13回,页718)。当姜近仁获悉"雅言"原来就是慕容纯娘①,即大骂文少霞,"文炳丧心今至此,后来之事慢区分。须待他,凄凉历尽心知悔,那时候,鸾凤方才许共鸣"(第15回,页786)。当姜峻璧误会文少霞将纯娘卖与鸨母,她又再一次强调,甚至姜近仁也同样如此,要让他不能如愿成婚。然而,对于男性这种到处留情的行为,叙述者的态度有点暧昧,因为故事最后仍然是完婚和大团圆结局。

女扮男装的姜德华,在作者的笔下,完全像一个女性是无可厚非的,如谢秋山觉得,"何郎傅粉言休及……荀令熏香步莫追……男儿美貌胜娥眉"(第7回,页384)。不单写容颜,也写体香,在兴献王眼里,姜峻璧要比姜玉华漂亮,"王妃可算倾城色,较弟犹然不及焉"(第16回,页851)。但弹词中的男性,也似乎有一种女儿态,缺乏男性的阳刚之气。如叙述者对文少霞的描述是"面如傅粉溶溶白,腮若含花淡淡妍。眉比春山容似玉,目凝秋水貌如莲。真俊雅,又端严,好个风流小俊贤"(第3回,页128)。吴瑞征一介书生,他挺身护妻,结果却敌不过父亲的姜滕成氏,"公子书生非武士,早被他,一时打倒地尘埃"(第8回,页414)。

也许邱心如在生活中接触的男性不多,所以故事中那些男性形象的描述都比较模糊,甚至没有明确的外貌描写,她借用的是戏曲和才子佳人小说中的美男子的形象俗套。如第1回直接对文

---

① 故事中的慕容纯娘,自文少霞入京赴试后,便为奸徒骗卖,但她宁死亦不愿沦为妓娼,结果被虔婆灌吞瘖哑药后转卖(第13回),但刚好被卖与谢秋山府中,取名"雅言"。姜德华易钗而弁,改名姜峻璧,投靠谢秋山,被招为东床,但谢雪仙不知姜德华为女子,并欲纳雅言为夫妾。姜德华知其为少霞妻,即告以真相,假凤虚凰,并治愈其瘖哑之疾(第14回)。时纯娘已有身孕,生一子,取名霞郎。

爆、文炳的外貌形象品格等进行描写:"长子十九,取名文爆,号少
雯,一字豹君。生得风流儒雅,名冠一时。……次子十五,取名文
炳,号少霞,一字蔚君。是乃钟山川之秀,夺天地之灵。生得貌胜
潘安、宋玉,才如子建、相如"(页28—29)。又通过楚夫人的眼睛
写文爆的形象,"夫人灯下观公子,丰度翩翩果出群。貌似潘安重
入世,颜如宋玉又还魂。青袍金带端然坐,真个是,美貌风流一俊
英"(页52)。第4回写谢春溶"貌和昔日张何亚,才与当年李杜
同。举止端方无俗派,行藏温雅有仁风。佳品格,美姿容,谈笑诙
谐学问充"(页204)。第4回写姜侍郎一家人眼中的谢春溶外貌,
"但见他,一貌堂堂品格奇,面如满月美丰仪。何郎傅粉差相似,荀
令熏香可并题。态度翩翩多俊雅,神情矫矫不低微。无所短,各相
宜,若此人材世亦稀"(页213)。第29回对落魄秀才吴瑞征形象
描写,"憔悴容颜似病痨,身披粗布一青袍。衣冠敝旧多尘垢,鞋袜
腌臜惹笑嘲"(页1336)。

　　上述对于男性的描写,只有吴瑞征穷愁潦倒的形象较真切,将
故事中对姜德华外貌的描写跟这些男性比较,便相当清楚。第3
回通过文府诸人的眼睛描写姜德华:

　　　　文府中,姑媳三人抬凤眼。细看他,玉容真果美无偕。仙
　　姿灼灼惊人目,妙态盈盈异众材。端丽直教金比重,鲜明却是
　　玉无埃。眉分远岫山头秀,腮若娇花露下开。广袖低垂飘翠
　　带,湘裙半拂露红鞋。羞花闭月非常色,使倩那,巧手丹青画
　　不来。步上高堂含笑立,就犹如,蕊宫仙子降瑶台。(第3回,
　　页131—132)

第4回文少霞隔着窗偷窥时,对姜德华外貌的描写:

　　　　但见那,临窗正坐一蝉娟,果生得,国色天姿貌十全。灼

灼光华明似玉,婷婷丰致美如仙。沉鱼落雁非虚也,闭月羞花信确然。脸拟芙蕖娇带雨,眉如杨柳细含烟。丹唇一点春樱小,俊眼双凝秋水鲜。百种融和花减媚,十分清秀雪输妍。低鬟敛雾垂珠串,细发堆云贯宝钿。巧饰辉煌围翠髻,宫妆流丽衬香肩。鸦青彩袖金花切,鱼白罗衫墨菊填。不瘦不肥芳影俏,宜嗔宜喜粉窝圆。略斜遮掩偏堪爱,未甚分明最可怜。馥馥麝兰香遍溢,悠悠环佩韵轻传。(页 194—195)

第 4 回写谢春溶眼中姜德华的形象:

凝眸窃视姜姨妹,目荡神摇意欲迷。只见那,倾城绝代一娇娃,夺目争光颜色佳。翠纤纤,眉似春初新绽柳。娇滴滴,脸如雨后乍含葩。秀盈盈,双湾绿鬓云迷岫。轻淡淡,两片腮痕雪映霞。论身材,端丽直教金比重。评面貌,鲜明却似玉无瑕。宜傅露,欲羞花,独占群芳定算他。(页 213)

作者反复从不同人的视角来描写姜德华的外貌和肖像,这些关于眉、脸、口、发鬓、肌肤、装扮、服饰、仪态和气味的描写,用的尽管也是些基本套路和比喻,但读者仍能想象姜德华的美态。人物的美貌和品格在故事中是一致的,这也符合读者对正面人物的审美。

第五章　金芳荃和《奇贞传》

在中国文学史上,金芳荃这个名字大概没什么重要性,在清代的女性作家群中,这个名字至多也只是聊备一隅。金芳荃的诗词集未知是否存世,《全清词钞》、《晚晴簃诗汇》和《续槜李诗系》等集仅录她四首作品,对于女性作家而言,这种情况绝不稀奇,如冼玉清(1894—1965)所言,中国古代女性文学作品得以传播有三项条件,即名父之女、才士之妻、令子之母①,一些闺秀作家或因家道中落,或因其他变故,在文学史上也就没没无闻。笔者注意到《奇贞传》这部弹词,缘于《申报》上评介邱心如《笔生花》的一些诗作,诗中夹注透露该文作者也有一部名《奇贞传》的弹词作品,追查以后,发现《奇贞传》的作者极可能就是金芳荃,清代弹词女作家这个创作群体应可再添一员。

一、"鹅湖逸史"和"槜李畹云女史"

《奇贞传》现藏上海图书馆,卷前《奇贞传叙》末端记"咸丰十一

---

① 冼玉清《广东女子艺文考》《自序》云:"其一名父之女,少禀庭训,有父兄为之提倡,则成就自易。其二才士之妻,闺房唱和,有夫婿为之点缀,则声气易通。其三令子之母,侪辈所尊,有后嗣为之表扬,则流誉自广。"引见胡文楷,《历代妇女著作考(增订本)》(上海:上海古籍出版社,1985年7月),页951—952。

年岁次辛酉季冬月上浣鸥湖逸史自序于鹤沙寓楼"，作者署名"鸥湖逸史"。如同其他女性创作的弹词，该弹词各卷的开端或结尾的自叙部分，提供了一些内缘信息，如"金钗典尽愁难济"（卷3，页74）①，"长日已拼捐刺绣，短檠聊复费哦吟"（卷6，页1），"愁绪频牵凋绿鬓，泪痕暗滴结红冰"（卷7，页90），"绣阁知音夸好句，兰闺淑女爱斯编"（卷13，页1），"闺里知音隔短墙"（卷14，页1），"兰阁知音频索视"（卷20，页72）等，显示作者或为女性。

《申报》上评介邱心如《笔生花》的诗作，作者署名"檇李畹云女史"，标题为《题〈笔生花〉传奇绝句三十二首》，诗作并有序文，为便讨论，兹重录如下：

> 余素恶传奇小说，标新立异，无非濮上桑间，才子佳人，悉是星前月下，陈言腐套，寓目堪憎，即有一二维持风化，教益伦常，亦皆略而不真，浮而不切。壬午孟春，偶阅淮阴心如女史所著《笔生花》弹词，至性天成，逸情云上，词源滚滚，仙骨珊珊，循诵回环，击节叹赏。其微言奥旨，藻采缤纷，曲绘深摹，贤奸毕肖。允矣钩心斗角，卓哉悟世警人，果撷稗史之菁华，洵属闲编之杰构也。藉闻女史一生坎坷，际遇堪悲，沦落奇才，倍深愧惜。灯窗有感，雨夜无聊，走笔偶成绝句三十二章。琴怜同调，漫嗟白雪难赓；曲奏知音，遥企绛帷可拜。质诸兰闺淑媛，绣阁名姝，其将击唾壶而雅唱也夫！②

诗序中提及"壬午孟春"，即光绪八年（1882）正月，也就是《笔生花》

---

① 《奇贞传》为稿抄本，无页码，页码为笔者编定。为省篇幅，下引原文只标卷数和页码。

② 《申报》，第3205号，光绪八年壬午二月十九日（1882年4月6日）。

初版发售以后①。诗的内容主要为《笔生花》情节的概述,其中第31首如右:"七襄云锦织千丝,自笑雷同笔一枝。香草美人聊寄托,楚骚哀怨有微词。"诗末并有一段文字,或为夹注,记云:"余草创《奇贞传》弹词,计二十四回,甫将脱稿,其中命意措词,同工异曲,阅竟为之粲然。"②《奇贞传》并未见录于近年所编就的弹词编目③,而上图庋藏的《奇贞传》又只有20卷,故必须考虑二者是否名同实异的作品。

《奇贞传》署名"鸳湖逸史",并非"檇李畹云女史",但笔者检读《奇贞传叙》后,发现上述"檇李畹云女史"的诗序,从"余素恶传奇小说"至"亦皆略而不真,浮而不切"这个部分,除"素恶"二字改作"遍阅"外,跟"鸳湖逸史"叙文前数行的内容完全一致;诗序以"其将击唾壶而雅唱也夫"作结,这跟叙文的结句"其将击唾壶而泣下也夫"亦相仿。叙文是"鸳湖逸史"的自序,估计被抄袭的可能性不高,故笔者推测"鸳湖逸史"和"檇李畹云女史"为同一人。

《奇贞传叙》末端记"咸丰十一年岁次辛酉季冬月上浣鸳湖逸史自序于鹤沙寓楼","鹤沙"这个地名也为笔者提供了一点线索。《瀛壖琐纪》曾刊载《采白吟次韵填词并附录绚秋轩旧草二章》④,署名"檇李昙华吟馆女史金畹云",作者所附录之旧作,其一为《题吴中段畴五茂才悼亡诗草》,其诗序云:"忆自辛酉秋杪,旋避逆氛,侨寓于鹤沙城南。"咸丰十一年(1861)辛酉,值太平天国之乱,太平军曾多次攻克平湖县城,太平军在平湖的政权,直至同治二年

---

① 申报馆仿聚珍版《笔生花》于光绪七年十二月初十日(1882年1月29日)正式发售。

② 《申报》,第3205号,光绪八年壬午二月十九日(1882年4月6日)。

③ 盛志梅《清代弹词研究》附录的《弹词知见综录》(页263—479)和轮田直子的《上海图书馆所藏弹词目录》(《东北大学中国语学文学论集》,第4号,1999年11月)均未见录,也许因上图的目录把《奇贞传》列入"俗曲"类。

④ 《瀛壖琐纪》,第11卷,叶20上,同治癸酉年(同治十二年[1873])八月出版。

(1863)十一月初,平湖守将陈殿选和乍浦守将熊建勋相继出降,始告瓦解。上述两则资料分别提及"侨寓鹤沙"和"自序于鹤沙寓楼",在时序上大致吻合,故可佐证"鸬湖逸史"和"檇李畹云女史"或为同一人。

此外,《全清词钞》收录金芳荃一首作品,题为《如梦令》(絮影、应东湖消夏社作),原词如右:"楼外夕阳红暝,晴雪乱飞花径。纤手误拈来,隐约暗随春尽。香影,香影,飘泊东风无定。"①"檇李畹云女史"即金芳荃,由于该词亦见于《奇贞传》第7卷(页11),属故事中崔文钦家中西宾全纫兰的作品,故这又是一则佐证。诗文类近的例子,还有前述《采白吟次韵填词并附录绚秋轩旧草二章》序文中的"青蛾取义,群加三叹之音;彤管扬芬,合播千秋之史",这句话也见于《奇贞传》中正德皇帝在杨仙贞死后所颁下的谕旨(卷19,页63),只是"取义"二字改为"翻调"。

《奇贞传》第20卷末的自叙中,作者记云:"不知到底如何样,下集书中再表明……此为小结奇贞传,下卷重开袖箭盟"(页72),故笔者推测作者预告续篇为《袖箭盟》,也许就是所相差的四卷之数。

二、金芳荃的家世和著述

根据鲍震培考证所得,清代女作家弹词共38种,女作家36位,姓氏可考者23位,有名号或无名氏者13位②,另有一些因材

---

① 叶恭绰编,《全清词钞》(北京:中华书局,1982年5月),第34卷,页1776。金兆蕃(1868—1950)《二十五家词钞》(金鏐孙手钞本,无页码)中所附"别钞十三家",亦录此词作,而金芳荃的著作,同样写作《纫秋馆词》(按页序为叶56上)。金兆蕃为金福曾(1828—1892)长子,出嗣金福澄(1821—1868),金芳荃是他的族祖母。

② 鲍震培《清代女作家弹词研究》第五章为《弹词女作家及其作品考辨》(页210—269)。

料太少而无法判定。本章所述的金芳荃和《奇贞传》，或可以为这个女性的创作群体再增补一员。本节引用金芳荃家世和著述的资料，主要整理自选集、方志、家谱、艺文略和报章等文献。

（一）金芳荃的家世和生平

徐世昌（1855—1939）《晚晴簃诗汇》辑录不少闺秀作家作品，其中记"金芳荃，字畹云，秀水人，平湖候选知县陈景迈室，有《绚秋阁诗集》"①。又胡文楷所录女性著述，亦见《绚秋阁诗词稿》一种，记云："金芳荃撰，《清闺秀艺文略》著录（未见）。芳荃字畹云，浙江嘉兴人，金孝维侄曾孙女，陈景迈妻。《清词钞》作《纫秋馆词》。知县金献琛女。"②《全清词钞》所记为"金芳荃，字畹云，浙江秀水人，平湖陈景迈室，有《纫秋馆词》"③。胡文楷未见的《清闺秀艺文略》，在《绚秋阁诗词稿》项下记：

> 金芳荃，字畹云，孝维侄曾孙女，陈景迈室。士厘曰：曾祖姑母金颖第有《兰省诗钞》，孝维有《有此庐诗钞》，姑母鸿佶，字淑芸，适何元庆，鸿依，字吟秋，未字卒，皆能诗而无集。④

上引的资料，部分互见于同书的《兰省吟稿》和《有此庐诗钞》项下⑤。金芳荃的名字未见于庄一拂（1907—2001）的《《檇李女诗人

---

①　徐世昌辑，《晚晴簃诗汇》（退耕堂刻本），1929 年，卷 191，叶 19 上。

②　胡文楷，《历代妇女著作考》，页 405。

③　叶恭绰编，《全清词钞》，第 34 卷，页 1776。

④　单士厘编，《清闺秀艺文略》（钱念劬夫人撰手写清稿，四册本，无页码，共 190 页），卷之二补遗，引见第 123 页。原件藏上海图书馆，书后有单士厘二篇跋文和胡文楷的后记，前两篇末端分别记"时年八十有一"和"甲申年士厘又记"，胡文楷则记"民国三十有四年四月"。

⑤　单士厘编，《清闺秀艺文略》，卷之二补遗，引见第 126 页；卷之二，引见第 118 页。在《有此庐诗钞》项下，金芳荃的作品亦作《纫秋阁诗词稿》。

辑〉例目》和《檇李闺阁词人征略》①，但见于《续檇李诗系》，当中并录《敬呈厚斋伯父》二首和《镫下老母述旧事》共三首作品②。

清代嘉兴府共辖七县，其中包括嘉兴、秀水和平湖，笔者查《民国平湖县续志》，见卷10"列女五（才媛）"记载金芳荃的资料："金芳荃，字畹云，秀水监生献琛女，适邑人候选知县陈景迈。事姑甚谨，母家中落，母依以居，奉侍二老人，勤勤无闲。工诗，居万安桥侧，教授女弟子以佐甘旨。有《畹云诗钞》。"③另卷11"经籍"亦记金芳荃有《绚秋室诗钞》，陈景迈则有《燕诒楼诗稿》，均为未刊本④。

以上各种文献所记的材料，虽可互相补足，却没有太多金芳荃家世的资料，而单士厘（1858—1945）和胡文楷均提及她是金孝维（1752—?）的侄曾孙女，恰巧成为一项重要线索。《晚晴簃诗汇》记"金孝维，字仲芬，嘉兴人。礼部主事洁女，同县户部郎中钱豫章室，有《有此庐诗钞》"，其下并夹注："仲芬为桧门总宪女孙，香树尚书孙妇，性清严寡，言笑处事，宽而有制……"⑤桧门总宪即金德瑛（1701—1762），据《金氏如心堂谱》的资料，金德瑛共六子，金献琛（1812—?）就是德瑛第四子忠济（1726—1774）的后人。金献琛无子，金鸿生子出嗣，其世系整理如下：⑥

---

① 庄一拂，《〈檇李女诗人辑〉例目》，《浙江省通志馆馆刊》，1卷1期（1945年2月），页38—49，较相近的名字只见"金淑珍，字畹云"（页46）；《檇李闺阁词人征略》，《词学季刊》，2卷3期（1935年4月），页12—16。

② 胡昌基辑，《续檇李诗系》，资料据上图藏稿本"不字册"，无页码。

③ 季新益、柯培鼎纂，《民国平湖县续志》（民国十五年修，抄本），卷10，页795下a。

④ 《民国平湖县续志》，卷11，页804上a，页803下b。

⑤ 徐世昌，《晚晴簃诗汇》，卷185，叶69上。

⑥ 金兆蕃续修，《金氏如心堂谱》（1934年，兴孝堂木刻活字印本），"如心堂世系总图"，叶3上。《金氏如心堂谱》见《清代民国名人家谱选刊》（北京：北京燕山出版社，2006年），第34册。

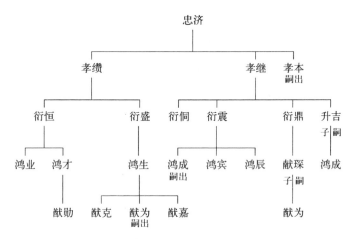

《金氏如心堂谱》中关于金献琛的记录如下：

　　献琛，衍鼎子，原名鸿春，字咏莪，监生，候选知县，嘉庆十
六年辛未十二月二十一日生，没年无考。妻沈氏，平湖人，嘉
庆癸酉科举人、广西贵县知县正楷女，嘉庆十七年壬申七月十
五日未时生，光绪十六年庚寅九月初九日戌时没，年七十九。
合葬平湖南门外小笋园。子献为，鸿生子，嗣。女芳荃，字畹
云，道光十三年癸巳八月初四日戌时生，适平湖选用知县陈景
迈，有《绚秋阁诗词稿》。（"敦善第五"，页2）

据此，可以确定金芳荃生于道光十三年(1833)，其卒年应是1890
年以后，因上引《民国平湖县续志》的资料所见，金芳荃母亲沈氏
(1812—1890)曾"依以居"。

　　关于金芳荃父辈的资料，《晚晴簃诗汇》收录金芳荃三首作品，
其中有《敬呈厚斋伯父》二首如下[①]：

———————————

　　① 徐世昌辑，《晚晴簃诗汇》，卷191，叶19下。金鸿生卒于咸丰辛酉(1861)十
月，按时间推算，应是金芳荃28岁前的作品。

凤池旧迹剧堪怜，零落朱门锁晚烟。静夜挑镫论家世，秋风泪洒断肠篇。

玉树摧残感易生，倦游湖海掩柴荆。遗珠不遇犹堪慰，定许龙头属老成。

第一首末句下夹注"时示椒园先伯祖秋试朱卷"，第二首"玉树摧残感易生"句下夹注"良卿从兄于壬子夏去世"。这位"厚斋伯父"即金鸿生（1809—1861），"鸿生，衍盛子，小名百福，字心复，号厚斋，仁和县学附生……子猷嘉，猷为出嗣，猷克"（"敦善第五"，页3下—4上）。"椒园先伯祖"即金升吉（1780—1820），"升吉，孝继长子，原名衍升，字向高，号椒园，又号秋槎，仁和县学附生，嘉庆十五年庚午科浙江乡试第五十名，候选知县"（"敦善第五"，页1上）。至于金鸿生三个儿子的资料在《金氏如心堂谱》的记录如下：

> 猷嘉，鸿生长子，小名天德，字时若，号良卿，道光十二年壬辰七月二十四日丑时生，咸丰三年癸丑六月三日没，年二十二，未娶。（"敦善第五"，页3下—4上）

> 猷为，猷琛嗣子，鸿生次子，字辅堂，道光十八年戊戌七月初六日子时生，咸丰十一年辛酉六月十四日寅时殉难，年二十四，未娶。（"敦善第五"，页2上）

> 猷克，鸿生三子，字子壮，道光二十二年壬寅十二月二十一日寅时生，光绪二十一年乙未十二月十三日没，年五十四，未娶。（"敦善第五"，页4上）

金猷嘉（良卿）卒年与前引《敬呈厚斋伯父》诗中夹注的资料相差一

年,但这无碍了解金芳荃的家世和际遇。上引《题吴中段畴五茂才悼亡诗草》诗序记金畹云于辛酉秋杪,侨寓于鹤沙城南,这位过继的弟弟正是于当时殉难,大抵金鸿生和金献琛这对同房的兄弟最后也后继无人。此外,据金兆蕃中式朱卷的"履历",金芳荃的祖父和父亲可再补充:衍鼎名下夹注"宿迁县主簿",献琛名字下夹注"候选从九品"①。

金芳荃因避战乱而离开家乡,她的某些诗作提供了一些资料。《登弄珠楼》诗序记云:"余自庚申岁因避寇氛徙沪上,巢鹩屡易,幕燕频更。二十年重返梓乡,曷胜渺若河山之感。辛巳暮春,扫墓后放棹临流,登楼眺远,是日也风清日朗,柳暗花明,率尔操觚,偶成一律。"②从庚申(1860)到辛巳(1881),一别乡梓就是二十年,期间是"巢鹩屡易,幕燕频更"。上文已提及金芳荃于辛酉(1861)秋末侨寓鹤沙,1874年前后金芳荃曾在苏州一带生活,其后随丈夫在上海生活。《奉酬丽清女史敬步原韵绝句十章即希大雅郢政》第六首末句"旧交如梦溯从前"下注云:"余昔岁侨寓吴门,借许韵梅、袁蕙生、陈慰之诸女史,苔岑雅契,读画论诗,颇饶清兴。自徙沪江,知音罕觏矣。"③诗注中提及"侨寓吴门"和"自徙沪江"二事,"侨寓吴门"是1874年前后,因《挽袁蕙生女史四律》诗序记云:"余自甲戌仲秋借蕙生女史缔交,鸥鹭联盟,芝兰订谱,每遇春秋暇日,互相过访,焚香读画,瀹茗谭诗,结松鹤之芳邻,效苔岑之雅兴。无何女史以积劳成疾,于新秋巧日溘然长逝。呜呼知音仙去,琴轸休弹,爰赋挽章,借伸哀悃云尔。"④甲戌为同治十三年(1874)。至于"自徙沪江",应是1879年以后的事情,《庚辰腊月葬亡女凤娥于沪城之西泪洒荒茔恨刊短碣口占一律》⑤,诗题见"庚辰腊月",即公历

---

① 顾廷龙主编,《清代朱卷集成》(台北:成文出版社,1992年),页221、222。

② 《申报》,第2876期,光绪辛巳四月初九日(1881年5月6日),第3版。

③ 《申报》,第3273期,光绪八年四月念八日(1882年6月13日),第3版。

④ 《申报》,第2361期,光绪己卯十月十二日(1879年11月25日),第3版。

⑤ 《申报》,第2957期,光绪辛巳七月初一日(1881年7月26日),第3版。

1880年12月31日—1881年1月29日。又《题吴中周绿君女史双清仙馆遗草》的诗序记云："辛巳仲冬望夕，挑灯枯坐，偶检蟫编，外子归，持一册示余曰：此幕友新之王君之祖慈洞庭王雪香先生淑配之遗稿也。乃三复诵之，击节叹赏。"①诗序提及丈夫的幕友，应可证明丈夫陈景迈当时供职于衙署②。

金芳荃的诗作提及有多名女儿夭折，但她应算是儿女成群，而且四世同堂。见于《申报》的一首无题的长歌，下署"畹云女史稿"，诗序及原诗引录如下：

> 庚辰秋仲为亡女蕙珠、凤娥同绘遗影，两女垂髫并立，各执兰蕙一枝，名之曰"罡风吹折双蕙图"。图成泫然，题长歌一首。

> 罡风吹折双蕙图，览之凄怆悲何如！盈盈弱质同携手，面似芙蓉眉似柳。琼姿瑶蕊总成烟，昙花屡现愁难久。一枝凋谢怨秋风（三女蕙珠殇于甲子仲秋，年甫三龄），彩叶云霏香影空。恰值流离兵燹际，荷锄稿葬草莱中。九莲池畔烟凝月，谪到尘寰易销歇（女生之夕，余梦之一山，晴翠横空，清流曲折，池中菡萏盛开，爱而折之，旋即萎谢，仅存花瓣三枚。女亡之夕，又梦一绛衣女郎谓余曰：池中之物，今当见还。由此度之，女生有夙根也）。慧辩之无解诵诗，聪明共爱如冰雪。一枝摧落恨残春，蓦地招来虐痘神（八女凤娥殇于己卯季春，年甫四龄）。玉貌陡惊变牛鬼，苍天夺吾掌中珍。相逢梦里空肠断，深夜魂归灯自黯。痴望灵征大士签，再生期托孙枝转（女

---

① 《申报》，第3147期，光绪辛巳十二月十三日（1882年2月1日），第3版。

② 金芳荃丈夫供职衙署，在弹词中也曾经出场。崔子瑛出任金陵巡案，全慧娘便向崔子瑛推荐丈夫郑隐莲出任幕僚，同赴金陵，助理幕府的笔墨（卷6，页9），而这位"郑师爷"（卷6，页26）在崔子瑛审理梁少云案毫无头绪之际，曾向崔子瑛提议到邑庙焚香祈梦。郑隐莲这个名字仿如《红楼梦》中原名甄英莲的香菱，谐音"真应怜"。

亡后屡见灵异,余虔诵金经,晨夕叩祈观自在菩萨灵光护佑,
曾示签诀,有破镜重圆转世为孙云云)。兰摧玉折剧堪怜,先
后遥遥十六年。珠已沉渊愁可掬,凤还飞去恨难捐。群嗤僻
性痴情语,独厌蛮儿爱姹女。空花幻影几多番,怆怀追忆泪凝
雨。吁嗟乎,伤离感逝写哀辞,刻骨愁深病莫支。寄语泉台诸
姊妹(余四殇幼女,两在襁褓),联翩好拟接娘时。①

从诗注可知金芳荃四殇幼女,其中提及三女和八女,也就是说金芳
荃至少也有八名子女。另诗注亦提及签诀"破镜重圆转世为孙",金
芳荃的长孙于1881年夏天出生,时年48岁,《申报》上有四首无题的
绝句,诗序云:"辛巳仲夏朔日,夜梦亡女欣然而至,向余再拜曰,儿今
来矣。越日,长孙荣增生,眉目酷似凤娥,喜甚,力疾拈毫,率成四绝
以志之。"第二首首句"群夸四世庆同堂"下自注"家姑在堂"②。

(二) 金芳荃的著述

金芳荃的名号,除了"鹅湖逸史"外,还有"槜李畹云女史"、"昙
花馆吟月山人"、"槜李昙华吟馆女史";她的作品除了《奇贞传》外,
还有一些诗词等作品,而这部弹词本身也是一长篇七言诗。就上
引相关文献所见,金芳荃作品集的名称并不统一,计有《畹云诗
钞》、《绚秋阁诗集》和《绚秋阁诗词稿》,极可能只有一种。至于《全
清词钞》和《清闺秀艺文略》分别提及的《纫秋馆词》和《纫秋阁诗词
稿》,"纫"或为"绚"之讹。金芳荃的诗词,除《题〈笔生花〉传奇绝
句》32首七绝以外,上文已提及的有《续槜李诗系》收录《敬呈厚斋
伯父》(二首)和《镫下老母述旧事》共3首作品,这3首作品另见于
《晚晴簃诗汇》,又《全清词钞》录入《如梦令》(絮影、应东湖消夏社
作),又《瀛寰琐纪》刊载《采白吟》(次韵填词)并附《题吴中段畹五

---

① 《申报》,第2956期,光绪辛巳六年三十日(1881年7月25日),第3版。
② 《申报》,第2958期,光绪辛巳七月初二日(1881年7月27日),第4版。

茂才悼亡诗草（有序）》七绝（共 4 首）和《题冷烈妇传后（并序）》七言长排（共 48 句）。笔者其后检读《申报》，又陆续看到金芳荃从1879 年 11 月至 1882 年 6 月期间发表的二十多首作品，表列如下：

1.《挽袁蕙生女史四律》（有序），第 2361 期，光绪己卯十月十二日，1879 年 11 月 25 日。

2.《刘烈妇行》（有序），第 2608 期，光绪庚辰六月念五日，1880 年 8 月 4 日。

3.《敬题汤硕人殉难家书后》，第 2608 期，光绪庚辰六月念五日，1880 年 8 月 4 日。

4.《登弄珠楼》，第 2876 期，光绪辛巳四月初九日，1881 年 5 月 6 日。

5.《喜晤沈氏诸表弟妹》，第 2876 期，光绪辛巳四月初九日，1881 年 5 月 6 日。

6. 敬读先舅氏沈兰卿先生《紫茜山房诗钞》，抚今追昔，为之泫然，率赋长歌一首以吊之，即示少兰表弟，时年八龄，颇能辨韵也。2876 期，光绪辛巳四月初九日，1881 年 5 月 6 日。

7. 庚辰秋仲为亡女蕙珠、凤娥同绘遗影，两女垂髫并立，各执兰蕙一枝，名之曰"罡风吹折双蕙图"。图成泫然，题长歌一首。2956 期，光绪辛巳六月三十日，1881 年 7 月 25 日。

8.《庚辰腊月葬亡女凤娥于沪城之西泪洒荒茔恨刊短碣口占一律》，第 2957 期，光绪辛巳七月初一日，1881 年 7 月 26 日。

9.《敬题随园图》，第 2957 期，光绪辛巳七月初一日，1881 年 7 月 26 日。

10.《题忆梅图》，第 2958 期，光绪辛巳七月初二日，1881 年 7 月 27 日。

11.《题长抛玉轸图》，第 2958 期，光绪辛巳七月初二日，1881 年 7 月 27 日。

12. 辛巳仲夏朔日，夜梦亡女欣然而至，向余再拜曰，儿今来矣。越日,长孙荣增生,眉目酷似凤娥,喜甚,力疾拈毫,率成四绝以志之。2958 期,光绪辛巳七月初二日,1881 年 7 月 27 日。

13.《赠玉珊女史》,第 3005 期,光绪辛巳闰七月十九日,1881 年 9 月 12 日。

14.《小游仙》,第 3005 期,光绪辛巳闰七月十九日,1881 年 9 月 12 日。

15.《雨后抚琴》,第 3005 期,光绪辛巳闰七月十九日,1881 年 9 月 12 日。

16.《辛巳季秋中浣三日观西人赛马后游静安寺归途偶作》,第 3075 期,光绪辛巳九月三十日,1881 年 11 月 21 日。

17.《沁园春》(莺脰湖晚棹),第 3075 期,光绪辛巳九月三十日,1881 年 11 月 21 日。

18.《减字木兰花》(藕丝),第 3075 期,光绪辛巳九月三十日,1881 年 11 月 21 日。

19.《辛巳初冬偶读吴侍御孤忠录敬赋二律》,第 3113 期,光绪辛巳十一月初九日,1881 年 12 月 29 日。

20.《题金陵陈孝女传后》,第 3115 期,光绪辛巳十一月十一日,1881 年 12 月 31 日。

21.《题吴中周绿君女史双清仙馆遗草》(有序),第 3147 期,光绪辛巳十二月十三日,1882 年 2 月 1 日。

22.《岁暮偶成》,第 3147 期,光绪辛巳十二月十三日,1882 年 2 月 1 日。

23.《观察李公殉节诗敬赋二律》,第 3147 期,光绪辛巳十二月十三日,1882 年 2 月 1 日。

24.《奉酬丽清女史敬步原韵绝句十章即希大雅郢政》,第 3273 期,光绪八年四月念八日,1882 年 6 月 13 日。

上述都是金芳荃五十岁前的作品,已如上述,当中透露不少关于她的信息。

　　《奇贞传》中的人物如杨仙贞、梁锜、冯瑞表、崔子瑛和全慧娘等也有一些诗词作品，如：

　　1. 梁廷显夫人李氏藉贺曹太君寿往杨府说亲，两家考试对方儿女的才华，杨仙贞有《缲丝行》（七言长排）和《邺中怀古》（七律）（卷1，页24—25），梁锜有《竹节砚歌》（七言长排）和《明妃出塞图》（七律）（卷1，页30—31）；

　　2. 杨仙贞获救后寄居冯府，在绛雪轩赏梅，有《落梅诗》（七律）（卷3，页32），冯瑞表有《咏梅》（七律）（卷3，页33），之后冯瑞表再写一首七律，向杨仙贞示爱（卷3，页37）；

　　3. 夷使墨哈彪用蝌蚪文写《恭和御制赋得迎秋夜更长得长字五言八韵》（卷4，页62），正德皇帝于金銮殿上试才，崔子瑛有《钦命唐王勃九成宫东台山池赋》和《赋得明月前身得身字五言八韵》（卷4，页64—67）；

　　4. 崔子瑛奉太后懿旨为云和公主和梁锜作冰人后，满腔愁怀，曾赋七律一首（卷11，页38）；

　　5. 杨仙贞曾在自画像题诗一首（五律）（卷12，页17）；

　　6. 崔子瑛奉旨为"虢国夫人早朝图"题诗（七言长排）（卷13，页65—66）；

　　7. 崔子瑛剐股为正德皇帝疗疾后，揽镜自照，见花容憔悴，一时感触，写下《中秋后二天对镜感怀偶作》（五律）（卷17，页5）；

　　8. 崔子瑛病后初愈，全慧娘赠七绝四首，为崔子瑛含冤叫屈，崔子瑛回赠《调倚金缕曲》词一阕（卷17，页73—76）；

　　9. 正德皇帝往探望崔子瑛，看到永平王的《咏庭梅》（五绝）挂于壁间，于是也赋七律一首，向崔子瑛表示爱怜（卷19，页17）。

　　上列诗词都联系着故事人物之间的行动，只能算是角色的作品，但因全纫兰（字慧娘）是金芳荃在作品中的化身（详下文讨论），宜作例外处理。

　　《奇贞传》卷7（页8—12）录入全纫兰多首作品，包括《秋夜不寐感怀偶成长歌》(一首)、《哭娟女》(六首)、《中秋夕望月》、《絮影》(调倚《如梦令》)、《月夜》(调倚《减字木兰花》)。如前所述,《絮影》就是《全清词钞》中的《如梦令》,笔者以为其他各篇也宜系于金芳荃的名下。另上述崔子瑛回赠全慧娘的一阕《调倚金缕曲》①,部分词意和《秋夜不寐感怀偶成长歌》相近,都提及参禅悟道,故事中亦借兰君小姐道破,"乃是写怀,并非投赠家师之作"(卷17,页76),而作者在自叙中,又曾提及"未许逃禅参慧业,漫将幻梦感华年"(卷13,页1),故该词作亦应折射着金芳荃的思绪。

---

① "心迹君知吾。恨茫茫,频年历劫,几多冤苦。彩叶云销留片影,谁惜断肠一个? 羞着眼、烟轻花觯。弱病□□春梦短,看写贞,半部愁无那。歌未竟,泪双随。□□□勃眉常锁。痛前因,忏情破孽,掉头还可。今世今生当此际,□□□□独坐。燃一盏、琉璃灯火。悟彻楞严明镜偈,扫□□,□□金莲座。香蓻也,意休误。"(卷17,页75—76)

第六章　《奇贞传》的内容

　　《奇贞传》共 20 卷，14 册，存 1 543 页，估算至少 36 万字，相对于《玉钏缘》、《天雨花》、《再生缘》、《笔生花》等动辄八九十万字以上的女性创作的弹词，篇幅只能算是一般。《奇贞传》除第 3、4 和 12 卷因缺损外，余下各卷的开首都有像章回小说的回目，每卷八句，以八言句为主，用 3—5 或 4—4 的节奏，间杂七言句，上下联句，对仗工整，其中卷 18“静夜琴挑贞威叱狂士，离筵闺饯评语感知音”，更是九言（回目见附录）。又《奇贞传》通篇以三七言的韵句为主，有表有白，另外还有两篇“攒十字”，分别是汪湘英和秦晓村两表兄妹暗中互投的书函内容（卷 15，页 46—48）。这种三三四的攒十字句型，在《奇贞传》只有两例，占整部弹词很少篇幅，但这种情况在弹词作品中并非个别现象，前章已提及，此处不赘。笔者暂未见学界讨论这部弹词，故本节不惮简述该弹词的内容。

一、《奇贞传》的情节

　　《奇贞传》的故事情节并不复杂，背景设于明朝武宗年间，故事内容可以女主角易服前后划为两部分，叙述者在卷 1 开端预告女主角“完璧三番捐薄命”，第一个部分即包含两次殉节和获救的内容，第二个部分是女主角以男性的身份为朝廷屡建奇功，而女性的身份亦渐被识破至最后无法再隐瞒，第三度殉节，最终死而复生。

第一部分为卷 1 至卷 4 中段的内容，余下的为第二部分，第二部分按情节再细分，为便阅读，内容以点列方式展示。

卷 1 至卷 4 中段的内容点列如下：

• 梁廷显（江西巡抚）和杨朝栋（南昌御史）两同年缔结姻亲。梁廷显清廉耿介，不向宁王献媚，又参劾刘瑾的义子，结果被诬私藏贡宝和克减军粮。

• 正德皇帝命锦衣卫查抄其署，并逮解进京受审，杨朝栋为梁廷显上疏辨冤，同遭刘瑾构陷谤君和代窝藏贡宝的罪名。宁王查抄杨府，惊艳杨仙贞（字丽卿），借词为杨朝栋脱罪，强迫纳杨仙贞为姬妾。

• 杨仙贞与梁锜（字少云）已有婚约，为救父，只好假意答允，于花烛夜投章江自尽。九江府太守冯聚奎（字锦堂）卒于任，冯夫人谢氏与子扶灵柩归，途经章江，杨仙贞获救。

• 冯的儿子瑞表（字俊文）向仙贞示爱遭拒，抑郁成病，冯母不得已向杨家提亲。杨朝栋顾及救女之恩，又恐女儿获救事泄（提亲者冯拱辰是宁王府长史颜佩泉婿），不得已应允。杨仙贞夜里乘众人入睡，悬梁自尽，及时获救，冯夫人只好让杨仙贞回家。

• 为便上路，杨仙贞易钗而弁，因担心冯瑞表怀恨泄密，改为上京投靠表兄崔文钦。杨仙贞在路上化名崔文钰（字子瑛），投宿时盘缠被店小二盗去，刚好遇见武英殿大学士许进，同行进京。

卷 4 中段至卷 11 的内容如下：

• 崔子瑛由许进推荐，解读夷使番诗建功，正德皇帝并于廷上命题诗赋以试其才，勅授为上书房行走入直内庭翰林院编修。

• 许进逼崔子瑛入赘为甥女婿，甥女汪湘英因与秦晓村指腹为婚，拟自尽全节，但汪母许氏托梦，示意不可轻生，须静守四年。

• 梁少云在金陵韩乡官家中作客，无端卷入其宠姜林彩凤被杀案，审理此案的金陵巡抚罗文达是宁王党人，公报私仇，钦命金陵巡案崔子瑛调查此案。因案件没有头绪，崔子瑛往邑庙焚香祈梦,获悉真凶是俞七,俞七在公堂上拒不招认,林彩凤鬼魂附身,剖白案情。

- 梁少云会元及第,钦点为状元。崔子瑛上表劾奏刘瑾,梁少云则上表代父辨冤,并请旌殉节妻子杨仙贞,刘瑾伏诛。

- 宁王作乱,正德皇帝命龙兴国为元帅平乱,梁锜为左部先锋,崔子瑛为参谋右部。两军交战,梁少云在阵上中妖僧飞刀毒,崔子瑛得钟山土地指引,历险(溪流、荆棘丛和百仞高的登山梯)求得仙药救郎。

- 崔梁二人奉太后懿旨往劝降,宁王强留崔子瑛,梁少云挟着崔子瑛杀出宁王军营。为断宁王后路,崔子瑛得文瑞在南昌里应外合,斩杀宁王三员重臣,南昌守将弃城,宁王被困于句容城,城破后自刎而死。

- 太后招梁少云为驸马,梁锜上表辞婚,崔子瑛受命执柯作伐。杨仙贞兄长杨兆龙(字琳卿)知道正德皇帝贪色,意图玉成,换取爵禄,暗地截取父书,并屡屡向家人危言欺君,将祸及杨崔李三家。

卷12至卷17的内容如下:

- 梁锜往探望丈母郑夫人,在其卧室看到杨仙贞的肖像,再加上种种线索,怀疑崔子瑛即杨仙贞。李文华获悉此事后,上奏提参,但正德皇帝无意戳破,只多番借机刺探崔子瑛是否愿承恩泽。

- 崔子瑛奉旨为"虢国夫人早朝图"题诗,写下"色荒自古多明戒,抚卷当思天宝年"劝喻,而梁锜也同时收买内侍,刺探正德皇帝召见崔子瑛的事情。

- 崔子瑛向夫人汪湘英坦承乔妆易服事,并资助其指腹为婚的夫婿秦晓村进京赴考,秦晓村与冯俊文相遇同行,路上听到崔子瑛的传闻,推测崔子瑛即杨仙贞。秦冯二人分别高中后,成为崔子瑛的门生,冯与郑沁兰缔姻,秦则收纳两名姬妾。

- 正德皇帝冶游,回宫时遇雨受风寒,误服补剂后垂危,崔子瑛暗中刲腕入药救主。内侍余祥为复仇,刻意向梁锜中伤崔子瑛,借刲腕疗君和侍御弈棋至三更等事情,暗示崔子瑛不贞。崔子瑛从姜忠和、冯孝二人知悉此事,怨气积郁而大病,永平王居中剖屈,误会冰释。

● 吕洞宾托梦,崔子瑛得知因昔日在大罗天上与众仙争执而被谪降凡尘。

卷18至卷20的内容如下:

● 崔子瑛屡次称病上表辞官,正德皇帝总是挽留和给假。内侍余祥献计,在酒中下药,把崔子瑛灌醉后,用宫砂点验,证明她是处子。至此,崔子瑛再无法隐瞒,只求一死,并向汪湘英交代后事。

● 正德皇帝三度召见,崔子瑛三度抗旨,正德皇帝只好微服到崔府探望,明是要赦免崔子瑛,暗是以亲人的性命胁迫。崔子瑛决意自尽,用计支开各人,备好遗书,便把金龙钏折断吞下,香消玉殒。

● 永平王代崔子瑛呈上"求恩遗表",并一封遗札,正德皇帝看过遗札,始知崔子瑛曾为他刲腕疗疾。正德皇帝降罪余祥,余被重打御棍一千毙命。

● 梁锜急赶回京后,哭至断肠而死,但二人得仙药复生。太后降懿旨让二人成婚,但崔子瑛因死后曾到地府,从生死簿中得知兄长杨琳卿因诡诈而折寿,欲为兄长礼斗三年祈寿,拒与梁锜完婚。

胡晓真曾经归纳出女性创作的弹词小说的情节模式,一般是才貌双全的女主角受到某种迫害而离家后,女扮男装,金榜题名,在朝为官,除去陷害自己的奸臣,成就功业,女性的身份最终暴露,回到闺房,继续完成女性的家庭职责①。这部弹词基本符合这个

————————

① 胡晓真,《女性小说传统的建立——阅读与创作的交织》,《才女彻夜未眠——近代中国女性叙事文学的兴起》,页70;全文,页21—85。该文并用"探险"这个主题来分析女性弹词小说之所以广受女性阅读的原因。

模式,正德皇帝、刘瑾、宸濠之乱,都是真实的历史人物或事件,各种虚构的情节即穿插其中,但主线都是围绕着坚守贞节这个重点,女主角好几回希望回复女儿身,却迫于形势,不得不继续掩饰。具体的情节,是男女主角因触犯天规,谪降红尘,女主角为避祸而改扮男装,三番历劫,最终死而复生;中间又加入男主角蒙冤陷狱,冤魂显灵,借神力平反冤案,以及神仙托梦,女主角经三次考验终求得仙药救郎等。职是之故,亦可视为一种赎罪和试验的模式。弹词中的其他内容,如解读夷使番诗建功①,梁锜与宁王阵上交锋②,笔者也发现有承袭的痕迹,所以作者表示"诸君莫哂循陈套,旧里翻新最可听"(卷4,页94),"脱套翻新异样文"(卷20,页72),并非虚言。

二、《奇贞传》的写作时间

上图庋藏的《奇贞传》由多人抄写,故不是作者的稿本,它的流传过程如何,暂不得而知③。然而,从各卷开端和结尾的自叙④,大

---

① 这个情节,有点像褚人获《隋唐演义》第82回"李谪仙应诏答番书"的情节:渤海番使向大唐呈送国书,故意刁难,使用仿如"蝌蚪之形"的番文,满朝文武官僚无人能识,玄宗大怒。时李白正寓居贺知章家中,闻知此事,李白表示能辨识番书,获贺知章举荐,即传旨赐李白以五品冠带朝见,在殿上译出国书,并高声朗诵,玄宗大喜,即擢为翰林学士。李白翌日于殿上草拟诏书,宣谕番使,故意让杨国忠为他磨墨,高力士为他脱靴,一雪在科场遭二人轻薄之耻。

② 梁锜与宁王在阵上交锋,"今日之战,斗阵耶? 斗兵耶?"(卷9,页37),双方排阵,梁锜排出"八卦阵",活捉妖僧净真,明显有《三国演义》第100回描写诸葛亮和司马懿对阵的痕迹。

③ 这部弹词可能曾经寄给某些读者,卷13和17分别提及"明朝再续新词句,寄与兰闺风雅人"(页72)和"挑灯痴撰离奇句,特寄知音□□□"(页96),可资证明。

④ 弹词女作家在每一回的开端或结尾,有用韵文记下一些家世背景、写作动机、情绪起伏,又或创作过程的内容,这种自我指涉是一种传统成规,参胡晓真《才女彻夜未眠——清代妇女弹词小说中的自我呈现》,《近代中国妇女史研究》,3期(1995年8月),页67;全文,页51—76。

致可以推知它的写作时间。

　　《奇贞传》的序文写于咸丰十一年(1861)，但金芳荃于光绪八年(1882)《申报》上发表的《题〈笔生花〉传奇绝句》第 31 首的夹注记云：“余草创《奇贞传》弹词，计二十四回，甫将脱稿”①，期间相距21 年，或可假定这部作品的初稿就在此期间完成。现存的稿抄本上仍保留着删改的笔墨，第 8—16 卷(第 12 卷首页缺)的卷号曾作涂改，另第 9—11 卷卷号下更加上“草稿”二字。

　　《奇贞传》第 2 卷和第 3 卷开端的自叙，分别提及“凤泊鸾飘已二年……田园寥落干戈际……浙西何日靖烽烟……江水迢迢归梦杳，云山叠叠客愁牵，愁来无计闲消遣，聊写新编续旧编”(页 1)和“三载萍踪随处留，故乡回首暮云浮，谁怜逆旅愁千斛，独对闲庭月一钩”(页 1)，可知作者写第 2 卷的时候，因家乡战乱而飘泊在外，居无定所；由于有时间点可供参照，在外飘泊两年，也就是第 2 卷写于 1862 年，第 2 卷和第 3 卷写作的时间相距约一年。金芳荃是嘉兴秀水人，即浙西地区，干戈指的应即太平天国之乱。第 4 卷至第 11 卷大概在一年内完成，标示时序的句子有“时当送腊迎年候”(卷 4，页 94)、“九十韶光又送春”(卷 6，页 1)、“哀鸿唳月秋宵永”(卷 7，页 90)、“飒飒商飙透小楼……何堪深夜及深秋”(卷 10，页1)、“潇潇落木晚秋天”(卷 11，页 1)。第 5 卷“振旅欣闻郡邑平……此日王师欣奏捷”(页 1)应是同治二年(1863)十一月以后平湖收复。

　　上文曾引金芳荃 1881 年 7 月在《申报》上的一首长歌，其中三个诗注提供了一些写作时序的线索，兹引录如右：“三女蕙珠殇于甲子仲秋，年甫三龄”，“八女凤娥殇于己卯季春，年甫四龄”，“女生之夕，余梦之一山，晴翠横空，清流曲折，池中菡萏盛开，爱而折之，旋即萎谢，仅存花瓣三枚。女亡之夕，又梦一绛衣女郎谓余曰：池

---

　　①　《申报》，第 3205 号，光绪八年壬午二月十九日(1882 年 4 月 6 日)。

中之物,今当见还。由此度之,女生有夙根也。"甲子为1864年,己
卯为1879年,《奇贞传》卷7开端自叙"痛失明珠哭断肠"(页1),而
本卷又录有《哭娟女》诗六首(页8—12),第一首有诗注云:"女生
之夕,余梦之一莲池,碧水澄清,朱栏曲折,池中一白菡萏花,爱而
折之,旋即萎谢,仅存花瓣五枚。又亡之夕,梦一绛衣女子,谓余
曰:池中之物,今当见还。由此观之,女大有夙根也。"此诗注与金
芳荃述及三女初生和夭折时的梦境,内容几乎一致。金芳荃的诗
注写"仅存花瓣三枚",表示女儿三岁夭折,《奇贞传》中全慧娘的女
儿五岁夭折,故《哭娟女》的诗注改为"仅存花瓣五枚"。从这些暗
示,可推定第7卷定稿的时间不可能早于1864年秋天。

　　第12卷至18卷大概也是在一年内完成,标示时序的句子有
"赤日炎炎停兔管"(卷12,页72)、"消夏构思弄笔尖"(卷13,页
1)、"日长消夏无他事……叶落秋梧凉意好"(卷13,页72)、"一叶
桐飘暮雨凉"(卷14,页1)、"回壁蛩吟秋籁爽"(卷14,页69)、"秋
声无限入窗楹,风当秋令多萧索,月到秋宵分外明"(卷15,页1)、
"菊影一帘秋气爽"(卷15,页68)、"九日秋深木叶残……啼螀切切
间阶畔"(卷17,页1)、"转瞬初冬景物新,玉梅花放岭头春"(卷18,
页1)。

　　第4卷至18卷大概用两年时间完成,第18卷结束,作者再生
育小孩,曾搁笔五年,卷19开端有"自从褓褓增儿后,遂使幽窗彩
笔捐……擎掌圆珠交五岁,暂离提抱略清闲。重翻旧谱填新曲,再
理长笺续短编"。第20卷写于某年夏天,开端有"赤日炎炎暑未
消"(页1),结尾有"兰阁知音频索视,故而一月速编成"(页72),即
第20卷只花一个月的时间便完成。综上所述,序文成于1861年,
金芳荃时年约28岁。第2卷写于1862年,第3卷写于1864年,
第7卷写于1864年仲秋以后。由于第4—11卷于1年内完成,第
12—18卷也是1年内完成,故第18卷应写于1866年初春,之后停
笔5年,1871年又再执笔。据此推算,第20卷初稿或成于

1872 年。

三、《奇贞传》的写作意图

金芳荃对《笔生花》击节叹赏,自是《笔生花》和《奇贞传》两者的"命意措词,同工异曲",另一方面,也许是有感于邱心如的际遇,"借闻女史一生坎坷,际遇堪悲,沦落奇才,倍深惋惜……琴怜同调,漫嗟白雪,难赓曲奏,知音遥企,绛帷可拜"。邱心如身后得一"知音",金芳荃也期待着知音,期待着"兰闺风雅人"或"兰闺淑女"作为读者,如作者自叙,"孝烈讽人循雅化,激昂随笔写哀辞。要留与,身循礼义知音赏,不付与,俗子狂夫肆意嗤"(卷 2,页 71)。她更希望自己的读者能取效主角的贞烈,"闺人一概能如此,管取芳徽万古扬"(卷 8,页 78),这大概缘于作者身处祸乱时期,这种观念益显强烈。

(一) 立意表奇贞

《奇贞传》中的女主角杨仙贞出生时,母梦见一仙官捧着"奇贞"两个大字的金匾,杨仙贞长大后,"清谈每把古人轻。长言薤露身如寄,惟有芳名亘太清。汉史常讥甄氏女,春秋每笑息夫人,文姬箭拍才何济,不是连城白璧身。女子由来惟重节,若无清操枉多能。忠贞孝义为根本,管取今人胜古人"(卷 1,页 14—15)。历史上的甄宓、息妫、蔡文姬等女性,因改嫁而招失节之名,故杨仙贞认为自己胜于她们。作者之所以塑造这个人物,《奇贞传叙》云:

> 方今戎马之秋,乱离之世,闺中人几投危境,鲜有生机,不作断冰,即为玷玉,伤哉,尚忍言乎! 颇闻绣阁名姝,兰闺丽质,履虎尾而俏胆惊分,蹈白刃而芳心惧裂,[……]万古之悲文姬,按拍哀韵空传,[……]心慨之,此《奇贞传》之所[……]捐躯,至再至三,始终不[……]

由于原页面缺损，该部分用省略号标示。上引文的大意是戎马倥偬之际，仍有不少节烈女性的事迹，"履虎尾"和"蹈白刃"概括出某些女性的境况，作者从哪里得知这些事情，暂且不论，但她却有意用弹词这种叙述的形式，予以阐扬。卷一的开端云：

> 泾渭谁分浊与清，此书立意表奇贞。江山易改乾坤主，节烈难磨金石心。刀锯不移红粉志，冰霜严逼翠楼人。岂同截鼻惟全节，不是磨笄但守贞。……寄语闺人循古训，无瑕白璧好为珍。（页 1—2）

《奇贞传》的立意和作者劝喻女性守贞全节的态度，半点不含糊。

就所见金芳荃的诗作，主要也是以歌颂烈妇为主，但这或许是晚清以来报刊和选集在选稿过程中的偏向所致。以许烈姬为例[1]，金芳荃在《采白吟次韵填词并附录绚秋轩旧草二章》的序文中云：

> 偶读《瀛寰琐纪》吴中《许烈姬传》并《采白吟》诸词[2]，不

---

[1] "姬姓许氏，名德苹，字香宾，自号采石仙子。本扬州邓氏，六岁失怙恃，从母嫁苏州许某。早寡，无子，挈之归，以为己女，笃爱之，家贫犹令入塾读书。性慧，遂能诗词。越七年，从母卒，恸哭不绝声。许嗣子密鬻姬籍中……吴县朱君子鹤，隐居莫厘峰下，工诗。会丧偶，愿得为箧室……以咸丰三年归朱氏……粤贼陷洞庭，晨熹掩至。家人奔告，咸仓皇披衣起，四出避之。姬与君子妇及孙匿宅后石家坞。有顷，贼至，次第搜财物。及姬，欲污之，刃拟于颈，不从，大呼骂贼。贼斩姬右臂，姬左手拾石投贼，中贼面，贼刃其喉，呜咽而绝。时十一年二月朔也，年三十有六。……"冯桂芬，《许烈姬传》，《显志堂稿》（光绪二年[1876]校邠庐刻本），卷 6，叶 55；全文叶 55—56 上。见沈云龙，《近代中国史料丛刊续编》（台北：文海出版社，1974 年），第 79 辑，页 715—717。

[2] 朱和羲《许烈姬传》见《瀛寰琐纪》第 7 卷（同治十二年癸酉[1873]四月份）目录；《采白吟》诸词，见《瀛寰琐纪》第 8 卷（癸酉五月份）目录，作者包括：宝山蒋敦复剑人氏、华亭张鸿卓、当涂黄富民、嘉定秦兆兰、嘉兴杨伯润、元和金守正、吴县么凤词人朱和羲。朱子鹤，字和羲，有《万竹楼词》，见杜文澜《憩园词话》卷 4，见《词话丛编》（唐圭璋编，北京：中华书局，2005 年 10 月），页 2925。

禁喟然而伤,怡然而喜。古人云:死有重于泰山,轻于鸿毛。盖大地灵秀之气,往往少钟须眉,特奇闺阃。姬之激昂殉节,慷慨捐躯,虽荩臣侠士,亦无以胜矣,真泰山鸿毛之喻耶!青蛾取义,群加三叹之音;彤管扬芬,合播千秋之史。爰谱一阕,即次词坛原韵,以志敬仰之意,不自计其工拙也。①

金芳荃对于这种激昂殉节和慷慨捐躯的行为,深表敬仰,次韵之余并附两篇旧作,而旧作也同样是歌颂烈妇,一为《题吴中段畴五茂才悼亡诗草》,写于氏遇贼,以死殉节,另一为《题冷烈妇传后》②,写冷氏获悉遭丈夫骗卖,投江而死。这两篇旧作,前者为四首七绝,后者为48句七言长律,作者于篇末谓其用意乃“维持雅化,阐表幽贞之意也”。另《刘烈妇行》是金芳荃歌颂殉节的另一首作品,诗序记云:

> 忆自己酉仲秋偶阅《瀛寰琐纪》吴中许烈姬殉难事,题和《采白吟》一阕。顷阅郭军门姬人刘兰卿殉节事,后先媲美,奇烈堪夸。其慷慨捐躯,成仁取义之志,境遇虽殊,心同一辙,爰赋歌一首以吊之。③

诗云:“君不见南山松柏郁嶙峋,不同桃李斗芳春。荩臣丰骨千钧石,慷慨捐躯有几人?挥毫独爱阐名教,奇节传来玉关道。漫嗤轻薄是烟花,烟花苦抱冰霜操……吁嗟乎,将军尽瘁终王事,烈妇完

---

① 《瀛寰琐纪》,第11卷,叶20,同治癸酉年(同治十二年[1873])八月。
② 文中提及“前任浙江醝宪介安冯公”,冯礼藩(1816—1886),字介安,晚年号七休居士,同治六年(1867)十二月至同治八年(1869)四月署任“两浙江南盐运使司”,见龚嘉儁修,李格纂,《杭州府志》(民国十一年铅印本),卷18“公署一”,叶32下。故可推知《题冷烈妇传后》是金芳荃1869年以后的作品。
③ 《申报》,第2608期,光绪庚辰六月念五日(1880年8月4日),第3版。

贞殉夫死。芳徽咏遍萃瑶琳,忠烈千秋照彤史。""挥毫独爱阐名
教"似应是金芳荃的剖白。

(二) 才女的自叹——才高福薄

《奇贞传》各卷开端或结尾的自叙中,经常提及自己的愁和恨,
如"愁来无计闲消遣"(卷2,页1),"时运不济真可叹,命途多舛最
堪伤,惟有这,□枝斑管消愁恨"(卷7,页1),"阅历沧桑何限恨,颠
连时命不胜悲"(卷8,页1),"独对篝灯悲往事……写心只有愁千
斛"(卷9,页70),"原知无益劳心事,也无非,握管凝神暂解忧"(卷
10,页1),"最是愁人眠不得"(卷10,页72),"病后心情诸事懒,聊
将笔墨涤烦襟……诸君着眼书中事,如睹愁人浩叹生……遣愁自
笑成痴客"(卷12,页71—72),"愁多有愿离尘网,病损无心擘彩
笺"(卷13,页1),"笔底写愁愁莫释,书中寄恨恨难伸"(卷13,页
72),"万斛牢骚自写心"(卷18,页1),"排愁窗下拈湘管,遣闷宵来
对短檠"(卷18,页99)。作者并不是闺中寂寞而多愁善感,反而是
感慨命途多舛,颠连时命,经历沧桑,往事不堪回首,因而有意识地
借着书写来排遣愁怀。其中有女儿夭折一事,致作者郁结成病,
"痛失明珠哭断肠,西风飒飒助悲凉。参甘难疗酸心疾,蓼苦真为
薄命方"(卷7,页1),"情禅参破尘缘浅,世网难逃愁病淹。恨积如
山何处泄,聊将寄托在毫尖"(卷11,页1)。参照上文引述作者三
女薏珠夭折一事,卷10"世上仙缘却未成"(页70)[①]一语也就知所
指的,而卷13"明珠薏苡魂千古"(页72)更是藏着女儿"薏珠"这
名字。

弹词叙述者在开端和结尾讲述自身的情况本属平常,但《奇贞
传》的内文中偶然也会出现类似在开端和结尾的自白,如卷11"著
书人抱千秋恨,巧托毫尖幻此文。按下散言归正传,词中再表小元
臣"(页63)。

---

　① 原稿中"仙缘"本作"尘缘"。

人生的种种不幸,作者除归之于"尘寰多少伤心事,尽是前生夙世因"(卷 17,页 95)外,亦以"才能妨福"来自我安慰①。金芳荃笔下的杨仙贞,当故事发展至她与武英殿大学士许进一同行进京的时候,叙述者直接向读者评述:

> 看官,要晓得杨小姐一生误在才貌二字,所以受尽艰辛,即如宁王逼娶、冯府求婚、店小二因观他美貌偷去银子,以及后来枝枝节节,历尽艰难的苦处,多是从才貌上起见,所以奉劝世人切不可羡慕有才有貌,到是一窍不通,丑如嫫母的,反得一生安静呢!(卷 4,页 35)

把杨仙贞之前的经历,归咎于她的才貌,才貌竟成为过错!

在《奇贞传》中有一个特殊的角色,出场的次数不多,名全纫兰,她是崔文钦家中的西宾,也许是作者金芳荃的化身。全慧娘在弹词中是杨仙贞的挚友,杨仙贞是金芳荃笔下的人物,作者就在虚与实之间叙述着自己的生命。这种说故事的方式,也许是作者渴望别人的关怀,所以不单只在每回的开端或结尾写下自己的思绪,更直接塑造一个角色,让故事中别的角色和闺中的知音来关心她的不幸,借以抒怀。全慧娘在第 4 卷登场,叙述者有如下的介绍:

> 陆氏夫人之女兰君小姐的师傅,姓全名纫兰,小字慧娘,姑苏人氏。本是名门之女,适为秀士之妻,因■■■■,每生■■之愁,琴瑟虽调,常抱■■之叹,难支贫窘。欲避姜菲,不

---

　　① 刘咏聪曾讨论清初四朝女性对"才能妨福"的嗟叹,但认为这种"认命"的想法有积极意义,至少可以减轻精神上的痛苦,参氏著《清初四朝女性才命观管窥》,《中国妇女史论集》(鲍家麟编,板桥:稻乡出版社,1993 年 3 月),第 3 集,页 129—132;全文,页 121—162。

得已倩人寻荐大家宦室,教读闺秀之馆……慧娘所生,一子一女,临行之日,谓其夫郑隐莲道,妾年尚艾,兹为饥躯出外,放诞闺仪,旁人必多议论。我若有异心,天雷立殛,与君同之神前立誓何如? 郑生笑道,汝心刚正,可对天地神明,我亦久知,断无疑忌。(卷4,页45)①

笔者猜想全纫兰是金芳荃的化身,是基于第7卷开端作者自叙"痛失明珠哭断肠"(页1),该卷提及全慧娘有"子夏丧明之疾";全慧娘的五岁女儿夭折,崔子瑛前往探望,看到全慧娘的诗词,其中《絮影》一词,即《全清词钞》金芳荃名下的作品,笔者于本章第一节已借此证明"鹅湖逸史"即"檇李畹云女史"。叙述者借崔子瑛之言,叹息"所以闺阁中切忌渊博之才,慧姊如此胸襟,一生遭际,煞是可怜,岂非才能妨福之谓乎"(页7),全慧娘也表示"愚姊浮生可叹,命运迍遭"(页12)。李商隐感叹"古来才命两相妨"②,而才华和运命相克的思想,似一直缠扰着作者的思绪。

《絮影》既是金芳荃的作品,其中的《秋夜不寐感怀偶成长歌》也应是金芳荃如实的抒怀之作,原诗颇长,兹节录如下:

……十年旧事从头记。追忆闺中娇小年,孤雏深得阿娘怜,双鬟云腻夸眉妩,斗彩诗成索锦笺。春去春来谁催送,红丝忽系三生梦,举案应惭庑下贤,吹箫乍引楼头凤。几曾金屋爱繁华,早见挥残万镒家,步障明珠嗔白眼,安贫一诺慰秦嘉。牛衣对泣中宵起,愁背兰缸花随紫,那堪贫病苦缠绵,此身未

---

① 原稿中刻意用黑方格把部分文字涂掉,另有两例,分别为"才高福薄家悬罄,■■长鸣泣路穷"(卷4,页50),"自伤薄命叹凄凉,家贫■■难安顿"(卷7,页7),也许是作者认为内容过于私密,不宜宣诸于文字。

② 李商隐,《有感》,《全唐诗》,卷539,页6181。

死心先死。援琴自叹少知音，刻骨愁深病亦深，何限悠悠兴废
感，木樨香里证禅心。禅心寂灭人天籁，法界真诠超苦海，悟
彻华严最上乘，无生愿下兜罗拜。吁嗟乎，漂泊鸾凰总凤因，
由来识字误闺人，调脂弄粉骄罗绮，转入欢场庆好春。（卷7，
页9）

诗中提及的"孤雏深得阿娘怜"，也许是自幼丧父，这和《镫下老母
述旧事》中的"慈乌怜弱羽，小草托孤根"和"茹荼廿余载，肠断未酬
恩"，说的大抵是同一回事①。"几曾金屋爱繁华，早见挥残万镒
家，步障明珠嗔白眼，安贫一诺慰秦嘉"四句，大概是指家境富裕的
闺秀没有嫌贫爱富，二人婚后或因战乱，在外流寓，所以才有"漂泊
鸾凰"之叹，但仍安贫乐道。金芳荃婚后，过的大抵是牛衣对泣的
生活，在各卷的开端或结尾的自叙中，也透露出生活的艰苦。在离
乱之际，金钗和衣物典当净尽，做为妻子只得出外当塾师，卷3有
"身处乱离空抱恨，人逢贫病转无聊，金钗典尽愁难济，荩箧搜完意
自焦"（页73—74），卷4有"若不是，一枝斑管将愁遣，似这等，万
斛穷愁苦莫禁。落叶满阶霜月冷，莲花幕底耐长更"（页94），卷5
又有"为课金闺吟谢絮，暂投莲幕作嘉宾……百问难疲惭博士，一
编静对似书生。稻粱计拙逢时乱，聊遣羁愁托咏吟"（页1）。写作
第7卷的时候，是作者最痛心的时刻，"蓼苦真为薄命方……贫穷
致得小年殇……仁义难寻富贵场"（页1），女儿夭折，贫困无助，只
能哀叹薄命，卷末更写下"只为著书人失意，笔尖善写断肠文"（页
89）。金芳荃的际遇，也仿如全慧娘"放诞闺仪"，暂别丈夫和女儿，
"寻荐大家宦室，教读闺秀之馆"，而女儿也不幸夭殇，"祸因昔在江
南日，就馆彭城幼失娘。追悔一时轻割舍，致令得疾五龄殇"（卷
7，页8）。

---

①　徐世昌，《晚晴簃诗汇》，卷191，叶19下。

第 9 卷开端有"依依别梦忆慈闱……颠连时命不胜悲,翩然宛似辞巢燕,挥手朱门作客归"(卷 8,页 1)和"结茅且傍竹林斜,市隐真同处士家"(卷 9,页 1),金芳荃写这两卷的时候,可能已回家了。作者在第 5 卷结尾的自叙中,曾借慧娘这个角色来劝喻:

> 寄语看官须着眼,慧娘全氏是何人。正所谓,有才无命千秋恨,才学难同命运争,几许鸾封和紫诰,碑牌没字福偏深。慧娘枉自多才艺,好一是,美玉沉埋在土尘。奉劝闺人须守拙,聪明损福悔多能。(卷 4,页 94)

在弹词中,这位慧娘患有肝疾,与夫分隔,女儿夭折,不啻是福薄。全慧娘在第 10 卷又再出场,杨兆龙妻子生一子,崔子瑛往探望,叙述者便又借崔子瑛慨叹:

> 有才无命最难支,此人若向云霄置,也可以,彩翩飞翔到凤池。鹤立鸡群兰杂草,罡风偏又妒琼枝。红愁绿惨应难久,粉碎香消病可知。寄语闺人休握管,大都薄命为工诗。回眸笑谓兰君道,劝汝何须费苦思。试看尊师和愚叔,一般博学尽书痴。同工异曲多遭劫,说起伤心泪似丝。慧黠不如愚拙好,才高福薄悔应迟。(卷 10,页 43)

但叙述者在这个场合,似是要借崔子瑛和侄女兰君的对话,提出另一番议论:

> 无才毕竟逊多才,福厚难嗤福薄来。有才人,腹隐珠玑挥锦绣,名留万世实奇哉。纵然郁郁和愁死,这一股,慧魄灵魂永不衰。不比无才徒享福,好一是,蠢然一物土中埋。谁将没字碑文刻,枉煞你,翠绕珠围玉镜台。若论人生名与福,福轻

名重不须猜。倘能死后名垂世,何必生前笑口开。家师每与
佢女评阅诗文,时常说道,愿汝祇修多福,莫羡多才,亦如二叔
所论一般。佢女闻之意不平,难将妄说抵师尊。却不道,人生
百岁如朝露,惟有芳名亘太清。浊福庸流何所善,妙才高品世
同钦。即如贤叔奇才学,秉笏垂绅辅紫宸。巾帼英雄千古罕,
他年彤史永留名。家师虽则无洪福,文采清华亦可称。名重
一时开绛帐,群欣闺阁一奇英。欲知佢女心中愿,偏爱才高福
薄人。(卷10,页 44—45)

作者换上另一面孔,重新审视才与福,孰轻孰重。作者安排这一场
"崔女论才群惊慧舌",与其说是这位佢女执拗"偏爱才高福薄人",
应可理解为作者已意识到不应受"才能妨福"观念的束缚,才女之
名和身后的芳名较诸人生的福乐和富贵更为重要,人生如朝露,珠
玑锦绣始可流芳百世。

四、才女的感慨

根据"檇李畹云女史"的诗序和"鸥湖逸史"的弹词叙文,笔者推
定这两个名字为同一人,而"檇李畹云女史"即金芳荃。又从方志、
家谱、艺文略和报刊等原始文献,勾稽金芳荃的史料,并借着金芳荃
的其他诗作,对《奇贞传》这部作品的内容和思想作初步的探索,期
望可以更好地了解这位女作家的创作意图,以及她的生命历程。

现存的 20 卷《奇贞传》,女主角"完璧三番捐薄命"的情节已全
部完成,也是团圆结局,只因女主角要为兄长礼斗祈寿,不愿完婚,
再起波澜。这部弹词尽管仍不脱才子和佳人的故事模式,女主角
才貌出众,男主角文武双全,但作者写作的方向,明显是要自别于
濮上桑间、才子佳人、星前月下的故事。在《题〈笔生花〉传奇绝句
三十二首》中,作者将"遍阅"二字改为"素恶",但这个改动并不排

除作者曾经"遍阅传奇小说"的可能性,作者写下这 32 首绝句,也是由于读毕《笔生花》这部作品;《笔生花》由公开发售至这 32 首绝句在《申报》上发表,只有短短三个月的时间。弹词女作家公开评述另一位弹词女作家的作品,亦不讳言自己也有一部作品,委实是开风气之先①。

如果用今人的眼光来审视金芳荃的思想,也许会得出过于保守的批评,正如文倩云(杨琳卿妻)取笑,"伊川明道今重见,好一个,道学先生杨丽卿"(卷1,页15)。女主角三番以死来成就自己的贞节,不管是仇人、恩人,又或是万乘之尊,都义无反顾,"谁知天赋希奇性,自笑痴愚绝世无。冷傲冰霜坚更执,断头沥血总无讹"(卷17,页81)。要了解金芳荃思想的合理性,必须从她的处境来考虑。《奇贞传》卷19写到崔子瑛吞下金钏殒命后,众人悲痛万分,叙述者即插入:

> 列位,那崔文渊虽死得惨伤,也还堪慰。请想:自万乘至尊起,至王公侯伯、文武百僚、墨士文人、闺英闺秀,那一个不为他悲哀痛悼,肠断泪枯,并且垂芳徽于万代,传美誉于千秋,亦可九京无憾矣!譬诸世有一等抱奇才而不偶,怀素志而难伸,浮生湮没,谁传亘古之名,小劫阑珊,并乏大招之曲,岂非较之崔文渊更觉可叹也!(卷19,页52—53)

叙述者慨叹抱奇才怀素志却湮没无闻,正好反映出"垂芳徽于万代,传美誉于千秋"的强烈愿望。烈女和烈妇仍然是晚清社会的表

---

① "樵李畹云女史"之诗序及诗作续有回响,《申报》于两个月后,即光绪八年四月念一日(1882 年 6 月 6 日)发表了署名"曼陀罗花馆安吴女史丽清王韵仙"之绝句十首,但内容大意是表示对畹云女史之向慕。如果"王韵仙"的确是一位女性,那便足以说明这个时期的女性已敢于公开评述自己的喜好。

扬对象，金芳荃也曾以诗文诉说贞烈妇女的故事，她们不再只是一个名字。许烈姬和段畴五的妻子于氏，是遇贼而不甘受辱，冷烈妇是知悉丈夫骗卖致痛不欲生，刘兰卿则是出身平康的烟花女子以死报夫恩，这些例子不应简化为强迫或提倡妇女殉节，可悲的是她们根本别无选择，金芳荃在她们身后予以表扬，无可厚非。只是金芳荃身后，又谁传亘古之名？

第七章　结　　论

　　现在所知清代女性创作的弹词有三十多种,有部分作者的姓氏或名号已不可考,即便可考,她们生平的史料,完整的委实也不多。究其原因,大部分女性的创作活动在过去未有受到适当的重视。本书各章分别讨论两位女性的弹词作品,即邱心如的《笔生花》和鹅湖逸史的《奇贞传》。关于邱心如的生平,虽然有冯沅君、叶德均、谭正璧、继趾和丁志安等人接续的研究,但因资料所限,迄今仍有不少存疑的地方,至于鹅湖逸史的生平,由于作者用的是笔名,亦未出版,本已湮没无闻。

　　《奇贞传》这部弹词能够重见,缘于樵李畹云女史和邱心如的文字因缘。《笔生花》由申报馆出版以后,樵李畹云女史为首刊本写下 32 首绝句,激赏之余,并在诗注中透露自己也有一部将要完稿的《奇贞传》弹词,共 24 回,命意措词与《笔生花》同工异曲。笔者追查以后,发现用鹅湖逸史署名的《奇贞传》,作者就是樵李畹云女史,也就是金芳荃。将两部弹词作对比,它们所设定的故事时间背景,同样都是明朝正德年间,故事同样围绕着几个家庭之间的活动;乔装易服的女主角有同样的历险模式,才貌双全的女主角已有婚约,父亲遭奸人构陷,女主角被迫离家,改扮男装上京,途中遇上曲折,上京后金榜题名,建功立业,位极人臣,其中又有假凤虚凰的情节作掩饰,最后是女性身份被识破;但更重要的是思想上的共同点,《笔生花》提出"女子持身重节贞",《奇贞传》则是"女子由来惟重节……忠贞孝义为根本"。如何解释"命意措词,同工异曲"的情况? 金芳荃在自序中已说明理由,那就是她曾经"遍阅传奇小说",女性创作的弹词,已然产生一种既定的书写和叙述模式,仿如才子佳人小说类型,也许如胡晓真所说的"女性弹词小说传统"①。两位女性在传统文化和家庭教养下所见略同,呈现相似的主题,但金芳荃立意表奇贞的想法不宜简化为强迫或提倡妇女殉节,倒是那些烈妇和烈女的死亡既是事实,但身后却寂寂无闻,作者才着意表扬,弹词中"谁传亘古之名"同样是金芳荃面对的疑问。

　　根据《申报》上的广告,可以确定《笔生花》于光绪七年十二月初十日正式发售,也就是 1882 年 1 月 29 日。这部弹词出版以后,应该颇受读者欢迎,书贾先后出版绣像本和绘图本,又因为晚清以来小说观念的改变,女性创作和通俗文学渐受重视,故这部弹词的名字也见于晚清至民初的一些相关论述当中。关于邱心如的生平,从稿抄本到光绪七年的刊本,署名都是"淮阴心如女士"。由于陈同勋"余表姑母邱太夫人",云腴女士称"张母邱太夫人",所以心如女史邱姓应无疑问,但邱广业是否心如女史的父亲,由于弹词的内缘证据和文献资料并不一致,而邱鼎元作为心如女史的父亲,现时文献资料也不充分,故只能存疑了。前文整理淮安河下以及邱氏族人的一些资料,这些环境资料或有助理解邱心如所处的文化氛围。《笔生花》这部弹词中有不少与前人相仿的诗句,这种改写或袭用的情况也许本来就是通俗文学的特质,却间接成为研究者了解邱心如在闺中的阅读情况。金芳荃的情况也许较为幸运,由于家谱有相关的记录,再加上方志、艺文略和报刊等原始文献,经整理出来,她的生平事迹就较为具体。金姓在浙江嘉兴是大族,金芳荃生于文人的家庭,接受良好的教育,婚后因战乱随夫婿避居上

---

　　① 胡晓真,《阅读反应与弹词小说的创作——清代女性叙事文学传统建立之一隅》,《中国文哲研究集刊》,8 期(1996 年 3 月),页 313—314。

海，一别就是二十年，《奇贞传》就是在漂泊的生命中完成。金芳荃
在上海生活，曾在《申报》发表诗词，其中的诗注又给读者提供了解
读该弹词的重要线索，她的家庭、朋友、际遇和活动等都见录于文
字。《敬题随园图》诗"福地烟霞传著述"句下注："余家昔岁珍藏
《小仓山房全集》，幼时焚香披读，有后世私淑之叹，惜遭兵燹后，书
籍荡然。"①这个注释足以让读者明了金芳荃在闺中的阅读，毋需
像探索邱心如在闺中的阅读那般迂回曲折。

　　这两部弹词同样写女子假扮男装后建功立业，不甘雌伏固然
是一个合理的解释，但这个假男子的形象，从分析心理学的角度来
看，也可以是女性心中的阿尼姆斯——男性人格和形象。《笔生
花》的叙述者提及丈夫，"学浅才疏事不谐……潦倒半生徒碌碌"（6
回）、"良人内顾无长策"（8 回）、"夫婿饥躯往鹿逐"（17 回）、"良人
终岁饥躯迫"（20 回）和"每诉艰难恼夫婿"（24 回）等等，也许因长
期生活困苦才会出现这个负面的阿尼姆斯。弹词中的男主角固然
是"貌胜潘安宋玉，才如子建相如"，而伪装为男子的女子更是文武
兼备，则是正面的阿尼姆斯。当然，同是男性，配偶和兄长是不一
样的，叙述者对于兄长用的是同情的口吻，如"赋闲居，诸兄沦落锥
难立"（12 回）、"作客无归叹阿兄"（29 回）和"次兄戚戚困青毡"（32
回）等等。金芳荃的丈夫陈景迈，平湖候选知县，夫妻鹣鲽情深，从
她的丈夫在弹词中名"郑隐莲"谐音"真应怜"便可想见。在婚姻生
活方面，邱心如面对的是婆媳、家务和穷愁等问题，弹词亦反映出
当时女性的种种生存状态；金芳荃所面对的是"放诞阃仪"出外谋
生的困惑，以及女儿夭折的精神痛苦，加上身处兵燹之际，妇女失
节，弹词的立意就是表奇贞，而其中也有才女福薄和阃寂无闻的
感慨。

　　金芳荃的《奇贞传》并无出版，真正做到作者在自叙中所说的

---

① 《申报》，第 2957 期，光绪辛巳七月初一日（1881 年 7 月 26 日），第 3 版。

"要留与，身循礼义知音赏，不付与，俗子狂夫肆意嗤"，幸好仍有稿抄本传世。邱心如让表侄陈同勋写序，序文有"傥是集一出，鸡林争购"之语，这就间接表明邱心如并不反对出版，身后最终由申报馆出版。旧社会女性的生存境况和种种不幸是现代人难以想象的，而从这两个文本，读者可以看到两位有才华的女性选择以弹词这种适合女性自叙的文体，借由书写宣泄心中的不平。经由虚构和幻想唤起的满足，其积极意义就在于减少精神上的痛苦和烦恼，而作为弹词的女性听众或读者，作品中的团圆的结局自是对人生不幸的一种补偿，而女性在淌眼抹泪的同时，也同样是一种心灵的净化。

附录 《奇贞传》各卷回目

卷一	杨太君设帨订姻盟　梁公子联珠赓妙咏 宁藩王挟仇参抚院　梁中丞被逮上皇都 杨翰院识讥谏严父　刘司礼藏险陷良臣 上章辨屈御史遭囚　奉旨抄家宁王惊艳
卷二	王长史献计谋婚　杨仙贞捐身救父 许武英秉忠谏圣主　梁廷显削职谪辽阳 李夫人携子归故乡　杨小姐遗图嘱嫂氏 水月镜花奸王纳宠　珠沉玉碎烈女投江
卷三	缺
卷四	缺
卷五	疑假婿湘英戏探　怜弱妹学士垂恩 杨琳卿暗蓄贪荣念　崔子瑛明誓断冰心 林彩姬窥墙怜宋玉　梁公子闭户拒非烟 窃财宝俞贼杀姬　负冤灾梁生下狱
卷六	远飞书梁琳仗义　惊堕爵李相怀疑 崔巡按祈梦超冤　林彩姬显魂诛贼 梁公子应试上神京　崔学士泄机生雅谑 宴琼林明良欣际遇　怀纯孝甥舅设机谋
卷七	双上封章求恩报怨　削除奸阉赦罪回朝 杨夫人携家避难　王中丞丧母丁艰 宁藩王欺君叛国　龙提督奉勑兴师 飞刀阵先锋中毒　钟山顶少宰求仙

卷八	一宵情话听雨联床　两处机谋袭城中计 观天象谏阻元戎　进谗言戏讥少宰 龙元帅南都殉难　杨夫人北地思儿 颁恩诏王梁授帅印　施仁义帝后降纶音
卷九	先礼后兵宁王感旧　酬情报德副帅扬威 崔参谋戏占神课　王招讨智袭南昌 八阵图云贼遭擒　十面兵逆藩授首 皇太后垂恩下诏　梁兵部上表辞婚
卷十	见母参姑谭往事　虚凰假凤弄风情 杨翰林巧计设连环　崔学士仁心怜义偶 弃自身曲为媒妁　悲前约强就鸾凰 崔女论才群惊慧舌　梁侯贺节独抱真心
卷十一	设奸谋高堂中计　怜情义静夜萦愁 喜荣华侯门聘公主　颁恩典上苑赘娇宾 遣悲怀相国咏新诗　谢天婚南宫开绮席 崔丞相祭陵离北阙　梁都尉探疾得真容
卷十二	缺
卷十三	附马嗔君擒彩凤　梁公训子秉丹诚 美元臣托疾辞朝　刚宰相当廷受责 张夫人怨夫招假婿　汪湘英认姊诉真情 凌霄阁乘醉戏廷臣　早朝图题诗寓讽谏
卷十四	赠银囊明施义侠情　怀金苣暗探宫帏事 颁凤诏翰院飞升　降鸾车王姬归第 崔文渊散财留美誉　杨总宪惊变怨娇儿 两孝廉公车振策　双兰友旅舍探奇
卷十五	新解元抠衣谒贤相　皇贵主吉兆育麟儿 凝碧轩开樽谭密事　云兰室背婿吐真心 秦晓村题笺萦旧恨　汪湘英覆柬秉中和 冯俊文身荣缔吉　郑沁兰得偶于归

卷十六	询兰姝榜眼庆回门　赠金钗状元双纳宠 访倾城天子患沉疴　酬恩眷文渊封玉腕 进公言宦官构私恨　结疑阵附马信诳人 冯素月密议泄机　崔丞相批章晕绝
卷十七	永平王剖屈攻谗　梁都尉负荆请罪 慧心人隐机馈物　钟情客礼斗消灾 感旧义力疾恳朝廷　降天恩临刑赦翰苑 全慧娘吟诗怜恨迹　洞宾仙人梦指迷津
卷十八	崔文渊惧祸辞朝　明天子批章责奏 静夜琴挑贞威叱狂士　离筵闺饯评语感知音 斩情根独持慧剑　留遗嘱叹悟仙机 赐琼筵君王设计　点宫砂丞相露真
卷十九	贞宰相抗恩辞玉旨　情天子冒雨访文渊 揽月轩吞金殉节　昭仁殿沥血陈情 奇忠烈大地含悲　感恩情贤姑痛悼 叩帝阍花梆衔刀　惊天象星驰回阙
卷二十	断回肠附马殉恩妻　转金丹神仙救义烈 魂游地府再降尘寰　恩下天廷重完盟约 贤公主哀词阻入道　皇太后懿旨逼成婚 衔悲恨泣临花烛　庆团圞虚度良宵

参 考 资 料

方志、族谱、诗文集、地方文献类

丁日昌,《抚吴公牍》,宣统纪元小春月,南洋官书局石印。

卫哲治等纂修,陈琦等重刊,《(乾隆)淮安府志》,乾隆十三年(1748)修、咸丰二年(1852)重刊。台北:成文出版社,1983年3月。

王光伯纂,程景韩增订,《淮安河下志》,民国抄本。见《中国地方志集成》(上海:上海书店;南京:江苏古籍出版社,1992年),第16集。

王光伯纂,程景韩增订,荀德麟等点校,《淮安河下志》,北京:方志出版社,2006年4月。见《淮安文献丛刻》第四种。

卢福臻,《咏淮纪略》,民国七年(1918)刻本。

叶恭绰编,《全清词钞》,北京:中华书局,1982年5月。

田汝成,《西湖游览志余》,北京:中华书局,1958年11月。

冯桂芬,《显志堂稿》,光绪二年(1876)校邠庐刻本,见沈云龙,《近代中国史料丛刊续编》(台北:文海出版社,1974年),第79辑。

冯煦、魏家骅、张德霈,《光绪凤阳府志》,光绪三十四年(1908)刻本。

朱铭盘,《桂之华轩文集》,民国二十三年(1934)铅印本,南京图书馆藏本。

阮本焱、陈肇礽等纂修,《阜宁县志》,光绪十二年(1886)刻本。

阮葵生,《茶余客话》,光绪戊子(1888)春二月刻本。

孙云锦修,吴昆田、高延第纂,《(光绪)淮安府志》,光绪十年(1884)刻本。台北:成文出版社,1983 年 3 月。

李元庚著,李鸿年续,汪继先补,刘怀玉点校,《山阳河下园亭记续编补编》,北京:方志出版社,2006 年 4 月。见《淮安文献丛刻》第四种。

李程儒辑,《江苏山阳收租全案》,见《清史资料》(中国社会科学院历史研究所清史研究室编,北京:中华书局,1981 年 10 月),第 2 辑,页 1—32;《江苏山阳收租全案》,东洋文化研究所藏本。

吴玉搢,《山阳志遗》,民国十一年(1922)十一月,淮安志局。

邱广业,《卧云居诗钞》,餐华吟馆藏本,该藏本与《醒庐杂著》、《依草书屋诗钞》、《小芙遗草》、《蕃种遗草》合订,南京图书馆藏本。

邱心坦,《归来轩遗稿》,光绪甲辰(1904)正月校印本,南京图书馆藏本。

邱奂,《醒庐杂著》,同治三年(1864)刻本,上海图书馆藏本。

邱沅、王元章修,段朝端等纂,《续纂山阳县志》(附《山阳艺文志》),民国十年(1921)刻本。见《中国地方志集成》(南京:江苏古籍出版社,1991 年 6 月),"江苏府县志辑",第 55 册。

邱宝廉,《邱氏族谱存略》,民国十一(1922)年石印本,东洋文库藏本。

邱衍礽,《树萱馆诗草》,民国八年(1919)刻本,南京图书馆藏本。

邱崧生,《邱氏家集(文献私记附)》,光绪丙申(1896)七月刻本,厦门大学图书馆藏本。

邱兢,《悟石斋诗钞(遗文附后)》,近取堂藏板,广东省立中山图书馆藏本。

余治,《得一录》,同治八年(1869)苏城得见斋刊本。见《官箴书集成》(合肥：黄山书社,1997 年 12 月)。

　　汪廷珍,《聪训堂文集》,道光二十八年(1848)刻本,日本大阪府立中之岛图书馆藏本。

　　沈起凤,《锴铎》,上海：上海古籍出版社,1990 年。

　　沈善宝,《名媛诗话》,光绪鸿雪楼刻本。

　　张兆栋、孙云修,何绍基、丁晏等纂,《重修山阳县志》,同治十二年(1873)刻本。台北：成文出版社,1983 年 3 月。

　　季新益、柯培鼎纂,《民国平湖县续志》,民国十五年(1926)修,抄本。见《中国地方志集成》(上海：上海书店,1993 年 6 月),“浙江府县志辑”,第 20 册。

　　金兆蕃,《二十五家词钞》,金镢孙手钞本,无页码,上海图书馆藏本。

　　金兆蕃续修,《金氏如心堂谱》,1934 年兴孝堂木刻活字印本,见清代民国名人家谱选刊》(北京：北京燕山出版社,2006 年),第 34 册。

　　单士厘编,《清闺秀艺文略》,手稿,4 册,无页码,上海图书馆藏本。

　　法式善,《梧门诗话合校》,张寅彭、强迪艺编校,南京：凤凰出版社,2005 年 10 月。

　　郎瑛,《七修类稿》,北京：中华书局,1961 年 9 月。

　　赵翼,《陔余丛考》,上海：商务印书馆,1957 年 12 月。

　　胡昌基辑,《续檇李诗系》,稿本,上海图书馆藏本。

　　胡裕燕等修,吴昆山等纂,《(光绪丙子)清河县志》,据光绪二年(1876)刻本。台北：成文出版社,1983 年 3 月。

　　冒广生修,荀德麟、刘怀玉点校,《淮关小志》,北京：方志出版社,2006 年 4 月。见《淮安文献丛刻》第三种。

　　姚燮,《今乐考证》,见《续修四库全书》(上海：上海古籍出版社,1995 年—　　),册 1759。

　　桂迓衡等纂修,《光绪贵池县志》,光绪九年(1883)刻本。见

《中国地方志集成》(南京：江苏古籍出版社,1998 年 4 月),"安徽府县志辑",第 61 册。

顾廷龙主编,《清代朱卷集成》,台北：成文出版社,1992 年。

钱鎏修,俞燮奎、卢钰纂,《光绪庐江县志》,光绪十一年(1885)刻本。见《中国地方志集成》,"安徽府县志辑",第 9 册。

徐世昌辑,《晚晴簃诗汇》,退耕堂刻本,1929 年。

徐珂编,《清稗类钞》,北京：中华书局,1986 年。

徐渭,《南词叙录》,见《四库家藏》,济南：山东画报出版社,2004 年,第 146 册。

唐圭璋编,《词话丛编》,北京：中华书局,2005 年 10 月。

黄钧宰,《金壶逸墨》,同治十二年(1873)刻本。

曹雪芹,《程乙本红楼梦》,北京：北京图书馆出版社,2001 年 12 月;桐花凤阁批校本,乾隆五十七年(1792)刻本影印。

曹镳,《信今录》,道光十一年(1831)刻本。

曹镳、阮钟瑗辑,《淮山肆雅录》,嘉庆二年(1797)刻本,宣统元年(1909)递修本,南京图书馆藏本。

龚嘉俊修,李格纂,《杭州府志》,民国十一年(1922)铅印本。

梁章钜,《归田琐记》,北京：中华书局,1981 年 8 月。

葛玉贞,《淡香廎词》,见徐乃昌辑《小檀栾室汇刻百家闺秀词》,第八集,光绪二十二年(1896)南陵徐氏刻本。

鲁一同,《通甫类稿》,咸丰九年(1859)刻本。

臧懋循,《负苞堂集》,上海：古典文学出版社,1958 年 6 月。

潘德舆,《养一斋集》,见《续修四库全书》(上海：上海古籍出版社,1995—　　),第 1510—1511 册。

同 年 齿 录

《壬午科十八省正副榜同年全录》,光绪八年(1882)校刊本,板存礼部司务厅。

《各省选拔同年明经通谱(道光己酉科)》,京都正阳门外琉璃厂(荣林斋、文采斋、梓文斋、聚魁斋)四家刻字铺办。

《直省乡试同年齿录(咸丰乙卯科)》,同治己巳年(1869)八月刻本。

《道光乙未恩科直省同年录》,板藏文奎斋。

《道光二十一年庚子科乡试同年齿录》,同治四年(1865)修补,刻本。

《嘉庆戊辰科同年齿录》,刻本。

《嘉庆戊辰恩科乡试题名录齿录》,道光乙未(1835)刻本。

弹词、鼓词、小说类原典

心如,《笔生花》,黄明校注,香港:海啸出版社,2001 年 11 月。

西湖居士,《玉钏缘》,林玉、宋璧整理,哈尔滨:黑龙江人民出版社,1987 年 5 月。

李涵秋,《广陵潮》,上海:震亚书局,1933 年 7 月,14 版。

佚名,《金闺杰》,道光四年(1824)怀古堂刻本,散花园重印本,16 回本,上海图书馆藏本。

坐月吹笙楼主人,《娱萱草弹词》,上海:商务印书馆,1930 年 8 月再版。

陈少海,《红楼复梦》,张乃、范惠点校;北京:北京大学出版社,1988 年 6 月。

陈端生,《再生缘全传》,见《续修四库全书》(上海:上海古籍出版社,1995—　　),第 1745—1747 册。

茗溪灏下生,《梦影缘》,台北:文海出版社有限公司,1971 年。

故宫博物院编,《鼓词新编绘图三国志》,海口:海南出版社,

2001 年 1 月。

　　荻岸散人,《平山冷燕》,上海：上海古籍出版社,1990 年。

　　陶贞怀,《天雨花》,郑州：中州古籍出版社,1984 年 8 月。

　　娘嬛山樵,《补红楼梦》,胡文彬、叶建华校注,太原：北岳文艺出版社,1989 年 7 月。

　　章禹纯编,《昼锦堂记》,哈尔滨：黑龙江人民出版社,1989 年 4 月。

　　鹅湖逸史,《奇贞传》,稿抄本,原件藏上海图书馆。

《笔生花》专论

学位论文

Toyoko Yoshida Ch'en（吉田丰子）, "Women in Confucian Society: A Study of Three T'an-tz'u Narratives," PhD Dissertation, Columbia University, 1974.

　　史小兰,《邱心如与〈笔生花〉研究》,南京师范大学硕士论文,2014 年 3 月。

　　任伟,《论〈笔生花〉》,天津师范大学硕士论文,2012 年 5 月。

　　李凯旋,《〈再生缘〉系列闺阁弹词研究》,广西师范大学博士论文,2014 年。

　　杨敏,《三大弹词小说的女性观研究》,华东师范大学硕士论文,2009 年 5 月。

　　邱靖宜,《邱心如及其〈笔生花〉研究》,（台湾）中山大学硕士论文,2006 年 1 月。

　　张思静,《从〈再生缘〉到〈笔生花〉：清代女性弹词小说研究》,香港中文大学硕士论文,2010 年 11 月。

　　张晓宁,《〈笔生花〉中女性意识之研究》,中正大学硕士论文,2008 年。

陈文璇,《邱心如〈笔生花〉研究》,铭传大学硕士论文,2007 年7 月;台北：花木兰文化出版社,2008 年 3 月。

林丹羽,《〈笔生花〉的女性意识及其伦理视向》,华中师范大学硕士论文,2014 年 5 月。

郑宛真,《邱心如〈笔生花〉的女性刻画与文化意涵》,台湾师范大学硕士论文,2009 年 1 月。

骆育萱,《〈天雨花〉、〈再生缘〉及〈笔生花〉主题思想研究》,(台湾)中山大学博士论文,2009 年 2 月。

简映青,《〈笔生花〉的妻职与母职研究》,中正大学硕士论文,2011 年 8 月。

一般论文

丁志安,《〈笔生花〉作者邱心如家世考》,《中华文史论丛》,第22 辑(1982 年 5 月),页 299—300。

王进安,《长篇弹词〈笔生花〉阴声韵研究》,见《福建师范大学》(哲社版),2003 年 2 期,页 91—95。

王进安,《长篇弹词〈笔生花〉的用韵特点研究》,《东方人文学志》,3 卷 1 期(2004 年 3 月),页 149—157。

车振华,《闺塾师的创意——〈笔生花〉的隐秘诉求及其在女作家弹词链条中的地位》,《山东师范大学学报(人文社科版)》,54 卷4 期(2009 年),页 97—101。

史小兰,《邱心如创作〈笔生花〉的心态》,《文教资料》(旬刊),2013 年 31 期,页 59—61。

仲勉、王汉义,《邱心如及其弹词巨著〈笔生花〉》,《淮安古今人物》(南京：江苏文史资料编辑部,1993 年 10 月),第 1 集,页 156—162。

狄娴婷、晁瑞,《〈笔生花〉韵脚字所反映的语音问题》,《淮阴师范学院学报(哲社版)》,2013 年 2 期,页 249—252。

沅君,《读〈笔生花〉杂记》,《北京大学研究所国学门月刊》,1卷 2 期(1926 年),页 200—202。

张思静,《叙事重心的转移：从〈再生缘〉到〈笔生花〉》,《中央大学人文学报》,46 期(2011 年 4 月),页 185—230。

林燕玲,《米盐琐屑与锦绣芸窗之间——弹词〈笔生花〉自叙中呈现的创作动机与矛盾》,《人文社会学报》,第 2 期(2003 年 12 月),页 125—140。

罗苏文著,田畑佐和子译,《顾影自怜：男装才女の形象の创造——弹词〈笔生花〉の初步的探索》,《近きに在りて》,48(2005 年 12 月),页 3—10。

郑振伟,《〈笔生花〉作者的生活及家世述论》,《九州学林》,2011 年夏季号,页 47—74。

郑振伟,《〈笔生花〉初刊本小识》,《清末小说から(通讯)》,109 期(2013 年 4 月),页 30—33。

郑振伟,《〈笔生花〉的叙事和女性》,《中语中文学》,第 48 期(2011 年 4 月),页 43—66。

郑振伟,《为女性张目的〈笔生花〉》,《九州学林》,4 卷 2 期(2006 年夏季号),页 130—177。

俞婷,《清代弹词女豪杰——邱心如与〈笔生花〉》,《淮阴师范学院教育科学论坛》,2008 年 2 期,页 7—12。

晁瑞,《对〈笔生花〉助词"个"的进一步讨论》,《语言科学》,2008 年 7 卷 1 期,页 58—62。

徐倩,《凝视下的女性写作——邱心如创作〈笔生花〉刍议》,《廊坊师范学院学报(社科版)》,26 卷 4 期(2010 年 8 月),页 26—29。

继趾,《邱心如的生平》,《妇女杂志》,5 卷 6 期(1944),页 24—25。

章明寿,《淮阴女弹词家邱心如及其〈笔生花〉》,《淮阴师专学报》(哲学社会科学版),1986 年 4 期,页 70—73。

童李军,《〈笔生花〉中的心性世界》,《电影文学》,2009 年 12

期,页 89—90。

简映青,《论〈笔生花〉对传统妻职的反思索》,《中正大学中国文学研究所研究生论文集刊》,13 期(2011 年 6 月),页 115—130。

其 他 论 文

丁志安,《淮安方志续谈》,《淮安文史资料》,第 5 辑(1987 年 10 月),页 32—44。

丁志安,《淮安方志漫谈》,《淮安文史资料》,第 4 辑(1986 年 10 月),页 116—133。

王秋桂,《中研院史语所所藏长篇弹词目录初稿》,《书目季刊》,14 卷 1 期(1980 年 6 月),页 75—86。

仓田淳之助,《弹词考》,《东方学报》(京都),册 21(1952 年 3 月),页 134—142。

申翁,《南词弹词鼓词沿袭传奇说》,《剧学月刊》,4 卷 6 期(1935 年),页 16—18。

田中谱美,《清代江南における代言体弹词の出版について——"弹词総目録"を基礎资料とした量的研究》,《金泽大学中国语学中国文学教室纪要》,第 10 辑(2007 年 12 月),页 13—30。

吉水,《近百年来皮黄剧本作家》,《剧学月刊》,3 卷 10 期(1934 年 10 月),该刊各文独立编页,共 13 页。

庄一拂,《〈檇李女诗人辑〉例目》,《浙江省通志馆馆刊》,1 卷 1 期(1945 年 2 月),页 38—49,

庄一拂,《檇李闺阁词人征略》,《词学季刊》,2 卷 3 期(1935 年 4 月),页 12—16。

刘咏聪,《清初四朝女性才命观管窥》,见《中国妇女史论集》(鲍家麟编,板桥:稻乡出版社,1993 年 3 月),第 3 集,页 121—162。

吴宓,《希腊文学史》,见《学衡杂志》,13 期(1923 年 1 月),该刊各文独立编页,共 48 页。

　　轮田直子,《上海图书馆所藏弹词目录》,《东北大学中国语学文学论集》,第 4 号(1999 年 11 月)http://www. sal. tohoku. ac. jp/zhongwen/journal/04/04wada～hon. htm.

　　轮田直子,《苏州弹词における说唱形态の特征》,《东北大学中国语学文学论集》,第 1 号(1996 年 11 月),http://www. sal. tohoku. ac. jp/zhongwen/journal/01/01wada. html.

　　荀德麟,《历史文化名镇——淮安河下》,《江苏地方志》,2002 年 6 期,页 26—31。

　　胡晓真,《才女彻夜未眠——清代妇女弹词小说中的自我呈现》,《近代中国妇女史研究》,3 期(1995 年 8 月),页 51—76。

　　胡晓真,《由弹词编订家侯芝谈清代中期弹词小说的创作形式与意识型态转化》,《中国文哲研究集刊》,12 期(1998 年 3 月),页 41—90。

　　胡晓真,《秩序追求与末世恐惧——由弹词小说“四云亭”看晚清上海妇女的时代意识》,《近代中国妇女史研究》,8 期(2000 年 6 月),页 89—128。

　　胡晓真,《阅读反应与弹词小说的创作——清代女性叙事文学传统建立之一隅》,《中国文哲研究集刊》,8 期(1996 年 3 月),页 313—314。

　　胡晓真,《阅读反应与弹词小说的创作——清代女性叙事文学传统建立之一隅》,《中国文哲研究集刊》,第 8 期(1996 年 3 月),页 305—362。

　　胡晓真,《酗酒、疯癫与独身——清代女性弹词小说中的极端女性人物》,《中国文哲研究集刊》,28 期(2006 年 3 月),页 51—80。

　　胡晓真,《晚清前期女性弹词小说试探——非政治文本的政治解读》,《中国文哲研究集刊》,11 期(1997 年 9 月),页 89—135。

秦燕春,《晚清以来弹词研究的误区与盲点——"书场"缺失及与"案头"的百年分流》,《苏州大学学报》(哲学社会科学版),2004年1月,页103—109;见《中国民间文化的学术史观照》(陈泳超主编,哈尔滨:黑龙江人民出版社,2004年9月),页326—358。

蔡源莉,《20世纪的弹词研究》,见《现代学术史上俗文学》(陈平原主编,武汉:湖北教育出版社,2004年10月1),页165—179。

魏绍谦,《弹词文学》,见《北平晨报》,1931年4月23—25日,副刊"北晨学园",第9版。

专　　书

Lily Xiao Hong Lee & A. D. Stefanowska Armonk eds. , *Biographical Dictionary of Chinese Women: The Qing Period*, *1644—1911*. N. Y. : M. E. Sharpe, 1998.

Li Guo, *Women's Tanci Fiction in Late Imperial and Early Twentieth-Century China*. West Lafayette, IN: Purdue UP, 2015.

王利器辑录,《元明清三代禁毁小说戏曲史料》,上海:上海古籍出版社,1981年2月。

中国艺术研究院曲艺研究所编,《说唱艺术简史》,北京:文化艺术出版社,1988年。

方兰,《エロスと贞节の靴——弹词小说の世界》,东京:勉诚出版,2003年1月。

卢前,《酒边集》,上海:会文堂新记书局,1934年6月。

叶德均,《戏曲小说丛考》,北京:中华书局,1979年5月。

朱德慈《潘德舆年谱考略》,北京:中国社会科学出版社,2009年。

吴世昌,《罗音室学术论著》,北京:社会科学文献出版社,

1996 年 6 月。

阿英,《小说闲谈四种》,上海:上海古籍出版社,1985 年 8 月。

阿英,《弹词小说评考》,上海:中华书局,1937 年 2 月;上海书店复印本。

陈平原、夏晓虹编,《二十世纪中国小说理论资料》,北京:北京大学出版社,1989 年 3 月。

陈汝衡,《陈汝衡曲艺文选》,北京:中国曲艺出版社,1985 年 7 月。

陈汝衡,《说书小史》,上海:上海书店,1991;据中华书局 1936 年版影印。

林夕主编,煮雨山房辑,《中国著名藏书家书目汇刊(近代卷)》,北京:商务印书馆,2005 年 10 月。

周蕾,《妇女与中国现代性》,台北:麦田出版有限公司,1995 年 11 月。

郑振铎,《郑振铎文集》,北京:人民文学出版社,1988 年 5 月。

泽田瑞穗,《中国の庶民文艺——歌谣·说唱·演剧》,东京:东方书店,1986 年 11 月。

赵景深,《弹词考证》,长沙:商务印书馆,1938 年 7 月初版,1939 年 5 月再版。

赵景深,《弹词研究》,台北:东方文化书局,1970 年。

胡士莹编,《弹词宝卷书目(增订本)》,上海:上海古籍出版社,1984 年 6 月。

胡文楷,《历代妇女著作考(增订本)》,上海:上海古籍出版社,1985 年 7 月。

胡晓真,《才女彻夜未眠》,台北:麦田出版有限公司,2003 年。

娄子匡、朱介凡编,《五十年来的中国俗文学》,台北:正中书局,1963 年 8 月。

高岱明,《淮安园林史话》,北京:中国文史出版社,2005 年。

高彦颐,《闺塾师——明末清初江南的才女文化》(*Teachers of Inner Chambers*),李志生译,南京：江苏人民出版社,2005 年 1 月。

高彦颐,《缠足——"金莲崇拜"盛极而衰的演变》(*Cinderella's Sisters: A Revisionist History of Footbinding*),苗延威译,台北：左岸文化,2007 年 6 月。

陶秋英,《中国妇女文学》,上海：北新书局,1933 年。

盛志梅,《清代弹词研究》,山东：齐鲁书社,2008 年 3 月。

淮安市政协文史委员会与楚州区政协文史委员会编,《古镇河下》,北京：中国文史出版社,2005 年 1 月。

梁乙真,《中国妇女文学史纲》,上海：开明书店,1932 年;上海书店复印本。

梁乙真,《清代妇女文学史》,上海：中华书局,1926 年。

蒋瑞藻编,《小说考证》,江竹虚标校,上海：上海古籍出版社,1984 年 7 月。

谢无量编,《中国妇女文学史》,上海：中华书局,1916 年。

鲍震培,《清代女作家弹词小说论稿》,天津：天津社会科学出版社,2002 年 1 月;《清代女作家弹词研究》,天津：南开大学出版社,2008 年 5 月。

谭正璧,《中国女性的文学生活》,扬州：江苏广陵古籍刻印社,1998 年 5 月。

谭正璧、谭寻,《弹词叙录》,上海：上海古籍出版社,1981 年 7 月。

谭正璧、谭寻搜辑,《评弹通考》,北京：中国曲艺出版社,1985 年 7 月。

跋

　　我和郑振伟兄论交快二十年了。我们一度是同事,研究伙伴则是永远的。当年我主编《岭南学报》复刊,成功推出三期。简单地说,若无振伟不辞劳苦,鼎力协助,就难望可成(第三期末段的工作,因振伟已移席濠镜,改由他人助理)。此一经历,使人深深服膺于振伟渊深广博的学养,凡事肯苦干的精神,绝难另遇。

　　振伟出身香港大学中文系,但不沾染治中国文史哲者的通病,即自限于一隅而不敢放。他博古通今,雅俗兼冶,不拘时段,不论文体,兴之所致,随时转易,而永不离笃守的法则,即穷搜天下资料为考析所基,配以独得透彻的理解,和锐利适当的行文,以及剪裁合度的组构,效果自必非凡。

　　这本书是经长期酝酿而生的,振伟于恒常百忙之中仍以勤于著述自勉,当教那些仅以读书自娱者惭愧。

　　何以这样断言,这本弹词小说研究正是佳证。弹词是男性学者却步的妇女文学,而女性学者又大率畏于考证。振伟闯进这圈子如履平地,考证本能,论析天份,皆适意发挥,一往无阻,事事配合得难教人另作期望。自民初学界开始究心通俗文学以来,未尝有著述能达到考证与论析结合得如此善美者,弹词小说以前的任何研究报告更远不到这程度。读了此书者必会同意我这判断。

马幼垣

2015 年 10 月 27 日

敬跋于檀岛东郊宛珍馆